KB251734

지상에서 우리는 잠시 매혹적이다

ON EARTH WE'RE BRIEFLY GORGEOUS

Copyright © 2019 by Ocean Vuong
All rights reserved.

Korean translation copyright © 2025 by Influential, Inc.
Korean edition is published by arrangement with The Marsh Agency Ltd.
through EYA Co., Ltd.

이 책의 한국어판 저작권은 EYA Co., Ltd를 통해
저작권자와 독점 계약한 ㈜인플루엔셜에 있습니다.
저작권법에 의해 국내에서 보호를 받는 저작물이므로 무단 전재와 무단 복제를 금합니다.

지상에서 우리는 ✳ 잠시 매혹적이다

On Earth
We're Briefly
Gorgeous

오션 브엉 장편소설

김목인 옮김

INFLUENTIAL
인 플 루 엔 셜

엄마를 위해

하지만 가만있자, 만일 이 단어들을
땅의 작은 플롯으로 삼고
내 인생을 주춧돌로 한다면,
네게 중심을 만들어줄 수 있어.

— 구묘진

나는 당신에게 진실을 들려주고 싶고,
이미 당신에게
드넓은 강들에 대해 얘기했다.

— 조앤 디디온

차례

일러두기

● 이 글의 주석은 모두 옮긴이 주이다.

1부

1

다시 써볼게요.

사랑하는 엄마,

저는 엄마께 가닿으려고 이 글을 쓰고 있어요, 비록 한 단어 한 단어 쓸 때마다 엄마가 계신 곳에서 멀어질지라도요. 저는 그때로 되돌아가려고 이 글을 쓰고 있어요. 버지니아주의 어느 휴게소. 엄마가 화장실 옆 음료수 자판기 위에 걸린 사슴 박제를 공포에 질려 쳐다보시고, 그 뿔들이 엄마의 얼굴에 그림자를 드리웠던 때로요. 엄마는 차 안에서도 계속 고개를 흔드셨죠. "왜 저런 짓들을 하는 건지 난 도저히 모르겠구나. 저게 시체라는 걸 모르는 거니? 시체라면 치워버려야지, 저렇게 영영 붙박아놓으면 어떡해."

저는 지금 그 사슴을 떠올려요. 엄마가 어떻게 그 까만 유리 의 안을 들여다보며 그 안에 비친 스스로를, 엄마의 전신을, 그 생명 없는 거울에 비친 일그러진 모습을 보셨을지를요.

어떻게 엄마를 충격에 빠트린 게 짐승의 잘린 목으로 만든 그로 테스크한 장식이 아니라, 박제의 모습으로 나타난 결코 끝나지 않는 죽음, 우리가 가슴을 쓸어내리며 지나칠 때에도 계속 진행되고 있는 그 죽음이었는지를요.

제가 계속 쓰고 있는 건 왜냐하면, 사람들이 제게 절대 '왜냐하면'으로 문장을 시작하지 말라고 해서예요. 그러나 저는 문장을 지어내려고 했던 게 아니었어요. 벗어나려고 했던 거였죠. 왜냐하면 자유는, 제가 들은 바로는, 사냥꾼과 사냥감 사이의 거리에 불과하니까요.

———

가을이에요. 미시건주 저 너머 어딘가에서는 제왕나비 군락들이 1만 5,000마리 이상 모여 매년 벌이는 남쪽으로의 이동을 시작하고 있어요. 9월에서 11월 사이에 나비들은 연신 날갯짓하며, 캐나다 남부와 미국을 출발해 그들이 겨울을 나게 될 멕시코 중부의 어느 지역까지 이동할 거예요.

나비들은 우리 사람들 틈에 내려앉아요. 창틀이나 철조망 울타리 위, 방금 넌 빨래의 무게로 아직 파르르 떨리고 있는 빨랫줄 위, 빛바랜 청색 셰비 자동차의 보닛 위, 마치 다시 한 차례 파닥이며 날아오르기 전까지 천천히 날개를 접어 치워두는 것처럼 말이죠.

한 세대 전체를 없애버리는 데에는 하룻밤 서리면 충분해요. 산다는 것은 그러니까 시간의 문제, 타이밍의 문제죠.

언제였나요, 제가 대여섯 살 때쯤, 장난을 치려고 복도 문 뒤에 숨어 있다 엄마한테로 "쾅!" 하며 튀어나왔잖아요. 엄마는 비명을 지르셨어요. 일그러지고 뒤틀린 얼굴로 흐느끼기 시작하더니, 문에 기대어 한숨을 내쉬고 가슴을 움켜쥐셨어요. 저는 장난감 철모를 머리에 비스듬히 쓴 채 어리둥절해 서 있었고요. 저는 텔레비전에서 본 걸 따라 하는 미국의 보통 사내아이였어요. 전쟁이 아직 엄마 안에 있다는 것을 몰랐던 거죠. 우선 전쟁이 있었다는 것, 일단 그것이 안으로 들어오면 떠나지 않고 그저 메아리친다는 것을요. 하나의 소리가 당신 아들의 얼굴 모양을 이루며, 쾅.

그다음, 3학년 때였나요. ESL° 담당인 캘러핸 선생님의 도움으로 좋아하던 책을 처음 읽었었어요. 패트리샤 폴라코가 쓴 《천둥 케이크》라는 동화책이었는데요. 그 이야기에서 여자아이와 그 애의 할머니는 초록색 평원 너머에서 불어오는 폭풍을 알아차리고도 창을 닫거나 못으로 문을 박지 않고, 케이크를 굽기 시작해요. 그 불안하면서도 상식에 대범히 맞서는 모습에 저는 둥실 떠올랐어요. 캘러핸 선생님이 제 뒤에 서서 귓가에 입을 대면, 전 더 깊이 언어의 물결 속으로 빠져들었죠. 이야기가 펼쳐지며, 그 폭풍이 선생님의 목소리와 함께 밀려들었고, 제가 그 단어들을 따라 할 때면 한 번 더 밀려들었어요. 태풍의 눈 한가운데에서 케이크를 굽

● 영어가 모국어가 아닌 이들을 위한 영어 교육 과정.

15

는다는 것, 위험의 순간에 단것을 먹는다는 것.

———

엄마가 저를 처음 때리셨을 때, 분명 네 살 때였을 거예요. 손, 번쩍임, 심판. 입가의 활활 타는 느낌.

그리고 그때요. 제가 캘러핸 선생님이 하시던 대로 엄마께 읽는 걸 가르쳐드리려고 엄마의 귓가에 입을 대고, 엄마의 손에 제 손을 포갰을 때요. 우리가 드리운 그림자 밑으로 단어들이 움직였지요. 하지만 (자기 엄마를 가르치는 아들이라는) 그런 행동이 우리 사이의 위계를 뒤집었고, 더불어 우리 두 사람의 정체성, 이 나라에서 이미 엉성하게나마 줄로 매어둔 정체성을 뒤집었어요. 몇 차례 더 듣고 시작 부분을 틀리고 나자 문장들은 엄마의 목구멍에서 일그러지거나 갇혔고, 몇 번의 실패로 곤혹스러워하던 엄마는 책을 탁 덮어버리셨어요. "난 읽을 필요 없어"라고 하시더니, 표정을 일그러뜨리며 일그러지며 식탁을 밀어내셨죠. "나는 '볼' 수 있잖아. 이걸로 여태껏 살아왔어, 안 그러니?"

그리고 그때 리모컨 사건요. 팔뚝에 부어오른 멍 때문에 저는 선생님들에게 거짓말을 했었죠. '술래잡기하다 넘어졌어요.'

그리고 마흔여섯이 된 엄마에게 갑자기 색칠에 대한 욕구가 일었을 때요. "월마트에 가자." 어느 날 아침 그러셨죠. "컬러링북이 있어야겠어." 그 뒤 몇 달 동안 엄마는 두 팔 사이의 공간을, 발음하실 수 없는 온갖 색조들로 채우셨어요—마젠타, 버밀리언, 마리 골드, 퓨터, 주니퍼, 시나몬. 매일 몇 시간씩 농장과 목초지, 프랑스 파리와 같은 풍경들, 바람 부는 평원 위의 말 두 마리, 머리는 검게 칠했지만 피부는 아직 하얗게 비워둔 어느 소녀의 얼굴 위에 웅크리고 계셨어요. 그것들을 온 사방에 걸어두는 바람에 집 안은 초등학교 교실 같았고요. 제가 "웬 색칠이에요? 하필 지금?"이라고 물었을 때 엄마는 사파이어색을 내려놓고, 반쯤 칠한 정원을 꿈꾸듯 바라보며 말씀하셨어요. "그냥 저 안에 잠시 들어가 있는 거야. 그래도 모든 걸 느낄 수 있어. 꼭 아직 여기, 이 방에 있는 것처럼 말이야."

그때, 레고 상자를 제 머리에 던지셨을 때요. 핏방울이 점점이 찍힌 딱딱한 마루.

"어떤 장면을 상상한 다음." 엄마는 토머스 킨케이드 컬러링북의 집 그림을 채우며 말씀하셨어요. "그 안에 자신을 집어넣어본 적 있니? 너 자신을 뒤에서 지켜보며 점점 깊숙이 그 풍경 속으로 들어가는데, 자신에게서는 멀어지는 느낌?"

어떻게 말씀드릴 수 있을까요? 엄마가 묘사하셨던 게 글쓰기였다는 것을. 어떻게 말씀드릴 수 있을까요? 결국 우리가 무척 가깝고, 우리 손의 그림자들이 다른 두 페이지 위에서 하나로 합쳐지고 있다는 것을.

"미안." 엄마는 앞이마에 반창고를 붙여주며 말씀하셨어요. "코트 가져와라. 맥도날드 데려갈게." 머리는 욱신거리는데, 저는 엄마가 보는 앞에서 케첩에 치킨너겟을 찍었어요. "더 크고 강해져야 돼, 알겠니?"

———

어제는 롤랑 바르트의 《애도 일기》를 다시 읽었는데, 저자가 자신의 어머니가 돌아가신 뒤 1년간 매일 쓴 글을 모은 책이에요. "나는 어머니의 몸을 알게 되었다"라고 그는 쓰고 있죠. "병든 다음 죽어가고 있는 몸을." 바로 그 문장이 제가 멈춘 지점이었어요. 그 순간 엄마께 편지를 쓸 결심을 했고요. 아직 살아 계신 엄마께요.

매월 마지막 주 토요일, 청구서들을 다 처리하고 돈이 남으면, 우리는 쇼핑몰에 가곤 했어요. 어떤 이들은 교회나 디너파티에 가려고 옷을 차려입지만, 우리는 91번 주간고속도로 외곽에 있는 쇼핑센터에 가려고 차려입었어요. 엄마는 항상 일찍 일어나서 한 시간 정도 공들여 화장을 한 다음, 스팽글이 달린 제일 좋은 검은 드레스를 입고, 금빛 고리 모양 구 고리에, 검은 반짝이 구두를 신곤 하셨어요. 그런 다음 무릎을 꿇고 포마드 한 덩이를 문질러 제 머리를 빗어 넘기셨고요.

그곳에서 모르는 이가 우리를 보았더라면, 우리가 프랭클린 애비뉴에 있는 구멍가게에서 식료품을 사던 사람들일 거라고는 짐작할 수 없었을 거예요. 가게 입구는 다 쓴 푸드 스탬프 영수증들로 지저분하고, 우유나 계란 같은 필수품은 교외보다 세 배나 비싸고, 쭈글쭈글하고 멍든 사과들이 상자에 담겨 있는 곳. 녹은 지한참 된 얼음 때문에 눅눅해진 돼지갈비 궤짝에서 흘러나온 돼지피로 상자 바닥이 젖어 있는 곳 말이죠.

"예쁜 초콜릿 사러 가자." 엄마는 그렇게 말씀하시며 고디바 쇼콜라티에를 가리키곤 하셨어요. 우리는 무작위로 담아주는, 아마 대여섯 개의 네모난 초콜릿 조각들이 들어 있을 작은 종이봉투를 들고 나왔어요. 종종 이것이 우리가 쇼핑몰에서 산 전부였고요. 그런 다음 우리는 걸었어요. 손가락이 검고 달콤한 것들로 반짝일 때까지 앞뒤로 한 개씩 주고받으면서. "이런 게 인생을 즐기는 법이야." 엄마가 손가락을 빨며 그렇게 말씀하시는데, 한 주 내내 손님들의 페디큐어를 해주느라 분홍 매니큐어가 온통 갈라져 있었어요.

엄마의 주먹질이 있었던 때, 주차장에서의 고함, 엄마의 머리칼을 빨갛게 물들이던 석양. 마구 날아오는 엄마의 주먹을 막으려고 머리를 가리던 제 팔들.

그런 토요일이면 우리는 상점들이 하나하나 철제 셔터를 내릴 때까지 통로들을 거닐곤 했어요. 그다음 거리로 나와 버스 정류장으로 발길을 옮겼고요. 우리 위로 떠다니던 두 사람의 숨결과 엄마 얼굴 위에서 말라가던 화장. 서로의 손 말고는 텅 비어 있던 우리의 손.

오늘 아침, 막 해가 뜨기 직전이었는데, 제 방 창밖에 사슴 한 마리가 서 있었어요. 안개가 어찌나 자욱하고 밝은지 그리 멀지 않은 곳에 있는 또 한 마리가 앞에 있는 사슴의 그리다 만 그림자처럼 보였죠.

　　엄마라면 색으로 채우실 수 있을 거예요. 이렇게 부르실 수 있을 거고요. "기억의 역사."

———

　　이동은 햇빛의 각도에 의해 촉발될 수 있어요. 계절과 온도, 식물의 성장과 먹이 공급에 생길 변화를 나타내니까요. 암컷 제왕나비들은 경로를 따라가며 알을 낳아요. 모든 역사에는 한 줄 이상의 갈래가 있고, 각각의 갈래가 분할된 이야기인 셈이죠. 4,830킬로미터에 이르는 그들의 여정은 이 나라의 길이를 넘어서요. 남쪽으로 날아간 제왕나비들은 북쪽으로 되돌아오지 않을 거고요. 매번의 출발이 그러니까, 마지막인 셈이죠. 오직 새끼들만이 돌아와요. 오직 미래만이 과거를 방문하는 것이죠.

　　국경 없는 형벌이 아니라면 국가란 뭘까요, 인생?

　　그때 중국식 정육점에서, 엄마는 고리에 매달린 구운 돼지를 가리키셨어요. "갈비들이 꼭 사람 같네. 불탄 뒤의 모습 말이야." 엄마는 큭큭 웃다가 멈추시더니 지갑을 꺼내어, 야윈 얼굴로 다시 돈을 세셨어요.

국가란 뭘까요, 종신형이 아니라면?

———

3.7리터들이 우유 장면. 제 어깨뼈 위로 넘쳐버린 병, 부엌 타일 위로 꾸준히 내리던 하얀 비.

식스플래그*에서, 제가 혼자 슈퍼맨 롤러코스터를 타는 걸 너무 무서워하자 엄마가 함께 타셨을 때요. 타고 나서 얼마나 토를 하셨던지, 머리칼이 온통 쓰레기통 속으로. 또 저는 어찌나 끽끽대며 좋아하며 "고마워요"라고 말하는 걸 잊었던지요.

그때 우리, 굿윌**에 가서 노란 태그가 붙은 물건들로 카트를 가득 채웠을 때요. 그날 노란 태그가 붙은 건 추가 50퍼센트 할인이란 뜻이었어요. 저는 카트를 밀며, 버려진 한가득의 보물에 부자가 된 듯한 기분이 들어, 뒷단에 올라타고 미끄러져 갔어요. 그날은 엄마의 생신이었고요. 우리는 나름의 사치를 부렸어요. "진짜 미국인처럼 보이니?" 엄마가 흰 드레스를 몸에 대보며 물으셨어요. 평소에 입기에는 어딘지 너무 정장스러웠지만, 입을 가능성, 기회로 보면 충분히 괜찮았죠. 저는 방긋 웃으며 고개를 끄덕였어요.

● 미국의 테마파크 브랜드.
●● 미국의 대중적인 재활용품 기증센터.

그때 카트는 가득 차 있었고 저는 제 앞에 무엇이 놓여 있는지 그 너머는 보지 못했어요.

부엌칼 장면. 엄마는 칼을 들었다 내려놓고, 떨며, 조용히 중얼거리셨죠. "나가. 나가라고." 그래서 저는 문을 열고 캄캄한 여름의 밤거리로 달려 나왔어요. 제가 열 살이라는 사실을 잊을 때까지, 자신에게서 들리는 거라고는 온통 제 심장박동 소리뿐일 때까지 달렸어요.

———

그때, 뉴욕에서, 사촌 프엉이 차 사고로 죽고 일주일이 지났을 때, 저는 2호선 상행선 열차에 올라탔다가 그의 얼굴을 봤어요. 문이 열리자 선명하고 둥그스름한 얼굴이 살아서 저를 똑바로 쳐다보고 있는 거예요. 숨이 가빠졌어요. 하지만 곧 알게 되었죠. 프엉을 닮은 어떤 남자에 불과하다는 것을. 그래도 결코 다시는 보지 못하리라 생각했던 것을 보았다는 사실이 여전히 저를 뒤집어놓고 있었어요. 아주 유사한 특징들, 강한 턱선과 탁 트인 이마. 그의 이름은 제가 그걸 알아채기도 전에 제 혀끝으로 돌진했어요. 지상으로 올라온 저는 소화전 위에 앉아 엄마에게 전화를 걸었어요. "엄마, 프엉을 봤어요." 숨을 헐떡이면서요. "엄마, 정말 맹세하는데 프엉을 봤다고요. 정말 바보 같지만 열차에서 프엉을 봤어요." 제게는 공황 발작이 있었어요. 엄마는 그걸 알고 계셨고요. 잠

시 아무 말이 없던 엄마는 〈생일 축하합니다〉 멜로디를 흥얼거리
기 시작하셨어요. 제 생일은 아니었지만 그게 엄마가 아시는 유일
한 영어 노래라, 엄마는 그걸 계속해서 부르셨죠. 저는 귀를 기울
였고요. 수화기를 어찌나 귀에 꽉 누르고 있었던지, 몇 시간이 지
나도록 제 뺨에는 분홍색 네모 무늬가 찍혀 있었어요.

———

저는 이제 스물여덟이고, 키 163에 몸무게는 51킬로그램이에요.
정확히 세 각도에서 봐도 잘생겼고 다른 어디에서 봐도 치명적이
죠. 저는 한때 엄마의 것이었던 몸 안에서 이 편지를 쓰고 있어요.
말하자면, 한 명의 아들로서 쓰고 있는 것이죠.

우리가 운이 좋다면, 문장의 끝이 우리의 시작점이 될지도 몰라
요. 우리가 운이 좋다면, 무언가가 전해질 거고요. 피와 힘줄, 뉴런
으로 쓴 또 다른 알파벳. 남쪽으로 날아가도록, 아무도 오래 살아
남을 수 없었던 서사 속 장소로 방향을 틀도록, 그들의 친족에게
조용한 추진력을 불어넣는 선조들.

———

그때, 네일숍에서, 저는 엄마가 가족을 잃은 지 얼마 안 된 손님
을 위로하시는 걸 엿들었어요. 매니큐어를 칠하는 동안 손님은 간

간이 울먹이며 이야기를 했죠. "제 사랑하는 딸, 줄리가 죽다니. 믿기지가 않아요. 제일 건강한 데다 큰애였다고요."

끄덕이는 엄마의 마스크 속 두 눈시울이 젖어 있었어요. "그랬군요. 그랬군요." 엄마는 영어로 더구하셨어요. "울지 말아요. 줄리가……" 그런 다음 물으셨죠. "어쩌다가 그런 거죠?"

"암이었어요." 부인이 대답했어요. "그것도 뒷마당에서! 바로 거기, 뒷마당에서 죽었다고요, 맙소사."

엄마는 손님의 손을 내려놓고 마스크를 벗으셨어요. 암이라…… 몸을 앞으로 기울이셨죠. "저희 엄마도 암으로 돌아가셨어요." 실내가 조용해졌어요. 동료들은 자리에서만 조금씩 움직였고요. "그런데 왜 하필 뒷마당에서, 왜 거기에서 죽은 거죠?"

여자가 눈물을 훔쳤어요. "거기 살았으니까요. 줄리는 우리가 키우던 말이었어요."

엄마는 끄덕이고 마스크를 쓴 다음, 다시 손톱을 칠하기 시작하셨어요. 손님이 간 다음 실내 한쪽으로 마스크를 던지며 외치셨죠. "젠장, 말이라고?" 베트남어였어요. "이런 젠장. 난 정말이지 무덤에 꽃이라도 들고 갈 작정이었다고!" 그날 종일, 엄마는 이 손 저 손에 매니큐어를 바르다 고개를 들고는 외치셨어요. "젠장, 말이었대." 우린 모두 웃었어요.

그때, 열세 살, 드디어 그만두라고 했던 때. 공중에 치켜든 엄마의 손과 한 차례 일격에 화끈거리던 제 광대뼈. "잠깐요, 엄마. 제발 그만 좀." 저는 냉정히 엄마를 노려보았어요. 그때까지, 저를 괴롭히는 아이들의 눈을 들여다볼 때 그렇게 하라고 배운 대로요. 엄마는 돌아서시더니, 아무 말 없이 갈색 울 코트를 입고 걸어서 가게에 가셨어요. "계란 좀 사 올게." 어깨 너머로 말씀하시는데, 마치 아무 일도 없었던 것 같았어요. 그러나 우리 둘 다 알았죠. 엄마가 저를 때리는 일은 두 번 다시 없으리라는 것을.

이동에서 살아남은 제왕나비들은 이 메시지를 그들의 새끼들에게 전했어요. 초겨울에 사라진 가족 구성원들의 기억이 그들의 유전자에 새겨졌고요.

전쟁은 언제 끝나지요? 언제가 되어야 제가 엄마의 이름을 부르면, 그게 엄마가 두고 온 것이 아닌, 오로지 엄마의 이름을 의미하게 될까요?

그때, 검푸른 시간에 눈을 떠보니 제 머리를—아니, 집을—감미로운 음악이 채우고 있었던 때요. 저는 차가운 마룻바닥을 밟고 엄마 방으로 갔어요. 침대는 비어 있었고요. "엄마" 하고 불렀어요. 음악 너머로, 꺾인 꽃처럼 조용히. 음악은 쇼팽이었고, 옷장에서 흘러나오고 있었어요. 마치 불타는 곳으로 들어가는 입구처럼 문에 붉은빛이 아로새겨져 있었어요. 저는 문밖에 앉아 전주곡을 들었고, 그 사이로 들리는 잔잔한 숨소리도 들었어요. 거기 그렇게 얼마나 오래 있었는지는 모르겠어요. 그러나 어느 순간 침대로 돌아가 이불을 뺨까지 끌어 덮었죠. 음악이 아닌 몸의 떨림이 멈출 때까지. "엄마." 저는 아무도 없는데, 한 번 더 중얼거렸어요. "돌아오세요. 밖으로 돌아오세요."

———

언젠가 엄마는 제게 사람의 눈이야말로 신이 만든 가장 외로운 피조물이라고 하셨죠. 어떻게 세상의 그 많은 것들이 안구 위를 스쳐 가고도 아무것도 남아 있지 않느냐고. 눈은, 구멍 속에 혼자 머물며, 1인치 떨어진 곳에 똑같이 생긴, 자기만큼이나 굶주리고 텅 비어 있는 또 하나가 있다는 것조차 모르죠. 제 생애 처음 눈이 내렸을 때 엄마는 현관문을 열고 속삭이셨어요. "봐."

———

언젠가, 싱크대에서 줄기콩 한 바가지를 다듬던 엄마가 난데없이 그러셨어요. "나는 괴물이 아니야. 난 엄마라고."

우리가 생존자라고 말할 때 그건 무슨 뜻일까요? 아마 생존자란 집으로 돌아오는 마지막 존재, 이미 유령들로 묵직한 나뭇가지에 내려앉는 최후의 제왕나비일 거예요.

아침이 우리 주위를 에워쌌어요.

저는 책을 내려놓았고요. 줄기콩 꼭지들은 계속 툭툭 소리를 내고 있었어요. 꼭지들이 스테인리스 싱크대 안으로 손가락들처럼 텅텅 떨어졌어요. "엄마는 괴물이 아니에요." 저는 그렇게 말했어요.

하지만 그건 거짓말이었죠.

제가 정말 얘기하고 싶었던 건 괴물(monster)은 그리 끔찍한 게 아니라는 것이었어요. 원래 재앙을 알리는 신의 사자(使者)란 뜻의 라틴어 어원 '몬스트룸(monstrum)'은 옛 프랑스어에서 켄타우로스, 그리핀, 사티로스 등 무수한 기원을 지닌 동물을 뜻하는 말로 바뀌었어요. 괴물이 된다는 것은 혼성의 신호인 하나의 등대가 된다는 뜻이죠. 피난처이자 동시에 경고물인.

외상후스트레스장애를 앓는 부모는 아이들을 때릴 확률이 높다고 해요. 거기에도 결국 괴물 비슷한 기원이 있는 듯하죠. 아마 아이에게 손찌검을 하는 것은 전쟁에 대비시키려는 걸 거예요. 심장박동을 지니고 있다는 걸 전하는 데에는 심장이 몸에게 '그래 그래 그래'라고 말하는 것만큼 단순한 게 없죠.

모르겠어요.

제가 아는 것은 그때 굿윌에서 제게 흰 드레스를 건넨 엄마의 눈이 멍하게 커져 있었다는 거예요. 엄마는 "이거 좀 읽을 수 있겠니?"라고 물어보셨어요. "그리고 방염처리된 건지 좀 말해줄래?" 저는 밑단을 뒤적여 태그의 인쇄 문구를 들여다봤지만, 아직 혼자서는 읽을 수 없어 이렇게 말했어요. "네." 어쨌든 말했어요. "맞대요." 드레스를 엄마의 뺨 있는 곳에 치켜들고 거짓말을 했던 거예요. "방염처리된 거래요."

며칠 뒤, 이웃의 사내아이 하나가 자전거를 타고 지나가다 제가 앞마당에서 그 옷을 입고 있는 걸 봤나 봐요. 엄마는 일하러 가셨고, 저는 좀 더 엄마처럼 보일 거라 생각해 그걸 입었어요. 다음 날 쉬는 시간에 아이들이 저를 '괴물', '호모', '패것'*이라고 부르게 되었죠. 훨씬 나중에는 그 말들 또한 '몬스터'의 반복이라는 것을 깨닫게 되고요.

가끔 저는 제왕나비들이 겨울로부터가 아니라, 엄마의 어린 시절 베트남의 네이팜 구름으로부터 달아나는 상상을 해요. 나비들이 이글거리는 화염 밖으로 무사히 날아오르는 거죠. 조그맣고 검붉은 날개들은 계속 불어오는 파편들만큼이나 불안해 보이지만, 수천 마일 너머의 하늘로 날아오르고, 그래서 올려다보면, 더 이상 그들이 빠져나온 폭발은 이해할 수 없고, 그저 나비 한 가족만이 청명하고 시원한 공기에 떠다니고 있는 거예요. 그들의 날개는 마침내, 그 많은 참화들을 겪고 난 뒤 방염처리되어 있고요.

"알려주어 고맙구나, 내 새끼." 엄마는 넌지시, 굳은 얼굴로 제 어깨 너머를 응시하며 가슴께에 드레스를 들고 계셨어요. "아주 좋아."

엄마, 당신은 어머니예요. 괴물이기도 하고요. 하지만 저 역시 마

● Faggot. 남자 동성애자를 비하해 부르는 말.

찬가지죠. 그게 제가 엄마를 외면하지 않는 이유예요. 그것이 제
가 신의 가장 외로운 피조물을 지니고 와 그 안에 엄마를 넣어둔
이유죠.

　보세요.

2

이 편지의 이전 원고, 나중에 지워버린 그 편지에서 저는 제가 어떻게 작가가 되었는지 말씀드렸었어요. 어떻게 제가, 가족 중 처음으로 대학에 간 사람이 그 기회를 영문학 학위에 허비했는지. 어떻게 제가 그 지긋지긋한 고등학교를 탈출해 뉴욕에서의 생활을 도서관 서가에 파묻혀, 죽은 이들이 쓴 모호한 텍스트를 읽으며 보냈었는지. 그들 대부분이 자신의 문장 위를 떠도는 저 같은 얼굴을 상상한 적도 없었을뿐더러, 특히 그 문장이 저를 구원하리라고는 상상도 못 했을 거라는 것. 그러나 이제 그런 건 중요치 않아요. 중요한 것은 그 모든 것이, 비록 그때야 저도 몰랐지만, 저를 지금 여기 이 페이지까지 이끌었다는 것, 엄마가 아실 일이 없을 모든 것을 엄마께 얘기하도록 했다는 거죠.

과거로 돌아가자면, 저 역시 한때 어린아이였고 멍들지 않았었다는 거예요. 하트퍼드의 방 한 칸짜리 아파트에서 란 할머니의 잠든 모습을 지켜보며 서 있었을 때, 저는 여덟 살이었어요. 엄마의 엄마인데도 할머니는 전혀 닮은 점이 없으셨죠. 피부는 세 단계쯤 더 어두워 폭풍우 뒤의 진흙탕 같은 색깔이었고, 깨진 유리 같은 눈이 빛나는 앙상한 얼굴 위로 피부가 펼쳐져 있었어요. 어쩌다 제가 초록색 병사들 한 무더기에서 자리를 옮겨, 마룻바닥에 담요를 덮고 누워 가슴에 팔을 포개고 계신 할머니 근처로 갔었는지 모르겠어요. 할머니의 눈은 잠든 동안에도 눈꺼풀 뒤에서 움직이고 있었어요. 주름살로 깊게 휘감긴 이마는 56년이란 세월의 흔적이었고요. 파리 한 마리가 턱에 내려앉더니 보랏빛 입술 끝으로 잽싸게 날아갔어요. 왼쪽 뺨에 몇 초간 경련이 일었고요. 크고 검은 구멍들로 얽은 피부가 햇살 아래에서 잔물결을 이루었어요. 잠든 모습에서 그렇게 많은 움직임을 본 건 처음이었어요. 우리로서는 결코 모를 꿈속을 달리고 있는 개들의 모습에서 말고는요.

그러나 이제 와 깨닫는 건 제가 찾으려 했던 것이 고요함이었고, 그 고요는 잠든 동안에도 계속 씰룩이는 할머니의 몸이 아닌, 마음의 고요였다는 거예요. 깨어 있는 시간에 통제가 안 되고 폭발할 듯했던 할머니의 뇌는 오로지 이런 씰룩거리는 고요 속에서만 진정되었고, 뭐랄까 조용해졌어요. 낯선 사람을 보고 있다는 생각이 들었어요. 만족스러운 표정으로 주름진 그 입술은 제가 깨어 있을 때 알고 있던 란 할머니, 전쟁 후 조현병이 더 악화되어 횡설수설하며 덜거덕거리는 문장을 내뱉던 그 할머니라기에는 너무 낯설었어요. 오히려 통제되지 않은 모습이야말로 제가 아는 할머니의 모습이었죠. 제 기억 속의 할머니는 언제나 제 앞에서 깜빡거리며 감각의 안팎을 들락거리셨어요. 그게, 그때 그 오후의 고요한 빛 속에서, 할머니를 살펴보는 일이 과거를 돌아보는 것 같았던 이유예요.

한쪽 눈이 떠졌어요. 잠의 우윳빛 막으로 덮인 눈이 제 모습을 포착하려고 커졌어요. 저는 창으로 들어오는 빛줄기에 고정된 채 꼿꼿이 서 있었고요. 이윽고 두 번째 눈이 떠졌는데, 이번 건 살짝 분홍빛이었지만 한결 또렷했어요. "배고프겠구나, 리틀독?" 하고 물으시는데, 얼굴은 아직 자고 있는 사람처럼 무표정했어요.

저는 고개를 끄덕였어요.

"가만, 이 시간이면 뭘 먹어야 할까?" 할머니는 방 안을 두리번거리셨어요.

으레 하시는 말씀이라고 생각해 저는 입술을 깨물었고요.

그러나 아니었지요. "'뭘' 먹을 수 있냐니까." 일어나 앉으시는데, 어깨까지 오는 머리가 뒤로 쫙 펼쳐져 꼭 화약이 폭발한 직후의 만화 주인공 같았어요. 할머니는 저만치 기어가 장난감 병사들 앞에 쪼그려 앉으시더니, 무더기에서 한 명을 골라내어 들고 유심히 들여다보셨어요. 손톱들, 엄마의 평소 그 꼼꼼함 덕분에 완벽히 칠해지고 다듬어진 손톱들만이 할머니의 유일하게 흠 없는 부분이었죠. 굳은살이 박이고 튼 손등 위에서 품위 있는 루비색 윤이 나는 손톱들만이 도드라져 보이는 가운데, 할머니는 병사 중 무전병 한 명을 들고 마치 새로 발굴해낸 공예품이라도 되는 듯 자세히 살펴보셨어요.

등에 통신장비를 짊어진 병사는 한쪽 무릎을 꿇고 웅크린 채 송화기에다 영원히 소리를 질러대고 있었어요. 복장으로 보아 2차 세계대전에서 싸우고 있는 중이었죠. "당신은 뉘시오, 메시르?" 할머니는 엉터리 영어와 불어를 섞어 플라스틱 인간에게 물어보셨어요. 그러더니 팍 하고 병사를 당신 귀에 대고 눈은 절 쳐다보며 골똘히 귀를 기울이셨어요. "저들이 내게 뭐라는 줄 아니, 리틀독?" 베트남어로 속삭이셨어요. "그들 말이……" 고개를 살짝 한쪽으로 기울여 제게 기대자 숨결에서 리콜라 기침사탕과 자고 난 뒤 특유의 고기 냄새 비슷한 게 섞여서 났어요. 그 조그만 녹색 인간의 머리는 할머니의 귀에 삼켜져 있었고요. "그들 말이, 훌륭한 병사는 할머니들이 밥을 잘 먹여야만 승리한다는구나." 할머니는 단한 차례 큰 소리로 낄낄대는 웃음을 내뱉더니, 갑자기 텅 빈 표정으로 제 손에 무전병을 건네고 주먹을 쥐여주셨어요. 그렇게 일어서서 부엌으로 발을 끌며 가시는데 뒤꿈치에 샌들이 철퍼덕거렸고요. 저는 그 메시지를 손에 꼭 쥐었고, 이웃집 벽을 통해 레게음악이 희미하게 스미는 동안, 플라스틱 안테나가 제 손바닥을 찌르고 있었어요.

———

저한테는 예나 지금이나 별명이 많았죠. '리틀독'은 란 할머니가 부르시는 별명이었어요. 누가 당신 자신과 딸에게는 꽃 이름을 지어주신 분으로 하여금, 그 손자는 '개'로 부르게 했을까요? 자신의 것을 경계하는 여인, 바로 할머니였죠. 아시겠지만 란 할머니가 자란 마을에서는 종종 무리에서 가장 작거나 허약한 아이가 있으면, 저처럼요, 가장 경멸할 만한 것을 딴 이름을 지었어요. 악마, 유령 아이, 돼지코, 원숭이, 들소머리, 후레자식…… 리틀독은 그만하면 부드러운 축에 들었죠. 건강하고 예쁜 아이들을 찾아다니는 악령이 저녁식사 자리에서 뭔가 흉측하고 섬뜩한 이름이 불리는 것을 듣고, 그 아이를 해치지 않고 그 집을 지나칠 거라는 이유에서였어요. 무언가를 사랑한다는 것은 그러니까, 너무 가치가 없어 건드리지 않고 살려둘지 모를 어떤 것을 딴 이름을 지어주는 일이죠. 공기처럼 희미한 이름도 방패가 될 수 있는 거예요. 리틀독 방패.

———

　저는 부엌의 타일 바닥에 앉아, 테두리에 남색 덩굴들이 그려진 도자기 그릇에 할머니가 모락모락 김이 나는 밥 두 덩이를 뜨시는 걸 지켜보았어요. 할머니는 찻주전자를 쥐고 밥 위에 재스민 차를 부으셨는데, 연한 호박색 액체 안에 밥알 몇 개가 떠오를 만큼만 부으셨죠. 우리는 바닥에 앉아 향긋한 김이 나는 그릇을 옮겼어요. 그 맛은 뭐랄까, 으깬 꽃잎에서 날 법한 맛을 상상하시면 될 거예요. 쌉쌀하고 밋밋한데, 뒷맛은 산뜻하고 달콤했죠. "진짜 농부의 음식이지." 할머니는 활짝 웃으셨어요. "이게 우리의 즉석요

리란다, 리틀독. 이게 우리의 맥도날드야!" 할머니는 몸을 한쪽으로 기울이더니 커다랗게 방귀를 뀌셨어요. 저도 할머니를 따라 한 방 뀐 다음, 둘이 함께 눈을 감고 웃었죠. 그러다 할머니는 멈추셨어요. "마저 먹어라." 고갯짓으로 그릇을 가리키셨어요. "우리가 남긴 밥알 하나가 지옥에서 먹게 될 구더기 한 마리야." 할머니는 손목에서 고무줄을 빼 머리를 동그랗게 묶으셨어요.

트라우마는 뇌에 영향을 줄 뿐 아니라 몸의 근육계와 관절, 자세에도 영향을 준대요. 할머니의 등은 영영 굽어 있었어요.

너무나 굽어 싱크대에 서 계시면 거의 머리가 안 보일 정도였죠. 설거지를 하느라 까닥거리시는 동안, 제 눈에는 뒤로 묶은 올림머리밖에 안 보였어요.

할머니가 반쯤 남은 땅콩버터 한 병만 오도카니 놓여 있는 식품 저장고를 흘끗 보셨어요. "빵을 더 사 와야겠구나."

———

어느 날, 독립기념일을 하루인가 이틀 앞둔 밤, 같은 블록의 이웃들이 옥상에서 폭죽을 쏘아올리고 있었어요. 인광을 발하는 선들이, 빛으로 얼룩진 보랏빛 하늘을 훑고 올라가 거대한 폭발을 일으키며 흩어지면, 아파트 전체가 떠나갈 듯이 울렸죠. 저는 엄마와 할머니 틈에서 자다가 밤새 등에 눌려 있던 할머니의 체온이 사라진 걸 느꼈어요. 돌아보니 할머니가 무릎을 꿇고 담요를 마구 긁어대고 계셨어요. 무슨 일이냐고 물어보기도 전에 차갑고 축축한 손이 제 입을 막았고요. 할머니는 제 입술에 손가락을 대셨어요.

"쉬잇. 소리를 지르면." 할머니가 속삭이시는 게 들렸어요. "박격포들이 우리가 어디 있는지 알아낼 거야."

할머니 눈 속의 가로등과 그것이 비추던 어두운 얼굴의 황달 걸린 웅덩이들. 할머니는 제 손목을 쥔 채 창가로 당기셨고, 거기서 우리는 위로 튀어 오르는 폭발음을 들으며 창 밑에 웅크리고 앉아 있었어요. 이윽고 저를 천천히 므릎으로 이끄셨고 그렇게 우리는 기다렸어요.

할머니는 계속 속삭이다가도 왈칵 왈칵, 박격포 얘기를 하며 주기적으로 제 입을 가리셨어요. 코에 날카롭게 와 닿던 마늘 냄새와 호랑이연고 냄새. 우리는 그렇게 두 시간을 앉아 있었을 거예요. 회색으로 변하기 시작한 방이 검푸른색에 밀려나고 할머니의 심장 소리도 잔잔해지자, 담요를 말고 마루 저편에 누워 있던 두 개의 잠든 형체, 엄마와 엄마의 언니인 마이 이모가 드러났어요. 엄마는 꼭 눈 덮인 툰드라 지대의 부드러운 산맥 같았죠. 저에게 가족이란 이처럼 폭격의 밤을 보내고 난 뒤 마침내 평온해진, 고요한 북극의 풍경이구나 생각했어요. 제 어깨에 기댄 란 할머니의 턱이 묵직해지고 귓가에 내쉬는 숨소리도 잠잠해지자, 저는 할머니가 마침내 두 딸의 잠에 합류했다는 것을 알았죠. 보이는 거라고는 7월의 눈. 부드럽고, 완전하고, 뭐라 설명하기 힘든 눈이 전부였어요.

리틀독 이전의 저에게는 또 다른 이름, 가지고 태어난 이름이 있었어요. 어느 10월의 오후, 사이공 외곽, 엄마가 자란 곳과 똑같은 논 위에 바나나 잎으로 지붕을 얹은 헛간에서 저는 엄마의 아들이 되었어요. 란 할머니에 의하면 지역의 주술사와 조수 두 명이 헛간 밖에서 첫 울음 소리를 기다리며 쭈그려 앉아 있었대요. 할머니와 산파들이 탯줄을 자르고 나자, 주술사 일행이 달려 들어와 갓 태어나 끈적한 저를 하얀 천으로 싼 다음, 근처의 강으로 달려가 그곳의 향 연기와 세이지 풀의 장막 아래에서 씻겼대요.

이마에 재 자국이 난 채로 비명을 지르던 제가 아버지의 품에 안기자 주술사가 지어두었던 이름을 속삭여주었어요. '국가의 애국적 지도자'라는 뜻이라고 주술사는 설명했죠. 아빠의 의뢰를 받은 주술사는, 이 무뚝뚝한 언행의 사내, 걸어 들어올 때 157이 살짝 넘는 체구를 커 보이게 하려고 가슴을 빵빵하게 부풀린다거나 한 대 칠 듯한 몸짓으로 말하는 사내의 성격을 간파한 뒤, 제 상상일 뿐이지만, 돈 낸 사람을 만족시킬 이름을 골랐겠죠. 그리고 그가 옳았어요. 할머니에 의하면 아빠는 헛간 문턱에서 저를 머리 위로 치켜들고 활짝 웃었대요. "내 아들은 베트남의 지도자가 될 거야"라고 외치면서요. 그러나 2년 뒤, 전쟁이 끝난 지 13년이 지나도록 어수선했던 베트남의 상황이 더더욱 심각해졌고, 우리는 아버지가 서 있던 바로 그 땅, 몇 피트 옆에서 엄마의 피가 다리 사이에 검붉은 원을 그리며 흙을 신선한 진흙으로 바꾸었던 그 토양으로부터 탈출하게 되죠. 그렇게 저는 살아남았어요.

———

다른 때, 란 할머니는 소음에 대해 의외의 반응을 보였어요. 기억나세요? 어느 날, 저녁 먹고 할머니 이야기를 들으려 곁에 모여 앉아 있는데, 길 건너에서 총소리가 나기 시작했잖아요. 하트퍼드에서 총소리는 그리 특별한 게 아니었지만 저는 아직 그 소리에 준비되어 있지 않았어요. 날카롭기는 해도, 상상했던 것보다는 다소 평범한 것이, 마치 밤에 공원에서 연이어 들려오던 작은 경기의 홈런 소리 같았죠. 엄마와 마이 이모, 저는 다들 비명을 질렀고, 뺨과 코를 바닥에 바짝 붙였어요. "누가 불 좀 꺼." 엄마가 소리를 치셨어요.

불을 끄고 몇 초 뒤 컴컴해진 방에서 할머니가 입을 여셨어요. "뭐야? 겨우 세 발이잖아." 할머니의 목소리는 할머니가 앉아 계시던 바로 그 자리에서 들려왔어요. 심지어 움찔하지도 않으셨죠. "아니니? 죽은 거니, 아니면 숨 쉬고 있는 거니?"

할머니가 손짓으로 우리를 부르시는데 옷이 피부에 닿아 바스락거렸어요. "전쟁 때에는, 마을 전체가 제 불알이 어디 붙어 있는지 알기도 전에 뛰어 올라가곤 했단다." 할머니는 코를 푸셨어요. "자, 어디까지 얘기했나 잊어버리기 전에, 이제 다시 불을 켜자."

할머니와 있을 때의 제 임무 중 하나는 족집게 하나를 가져와 한 가닥 한 가닥 흰머리를 뽑아드리는 거였어요. "내 머리에 내린 눈"이라고 할머니는 설명하셨죠. "그 눈이 머리를 근질거리게 하는구나. 가려운 머리카락 좀 뽑아주겠니, 리틀독? 눈이 뿌리를 내리고 있어." 할머니는 제 손에 슬쩍 족집게를 쥐여주셨어요. "오늘은 이 할미 좀 젊게 해주렴, 알았지?" 활짝 웃으며 정말 조용히 속삭이셨어요.

이 임무에 대한 대가로 저는 이야기를 받았어요. 할머니가 머리를 창가 볕 쪽을 향하게 하시면, 저는 등 뒤의 베개에 무릎을 꿇고, 손에 족집게를 쥐었어요. 할머니가 이야기를 시작하시면 음정이 한 옥타브 떨어지면서 서사 속으로 깊이 휩쓸려가곤 했죠. 대부분은 으레 그러셨듯 두서가 없었고, 이야기는 서로 돌고 돌았어요. 이야기들은 할머니의 마음에서 나선을 그리며 빠져나온 다음 한 주 뒤에 같은 서두로 되돌아갈 뿐이었어요. "자, 이번 이야기는 말야, 리틀독, 널 정말이지 멀리로 데려가줄 게다. 준비됐니? 내가 하는 말이 재미있긴 하니? 좋아. 왜냐면 나는 절대 거짓말은 안 하거든." 익숙한 이야기는 긴장되는 순간이나 중대한 전환점에 이르면, 매번 똑같이 극적으로 멈추거나 어조의 변화와 함께 끊기곤 했어요. 저는 마치 수없이 본 영화를 또 보듯, 문장을 따라가며 입을 움직였죠. 란 할머니의 어휘로 만들어져 저의 상상력으로 움직이는 영화. 우리는 이런 식으로 협업했어요.

흰머리를 뽑아드리는 동안 우리 주위의 빈 벽은 환상적인 풍경으로, 아니 아예 안쪽으로 열리고, 석고 벽이 그 뒤의 과거를 드러내며 무너져 내렸어요. 전쟁 때의 장면들, 사람을 닮은 원숭이들이 나오는 신화, 달랏의 산에서 내려와 곡주로 사례를 받던 그 옛날의 퇴마사들, 그들은 야자 잎에 쓴 악령 쫓는 주문을 지닌 채 들개 한 무리와 함께 마을들을 돌아다녔대요.

그중에는 개인적인 이야기도 있었어요. 엄마가 어떻게 태어났는지에 대한 얘기라든가 캄란 만의 구축함에 고용된 백인 미군에 대한 이야기 같은 것들. 란 할머니가 그 미군을 어떻게 만났었고, 보랏빛 아오자이를 입고 걸을 때면 바의 불빛 아래, 옷자락이 뒤로 어떻게 부풀었었는지. 그 무렵 중매결혼으로 만났던 첫 남편을 어떻게 떠났었는지. 전쟁 중인 도시에서 난생처음 가족 없이 사는 젊은 여성으로서, 생계를 이어가는 방식이 어떻게 몸뚱이와 보라색 옷이었는지. 할머니가 말씀하시는 사이 제 손은 느려지다가 이내 멈추었어요. 아파트 벽 위에 상영되는 영화 속으로 완전히 빠져들었던 거죠. 저는 할머니의 이야기 속에서 저 자신을 잊었고, 기꺼이 길을 잃어버렸어요. 할머니가 돌아와 제 허벅지를 찰싹 칠 때까지. "이봐라, 내 위에서 지금 졸면 안 되지!" 하지만 저는 졸던 게 아니었어요. 보라색 의상이 연기 자욱한 바 안에서 이리저리 살랑이고, 윤활유와 담배 냄새, 보드카와 군복에서 나는 포연 냄새 밑으로 잔들이 짤랑일 때, 저는 할머니 곁에 서 있었던 거예요.

"날 좀 도와주렴, 리틀독." 할머니는 제 손을 당신의 가슴 위에 누르셨어요. "내가 젊음을 유지하도록 도와줘라, 내 인생에서 이 눈을 좀 떼줘. 내 인생에서 몽땅 말이야." 저는 그런 오후들을 보내면서 알게 되었어요. 광기도 때로는 발견으로 이어진다는 것, 분열된 채 잠깐씩 이어지는 정신도 전적으로 틀린 건 아니라는 것을. 할머니의 머리에서 눈이 떨어질 때마다 방은 우리의 목소리로 채워지고 또 채워졌고, 제 무릎 주위의 마룻바닥은, 우리 주위로 과거가 펼쳐지며 하얗게 변했어요.

———

그리고 스쿨버스가 있었죠. 그날 아침에는, 다른 날도 그랬지만 아무도 제 옆에 앉지 않았어요. 저는 창문에 몸을 기댄 채, 아직 어둑어둑하고 연자줏빛인 바깥 풍경들로 제 시야를 채우고 있었어요. 모텔6, 아직 열지 않은 클라인 빨래방, 타이어 한쪽이 들린 채 진흙탕에 반쯤 기울어져 오도가도 못 하게 된, 앞마당의 베이지색 보닛 없는 도요타. 버스가 속도를 내며 도시의 조각들이 세탁기 속 빨래들처럼 소용돌이쳤어요. 제 주위는 온통 서로 밀쳐대는 남자애들뿐이었고요. 목 뒤로 홱 잡아당기는 팔다리들의 바람이 느껴졌고, 급습하는 팔과 주먹들이 공기를 밀어냈어요. 저는 제가 지닌 이목구비가 이 지역에서 희귀하단 걸 알았기에 그 애들을 피하려고 창에 더 바짝 머리를 기댔어요. 바깥의 주차장 한가운데에서 불꽃을 본 게 그때였죠. 제 뒤에서 들리는 그 애들의 목소리를 듣고서야 저는 그 불꽃이 제 머릿속에서 튄 거라는 걸 깨달았어요. 누군가 제 얼굴을 유리창에 밀쳤다는 것을.

"영어 좀 해봐." 노란 바가지머리를 한 애가 그렇게 말했어요. 늘어진 턱살이 홍조를 띤 채 잔물결 치고 있었죠.

가장 잔인한 벽은 유리로 된 벽이에요, 엄마. 저는 창틀을 부수고 뛰어내리고픈 충동을 느꼈어요.

"야." 턱살 녀석이 몸을 기대더니 제 귓가에 시큼한 입을 들이밀었어요. "말해본 적 없어? 영어 못해?" 그 애는 제 어깨를 움켜쥐더니 자기를 보라며 돌려세웠어요. "내가 얘기를 할 땐, 날 보란 말이야."

그 애는 겨우 아홉 살이었지만, 벌써 미국의 망가진 아버지들이 쓰는 말투를 완벽히 구사하고 있었어요. 뭔가 흥미로운 일이 일어나고 있다는 걸 알아챈 아이들이 저를 둘러쌌죠. 그 애들의 산뜻하게 세탁된 옷 냄새를 맡을 수 있었어요. 유연제에 든 라벤더와 라일락 냄새들.

아이들은 무슨 일이 벌어질지를 기다렸어요. 제가 눈을 감을 뿐 아무 반응이 없자 그 애가 저를 때렸고요.

"뭐라도 말을 해보란 말이야." 그 애가 살집 있는 코를 제 화끈거리는 뺨에 들이밀었어요. "말을 한 마디도 못 한다 이거야?"

두 번째로 손이 날아온 건 위쪽의 다른 아이로부터였어요.

바가지머리가 제 두 뺨을 쥐더니 그 애한테로 돌려세웠어요. "그럼 내 이름이라도 불러봐." 그 아이가 눈을 깜빡였는데, 속눈썹이 길고 금빛인 게, 거의 아무것도 흔들리지 않았어요. "너네 엄마가 어젯밤 한 것처럼 말이야."

바깥에는, 더러운 돈다발처럼 두툼하고 축축한 낙엽들이 창을 가로질러 떨어지고 있었어요. 저는 기꺼이 깍듯이 복종하며, 그 애의 이름을 말했죠.

아이들의 웃음소리가 제 안으로 들어오도록 내버려두었어요.

"다시." 그 애가 말했어요.

"카일."

"더 크게."

"카일." 눈은 여전히 감은 채로요.

"그래야지, 우리 귀여운 아가씨."

그때, 갑자기 날씨가 개듯, 라디오에서 노래 한 곡이 흘러나왔어요. "와, 우리 사촌이 방금 쟤네 콘서트에 갔는데!" 그리고 그게 끝이었어요. 애들의 그림자도 제 위에서 사라졌고요. 저는 코에서 콧물이 흐르도록 내버려두었어요. 멍하니 발치를 바라보았죠. 엄마가 사주셨던 신발, 걸을 때마다 밑창에 빨간불이 들어오는 신발을요.

앞좌석에 이마를 기댄 저는 처음에는 부드럽게, 그다음에는 빠르게 발을 굴렀어요. 스니커즈가 고요한 화염으로 폭발했어요. 어디로 갈지 모르는, 세상에서 가장 작은 앰뷸런스.

———

그날 밤, 샤워를 마친 엄마는 머리에 수건을 두르고 소파에 앉아 계셨고, 손에는 말보로 레드가 천천히 타고 있었어요. 저는 그 자리에 꼼짝 않고 서 있었고요.

"왜 그랬지?" 엄마는 똑바로 텔레비전만 쳐다보셨어요.

엄마가 담배를 찻잔에 꽂으시자 저는 얘기를 꺼낸 걸 즉시 후회했어요. "왜 애들이 그렇게 하도록 내버려두었지? 눈 감지 마. 졸린 거 아니잖아."

엄마는 저를 빤히 쳐다보셨고, 우리 사이로 푸른 연기가 피어올랐어요.

"어떤 사내 녀석이 그렇게 하도록 가만 내버려만 두지?" 엄마의 입가에서 연기가 새어 나왔어요. "넌 아무 대응도 안 했잖아." 어깨를 으쓱하셨어요. "그냥 내버려두었다고."

저는 다시 창문을 생각했어요. 어떻게 모든 게 창문처럼 보였는지요. 우리 사이의 공기조차.

엄마는 제 어깨를 움켜쥐고, 재빨리 이마를 제 이마에 대셨어요. "그만 울어. 왜 그렇게 항상 우니!" 너무 가까워 엄마의 이에서 나는 담뱃재와 치약 냄새를 맡을 수 있었어요. "아직 아무도 안 건드렸거든? 그만 좀 울라고. 그만이라고 했다, 젠장!"

그날의 세 번째 손찌검에 제 시선은 한쪽으로 밀쳐졌고, 엄마를 보려고 잽싸게 돌리기 전, 제 얼굴 앞에는 텔레비전 화면이 번쩍이고 있었어요. 엄마의 시선이 제 얼굴 전체에 이리저리 꽂혔어요.

이제 엄마는 저를 끌어안더니 어깨에 제 뺨을 꼭 누르셨어요.

"넌 길을 찾아야 돼, 리틀독." 제 머리칼 속에다 말씀하셨어요.

"그래야만 돼. 왜냐, 나는 널 도울 만큼 영어가 안 되기 때문이야. 그 애들더러 그만하라고 아무 말도 할 수가 없어. 네가 방법을 찾아. 방법을 찾을 게 아니라면 이런 얘기는 아예 꺼내지를 말고, 듣고 있니?" 엄마는 저를 품에서 떼셨어요. "너는 진짜 사내아이답게 강해져야 돼. 위로 올라서야지. 안 그러면 그 애들은 계속 그럴 거라고. 신물이 날 정도로 영어를 익혀." 엄마는 제 배 위에 손을 얹고 거의 속삭이셨어요. "넌 영어를 써야 돼, 알았지?"

"네, 엄마."

엄마는 제 머리칼을 한쪽으로 쓸어 넘긴 뒤 이마에 입을 맞추셨어요. 그리고 유심히, 다소 길게 들여다보시더니 손을 저으며 다시 털썩 소파에 누우셨어요. "담배나 한 대 더 줘라."

제가 말보로 담배와 지포 라이터를 갖고 왔을 때, 텔레비전은 꺼져 있었어요. 엄마는 그냥 멍하니 앉아 푸른 창밖을 보고 계셨고요.

———

다음 날 아침, 부엌에서, 저는 엄마가 제 머리만큼 큰 잔에다 우유를 붓고 있는 것을 지켜보고 있었어요.

"마셔." 엄마의 입술이 자존감으로 삐죽 나와 있었죠. "이건 미국 우유니까 널 훌쩍 크게 해줄 거야. 그건 의심할 여지가 없지."

찬 우유를 너무 많이 마시니 혀가 둔해져 점점 아무 맛이 안 났어요. 그 뒤로 매일 아침, 우리는 같은 의식을 반복했죠.

굵고 흰 매듭처럼 우유가 부어지면, 저는 엄마가 보실지 모른다는 걸 확인하며 꿀꺽꿀꺽 들이켰어요. 우리 둘은 제 안으로 사라진 하얀색이 최대한의 효과를 내주기를 바랐고요.

나는 빛을 마시고 있는 거야, 하고 생각했어요. 나는 나 자신을 빛으로 채우고 있는 거야. 이 우유가 내 안의 모든 거무스름한 색을 환한 물결로 지워버릴 거야. "조금만 더." 엄마는 식탁을 치며 말씀하셨어요. "나도 많다는 건 알아. 하지만 그만한 가치가 있지."

저는 잔을 식탁 위에 내려놓고 활짝 웃었어요. "봤지?" 엄마가 팔짱을 끼고 말씀하셨어요. "벌써 슈퍼맨처럼 보이는구나!"

저는 활짝 웃었고, 입술 사이에는 우유 거품이 묻어 있었어요.

———

어떤 이들은 역사가, 우리가 으레 생각하는 것처럼 일직선으로 움직이는 게 아니라, 나선으로 움직인대요. 우리는 시간 속을 순환 궤도 형태로 여행하고, 우리가 오로지 다시 돌아오기 위해 중심으로부터 멀어지면, 한 바퀴가 사라지는 것이죠.

란 할머니도 이야기를 하실 때면 나선으로 여행하고 계셨어요. 듣고 있으면 이야기가 변하는 순간들이 있었죠. 많이는 아니고, 그저 아주 작은 세부 사항들. 하루 중의 시간대라든가 누군가의 셔츠 색깔, 세 차례의 공습이 두 차례로 바뀐다거나 9밀리미터 소총이 AK-47로, 울었던 딸이 웃는 딸로, 서사 속에서 이동이 일어나곤 했어요. 과거는 결코 고정된 소강상태의 풍경이 아니라 다시 나타나는 어떤 것이었죠. 원하든 원하지 않든 우리는 나선형으로 여행을 하며, 사라진 것에서 새로운 무언가를 창조하고 있는 거예요. "날 다시 젊게 해주렴." 할머니는 그렇게 말씀하셨어요. "다시 검게 만들어주렴, 이런 흰 눈 말고, 리틀독. 흰 눈 말고."

하지만 진실은, 저도 모르겠어요, 엄마. 저에게는 쓰고 나서 지우고, 책상에서 멀찍이 걸어 나오곤 하는 식의 이론들이 있어요. 저는 주전자를 올려놓고, 끓는 물소리가 제 마음을 변화시키도록 내버려두죠. 엄마의 이론은 뭔가요?―무엇이든지요. 저는 알아요. 제가 이렇게 물으면 엄마는 입을 가리고 웃으시리라는 걸요. 어린 시절, 엄마가 살던 동네의 여자아이들에게는 흔했을 몸짓, 똑 고른 치아를 타고났음에도 평생 유지해왔을 그 몸짓 말이죠. 엄마는 그런 건 없다고, 이론이란 시간이 넘쳐나는 자들, 충분한 의지가 없는 자들이나 갖고 있는 거라고 하실 거예요. 하지만 제게는 이론이 하나 있어요.

우리, 캘리포니아로 가는 비행기에 타고 있었잖아요. 기억나세요? 엄마는 그 사람, 아빠에게 한 번 더 기회를 주려고 하셨죠. 아빠의 무수한 손찌검에 아직도 코가 휘어져 있었는데도 말이에요. 그때 저는 여섯 살이었고, 우리는 란 할머니를 하트퍼드의 마이 이모와 함께 남겨두고 갔었어요. 비행 도중의 어느 순간엔가 기류가 좋지 않아 몸이 자리에서 들썩였는데, 제 작은 몸뚱이가 쿠션에서 번쩍 들렸다가 안전벨트 때문에 확 잡아당겨졌어요. 저는 울기 시작했죠. 엄마는 엄마의 몸무게가 비행기의 가속도를 흡수하도록 한 팔로 제 어깨를 감싼 다음 몸을 기대셨어요. 그리고 창밖의 두툼한 구름 띠를 가리키며 그러셨죠. "우리가 이렇게 높이 올라오면 구름들이 산으로 변해. 단단한 바위로 말이야. 그래서 네가 그렇게 느끼는 거야." 귓가에 스치는 엄마의 입술과 목소리에 진정이 되자, 저는 하늘 저편에 보이는 거대한 화강암빛 산들을 관찰했어요. 네, 물론 비행기는 흔들렸죠. 우리는 바위들 틈으로 이동하고 있었고, 우리의 비행이란 그러한 경로를 초자연적으로 인내하는 것이었어요. 그 사내에게로 돌아가기 위해서는 그런 종류의 마법이 필요했으니까요. 비행기는 덜컹거려야 했고, 거의 산산조각 날 정도여야 했어요. 저는 새로워진 우주의 법칙에 따라, 기대앉은 다음 우리가 산들을 하나하나 뚫고 나아가는 것을 지켜보았어요.

———

어휘에 있어서라면, 엄마가 아는 단어의 양은 네일숍의 부엌 찬장 밑 우유통에 모아둔 팁 동전들의 개수보다 적죠. 엄마는 종종 새나 꽃, 월마트의 레이스 커튼 등을 가리키며 "아름다워"라고만 하셨어요, 그게 뭐였든 간에. "뎁 꾸아(Đẹp quá)!" 한번은 이웃집 마당의 크림색 난초 위에서 윙윙대는 벌새를 가리키며 그렇게 외치셨어요. "아름다워!" 그리고 제게 그 새를 뭐라고 부르냐고 물으셨는데, 저는 영어로 대답을 했어요. 제가 그 새를 말할 수 있는 유일한 언어였으니까요. 엄마는 공허하게 끄덕이셨죠.

다음 날 엄마는 이미 그 이름은 잊으셨고, 음절들 역시 혀에서 빠져나가버렸어요. 그러나 그때, 저는 시내에서 집으로 돌아오며 앞마당에 있는 벌새 모이통을 눈치챘어요. 맑고 달콤한 즙이 가득 든 유리구 둘레를 부리를 꽂을 수 있게 구멍을 낸 플라스틱 꽃들이 감싸고 있었어요. 그게 무엇인지 제가 묻자 엄마는 쓰레기통에서 구겨진 상자를 꺼내어 벌새의 흐릿한 날개와 뾰족한 부리를 가리키셨어요. 이름은 몰랐지만 그럼에도 알아볼 수 있었던 새. "뎁 꾸아." 엄마는 미소를 지으셨어요. "뎁 꾸아."

———

그날 밤 엄마가 집에 돌아오시고 할머니와 제가 찻물에 만 밥을 다 먹고 나자, 우리는 다 같이 뉴브리튼 애비뉴에서 좀 벗어나면 있는 40분 거리인 C타운까지 걸어갔어요. 거의 문 닫을 시간이라 통로들이 텅 비어 있었죠. 엄마는 쌀국수인 분보후에를 만드는 데 쓸 소꼬리를 사고 싶어 하셨는데, 우리 앞에 놓인 추운 겨울날을 위해서였어요.

엄마가 정육점 카운터의 유리 진열장에서 마블링된 살들이 담긴 칸들을 둘러보시는 동안, 란 할머니와 저는 손을 잡고 그 옆에서 있었어요. 꼬리가 안 보이자 엄마는 카운터 뒤의 남자에게 손짓을 하셨죠. 그가 도움이 필요한지 물었을 때, 엄마는 너무 한참을 머뭇거리다가 베트남어로 물으셨고요. "두이 보, 안코 두이 보 콤(소꼬리, 소꼬리 있나요)?"

그는 우리들 한 명 한 명을 흘끗 보더니 몸을 기울이고 다시 물어봤어요. 할머니의 손이 제 손 안에서 움찔했고요. 난처해진 엄마는 우묵한 허리춤에 집게손가락을 갖다 대고 그 남자가 등 쪽을 볼 수 있도록 살짝 돌아서서 음매 하는 소리와 함께 손가락을 꼼지락거리셨어요. 다른 손으로는 머리 위에 뿔 한 쌍을 만드셨고요. 엄마는 그 남자가 이 퍼포먼스의 각 부분, 뿔과 꼬리와 소를 알아볼 수 있도록 조심스레 몸을 꼬고 춤을 추며 움직이셨어요. 그런데도 그 사람은 그저 웃기만 했어요. 처음에는 손으로 가리고 웃더니 그다음엔 더 크고 우렁차게 웃었죠. 엄마의 이마에 맺힌 땀에 형광등 불빛이 반사됐어요. 럭키참스 시리얼 한 상자를 들고 가던 중년 여자 역시 웃음을 참고 발을 끌며 우리 옆을 지나갔어요. 엄마는 뺨을 불룩하게 한 채, 혀를 어금니에 대고 난처해하셨고요. 마치 허공에서 허우적대는 것처럼 보였어요. 엄마는 어린 시절 배워서 기억에 일부 남아 있는 프랑스어까지 시도하셨어요. "데리에르 드 바슈(암소 엉덩이)!" 목에 핏대가 보일 정도로 외치셨지요. 대답을 해주려고 남자가 안쪽에 대고 소리를 지르자 그곳에서 좀 더 거무스름한 외모의 더 작은 남자가 나와 스페인어로 엄마에게 말을 걸었어요. 란 할머니는 제 손을 놓고 엄마에게 합류하셨고요. 빙글빙글 원을 돌며 음매 소리를 내고 있는 엄마와 딸. 할머니는 내내 키득거리고 계셨어요.

남자들이 고함을 치고 카운터를 쳐대는데, 치아가 거대하고 하얘 보였어요. 엄마가 저에게로 돌아서더니, 젖은 얼굴로 간청하셨어요. "저들에게 말해. 어서, 우리에게 필요한 걸 말하라고." 저는 소꼬리를 그냥 '옥스테일(oxtail)'이라고 부른다는 걸 몰랐어요. 속에서 부끄러움이 솟구쳐 고개만 저었죠. 사내들은 킬킬거리다가 이내 어리둥절하게 난감해하며 지켜보고 있었어요. 가게 문도 닫을 시간이었고요. 다시 한번, 그중 한 명이 몸을 낮추며 진지하게 물어보았어요. 그러나 우리는 돌아섰지요. 우리는 소꼬리, 분보후에를 포기했어요. 엄마는 원더브레드 식빵 한 덩이와 마요네즈 한 병을 집어 드셨어요. 계산하는 동안 우리 중 누구도 말이 없었고, 우리의 말은 갑자기 모든 곳에서, 심지어 우리의 입안에서조차 틀린 말이 되어버렸어요.

계산 줄에는, 막대사탕과 잡지들 틈으로 진실반지[•]들을 담아둔 접시가 있었어요. 엄마가 한 개를 집어 들더니 가격을 확인한 뒤 우리 각자를 위해 세 개를 사셨어요. 엄마는 잠시 후 "뎁 꾸아"라고, 겨우 들릴까 말까 하는 소리로 속삭이셨어요.

"뎁 꾸아."

"어떠한 대상도 기쁨과 지속적인 관계에 놓여 있지 않다." 바르

[•] 체온에 따라 색이 변하는 반지.

트는 그렇게 쓰고 있어요. "작가에게는, 그러나, 모국어가 있다"라고. 그러나 모국어가 방해를 받는다면 어쩌죠? 그 혀가 공(空)의 상징일 뿐 아니라 공 자체이고, 아예 혀가 잘려 나갔다면요? 그 누군가는 자기 전부를 잃는 일 없이, 상실에서 기쁨을 얻을 수 있을까요? 제가 지닌 베트남어는 엄마가 물려주신 것이었고, 그 발음과 문법은 겨우 2급 수준이었어요.

한 명의 소녀로서, 엄마는 학교 건물이 미국의 네이팜탄 공습에 무너져 내리는 것을 바나나 숲에서 지켜보셨어요. 다섯 살의 나이로 다시는 교실에 발을 들이지 않으셨고요. 우리의 모국어란 그렇다면, 전혀 어머니가 아니에요. 한 명의 고아일 뿐이죠. 우리의 베트남어는 타임캡슐이고, 엄마의 교육이 중단된 지점이자, 재로 변했던 지점의 표시예요. 엄마, 우리가 모국어로 말한다는 것은 그저 부분적으로만 베트남어로 말하는 것일 뿐 전체적으로는 전쟁 속에서 말하는 거예요.

그날 밤 저는 언제든 엄마가 대신 얘기해주길 바라시면, 묵묵히 있지 않겠다고 저 자신과 약속했어요. 그렇게 우리 가족의 공식 통역사로서의 제 경력이 시작되었죠. 그때부터 지금까지, 저는 어느 때고 가능하다면 우리의 공백들, 우리의 침묵, 더듬거리는 말들을 메워나가곤 했어요. 제 언어체계는 전환되었어요. 마치 가면을 벗듯 우리의 언어를 벗고 영어를 썼죠. 그래서 사람들이 제 얼굴을 보고, 그런 다음 엄마의 얼굴을 보도록 말이에요.

엄마가 1년간 시계 공장에서 일하셨을 때, 저는 엄마네 사장에게 전화를 걸어 최대한 공손한 발음으로 엄마가 근무 시간을 좀 줄이고 싶어 하신다고 얘기했어요. 왜냐고요? 엄마는 너무 지쳐 있었고, 일터에서 돌아오고 나면 종종 욕조에서 잠들어 익사라도 하실까 겁이 났거든요. 한 주 뒤, 엄마의 근무 시간이 줄어들었어요. 아니면 그때요. 꽤 여러 번 그랬었는데, 저는 엄마께 브라와 속옷, 레깅스를 주문해드리려고 빅토리아시크릿 카탈로그의 번호로 전화를 걸곤 했어요. 상담원들은 수화기 너머로 들리는 사춘기도 안 된 목소리를 듣고 잠시 혼란스러워하다가 엄마를 위해 란제리를 사는 소년이 있다는 점을 재미있어했어요. 전화기에 대고 아유, 하고 외치다 종종 덤으로 무료배송을 해주기도 했고요. 다들 학교생활이나 제가 즐겨 보는 만화에 대해 묻거나, 자기 아들들 이야기를 했고, 당신, 우리 엄마는 분명 행복하실 거라고 했어요.

행복하셨는지 모르겠어요, 엄마. 저는 한 번도 물어보지 않았으니까요.

———

아파트로 돌아왔을 때 소꼬리 같은 건 없었어요. 그러나 우리에겐 각자의 손가락에서 반짝이는 진실반지 세 개가 있었죠. 엄마는 바닥에 깐 담요 위에 엎드려 있었고, 란 할머니가 엄마의 등에 걸터앉아 어깨의 결린 곳과 뻣뻣해진 힘줄들을 주무르고 계셨어요. 텔레비전의 초록색 불빛 때문에 우리 모두 물속에 잠긴 것처럼 보였고요. 할머니는 당신 인생의 한 부분에서 나온 또 한 편의 독백을 중얼거리시고, 지난번 것의 재탕인 그 문장들은 엄마에게 어디가 아픈지 물어보실 때만 중단되곤 했어요.

두 개의 언어는 서로를 상쇄시키고 제3의 언어를 부른다고 바르트는 넌지시 말해요. 때때로 우리의 어휘는 너무 적거나, 쉽게 유령이 되어버리죠. 그런 경우에는 손이, 비록 피부와 연골이라는 경계들로 제한되어 있지만, 혀가 주춤하는 지점에 생기를 불어넣는 제3의 언어가 될 수 있어요.

베트남에서 우리는 "사랑해"라는 말을 거의 하지 않고, 할 때에도 거의 항상 영어로 하는 게 사실이에요. 우리에게 있어 돌봄과 사랑은 봉사를 통해 가장 선경히 발음되죠. 흰머리 뽑기, 자신의 몸으로 아들을 눌러 비행기의 흔들림과 아이의 공포를 흡수해주기. 아니면 그때 란 할머니가 저를 부르셨던 것처럼, "리틀독, 이리 와서 네 엄마 주무르는 것 좀 도와라" 하면 우리는 엄마의 양옆에 앉아 팔뚝의 단단해진 힘줄부터 펴면서 팔목으로, 손가락으로 내려왔어요. 중요하다고 하기에는 너무나 짧은 그 시간 동안 무언가가 이해되었어요. 서로에게 손길로 연결된 마루 위의 세 사람이 '가족'이라는 단어와 동일한 무언가를 만들어냈다는 것 말이에요.

우리가 엄마의 근육을 느슨하게 풀고, 그저 우리의 무게만으로 마사지를 하는 동안 엄마는 안도감으로 끙끙 소리를 내셨어요. 엄마는 손가락을 세우시더니, 담요에 대고 그러셨어요. "나 지금 행복하니?"

진실반지를 본 뒤에야 저는 엄마가 한 번 더 저에게 미국의 또 다른 부분을 해석해달라고 부탁하신다는 것을 깨달았어요. 대답을 하기도 전에 할머니도 제 코앞에 손을 찌르며 물으셨고요. "나도 좀 봐줘라, 리틀독. 나도 행복하니?" 어쩌면, 이렇게 엄마께 편지를 쓴다는 것은, 세상의 모든 이에게 쓰고 있는 것일지도 몰라요. 왜냐하면, 만일 안전한 공간이 없다면, 만일 한 소년의 이름이 그에게 방패가 되어주는 동시에 그를 한 마리의 동물로 만들어버린다면, 어떻게 사적인 공간이란 게 있을 수 있겠어요?

"네, 두 분 다 행복하세요." 저는 그렇게 대답했어요, 아무것도 모르면서. "두 분 다 행복하세요, 엄마. 그럼요." 저는 또 한 번 대답했어요. 왜냐하면 총소리든 거짓말이든 소꼬리든—혹은 우리가 우리의 신을 무엇으로 부르길 원하든—다른 이유 없이 그저 그 자체가 존재한다는 것을 들으려면 거듭해서, 주기적으로, 나선형으로 "네"라고 말해야 하니까요. 왜냐하면 사랑은, 그 최상의 상태에서 스스로를 반복하니까요.

그래야 하지 않나요?

"나는 행복하다!" 할머니가 공중으로 손을 뻗으셨어요. "나는 내 배 위에서 행복하다. 내 배, 보이지?" 할머니는, 할머니와 제가 양쪽에서 맡고 있는, 노처럼 펼쳐진 엄마의 팔들을 가리키셨어요. 저는 고개를 숙이고 그것을 보았고요. 소용돌이치며 진흙탕의 격류로 변하는 갈색과 누런색의 마룻바닥. 저는 윤활유와 죽은 풀들로 빼곡한 약한 썰물을 보았어요. 우리는 노를 젓고 있는 게 아니라, 표류하고 있었죠. 우리는 뗏목 크기의 엄마에게 매달린 채, 밑에서 엄마가 잠들어 뻣뻣해질 때까지 그러고 있었어요. 그리고 그 뗏목이 미국이라 불리는 이 거대한 갈색 강으로 우리 모두를 싣고 가자, 금세 조용해졌어요, 마침내 행복하게.

3

어디를 보느냐에 따라 그곳은 아름다운 나라예요. 어디를 보느냐에 따라 비포장도로의 갓길에서 기다리고 있는 여인, 하늘색 숄로 감싼 갓난아기를 팔에 안고 있는 여인을 볼지도 모르고요. 여인은 아이의 엉덩이를 토닥이며 머리를 감싸안고 있어요. **너는 태어났지.** 여인은 생각해요. **다른 누구도 오고 있지 않았기 때문에.** 다른 누가 오고 있지 않기 때문에, 여인은 흥얼거리기 시작해요.

한 여인, 서른도 안 된 여인이 아름다운 나라의 비포장도로 갓길에서 딸을 꼭 안고 있고, 거기에 남자 둘, 손에 M16을 든 두 사람이 여인을 따라 걸어오고 있어요. 여인은 검문소에 와 있어요. 가시 철망과 허용된 무기들로 이루어진 문. 여인의 뒤로 들판이 눈을 끌기 시작했어요. 텅 빈 페이지 같은 하늘의 연기 한 타래. 한 남자는 머리칼이 검고, 다른 남자는 햇빛이 남긴 흉터 같은 노란 콧수염이 나 있어요. 그들의 군복에서 나는 역한 휘발유 냄새. 여인을 따라오는 그들의 소총은 흔들거리고 있고, 총의 금속 볼트들이 오후의 햇빛을 받아 깜빡이고 있어요.

여인과 여자아이와 총. 이건 오래된 이야기죠, 누구라도 할 수 있는 이야기. 그것이 이미 여기 있지 않고, 이미 기록되지 않았다면 그로부터 걸어 나올 수도 있는 영화 속의 수사(修辭).

언제부턴가 비가 오고 있어요. 여인의 맨발 주위의 흙이 적갈색 따옴표들로 얼룩져 있어요, 여인의 몸은 인용된 내용이고요. 여인이 젖는 동안 흰 셔츠가 앙상한 어깨에 달라붙어 있어요. 주변의 풀들은 온통 납작해져 있는데, 마치 신이 창조 후 쉴 곳을 마련해 두려고 손으로 눌러놓은 듯해요. 그곳은 아름다운 나라라고, 여인은 들었죠, 당신이 누구냐에 따라.

———

그것은 신은 아니에요, 물론 아니죠, 헬리콥터예요. 휴이 헬기. 또 다른 신, 그 바람이 어찌나 거센지 몇 피트 떨어진 곳의 부직포 같은 회색 휘파람새 한 마리가 우거진 수풀에서 몸을 가누지 못해 몸부림치고 있어요.

여자아이의 눈동자를 하늘의 헬기가 가득 채우고 있는데, 얼굴이 똑 떨어진 복숭아예요. 아이의 하늘색 숄은 마침내 여기 이 글씨와 같은, 검은 잉크로 인해 보이게 되었어요.

어딘가, 이 나라의 깊숙한 곳, 형광등 한 줄로 밝혀둔 창고 뒤쪽에는 전설처럼 탁자 하나에 남자 다섯이 둘러앉아 있어요. 그들의 샌들 밑, 윤활유가 고인 웅덩이들에는 아무것도 비치고 있지 않아요. 탁자 한쪽 끝의 유리병 한 무더기. 남자들이 떠드는 동안, 안에 들어 있는 보드카가 열악한 불빛에 희미하게 반짝이고, 사내들의 팔꿈치는 참을성 없이 움직이고 있어요. 한 명이 문 쪽을 쳐다볼 때마다 다들 조용해져요. 이제 그 문은 아예 열어두어야 해요. 불빛이 한 번 깜빡이더니, 계속 켜져 있어요.

샷글라스들에 보드카를 따르는데, 어떤 건 이전 전쟁 때 쓴 탄피함에 저장해둔 바람에 둘레에 녹이 떠 있어요. 묵직한 잔들이 탁자 위에서 둔탁한 소리를 내고, 술의 열기가 갈증이 발명한 어둠 속으로 삼켜져요.

만일 제가 그 여인의 이야기를 한다면, 인간이 만들어낸 폭풍 밑에서 몸을 구부린 채 안간힘을 쓰고 있는 여인의 얘기를 한다면, 엄마에게 그녀가 보일까요? 엄마가 서 계신 곳, 이 페이지로부터 몇 인치, 바꿔 말하면 몇 년 떨어진 곳에서, 여인의 쇄골 위에 흩날리고 있는 하늘색 숄 조각이 보일까요? 사내들을 보려고 가늘게 뜬 그녀의 왼쪽 눈꼬리 부근의 사마귀가 보일까요? 이제 그들은 전혀 사내들이 아닌, 소년들이라는 걸 알아챌 수 있을 만큼 가까이 와 있어요. 열여덟, 많아야 스물? 헬기 소리가 들리세요? 공기를 산산이 찢어대는 그 소리가 어찌나 큰지 그 밑에 있는 고함 소리를 묻어버리고 있어요. 연기, 그리고 다른 무언가, 땀에 전 숯 냄새로 매캐해져 있는 바람, 들판 끄트머리 헛간에서 불어오는 그 이상하고 매캐한 냄새. 헛간 한 채, 몇 분 전만 해도 사람의 목소리들이 가득했던 그곳.

여자아이는 여인의 가슴에 귀를 꼭 누른 채 마치 문 뒤에서 도청을 하듯이 듣고 있어요. 여인의 내면에는 무언가가 내달리고 있고요, 하나의 시작, 더 정확히 말하면 문법의 재배치가. 눈을 감은 채, 여인은 찾고 있어요. 문장의 절벽 끝에 놓여 있는 그녀의 혀.

손목 위에 초록색 핏줄이 보이는 소년이 M16을 치켜드는데, 팔을 따라 금발의 털들이 갈색으로 젖어 있어요. 소년들은 술을 마시며 웃고 있고, 그들의 벌어진 치아는 입에 든 주사위들 같아요. 이 소년, 비스듬히 튀어나와 있는 입과 분홍빛으로 충혈된 녹색 눈. 이 일등병. 사내들은 잊을 준비가 되어 있고, 몇몇은 여전히 손가락에 아내의 화장품 냄새를 간직하고 있어요. 그의 입이 빠르게 열렸다가 닫혀요. 질문 한 개, 혹은 여러 개를 하는데, 자신이 하는 말 주위의 공기를 날씨로 바꾸고 있어요. 언어에서 빠져나오기 위한 언어가 있을까요? 번뜩이는 이, 방아쇠 위의 손가락, "아니, 아니, 물러서"라고 말하는 소년.

소년의 가슴에 박힌 올리브색 명찰 안에는 단어 하나가 들어 있어요. 여인은 그걸 읽을 수 없지만, 어떤 이름, 엄마나 아빠가 지어준 어떤 것, 심장박동처럼 무게는 없지만 영원히 지니고 다닐 무언가를 나타낸다는 것을 알아보죠. 여인은 이름의 첫 글자가 C라는 것도 알아요. 고꽁,* 이틀 전에 갔던 노천시장, 입구에 커다란 네온 간판이 지직대던 그 시장의 이름에도 그 글자가 있었어요. 그곳에는 아이의 새 숄을 사러 갔었어요. 예산보다 훨씬 비싼 가격이었지만 그 천, 회색과 갈색의 옷감들 틈에서 대낮처럼 환하게 빛나던 그 천을 보는 순간, 그녀는 하늘을 흘끔 올려다보았고, 비록 이미 해 질 녘이었지만 사버렸어요. 먹을 걸 살 돈이 전혀 남아 있지 않을 거라는 걸 알면서도요. 하늘색.

———

문이 열리자, 남자들은 잔을 내려놓고 몇몇은 남은 걸 재빨리 마셔버려요. 개만 한 크기의 짧은꼬리원숭이가 목보호대와 목줄을 한 채, 흰머리를 빗어 넘긴 구부정한 남자에게 끌려와요. 아무도 말이 없죠. 동물이 방으로 비틀대며 들어오는 동안 열 개의 눈이 하나같이 그 포유류에게 머물러요. 벌겋게 태운 털에서는 알코올과 분변으로 악취가 나는 게, 아침 내내 우리 안에서 강제로 보드카와 모르핀이 주입된 상태예요.

위에서는 형광등이 윙윙거리고 있어 마치 그 장면이, 불빛이 꾸고 있는 꿈 같아요.

여인 한 명이 비포장도로의 갓길에 서서 애원하고 있어요. 총격에 의해 쓸모없어진 혀로 자신의 집이 있는 마을, 집이 수십 년간 놓여 있던 그곳으로 들어가게 해달라고 애원하고 있어요. 그것이

● Gò Công, 베트남 남부 띠엔장성(省)의 도시.

61

인간의 이야기죠. 누구나 할 수 있는 이야기. 엄마도 하실 수 있겠어요? 비가 거세어지고, 그 굵은 빗줄기들이 하늘색 숄을 점점이 검게 채웠다는 얘기를 하실 수 있겠어요?

군인의 목소리에 담긴 힘이 여인을 떼밀어요. 여인은 비틀대는데, 한 팔을 허우적대다 이내 균형을 잡고 여자아이를 품에 꼭 안아요.

한 엄마와 딸. 한 명의 나와 한 명의 당신. 그것은 오래된 이야기죠.

구부정한 남자가 원숭이를 탁자 밑으로 끌고 가 머리를 중앙의 둥글게 판 홈에 맞추어요. 술 한 병을 또 따고요. 남자들이 각자의 잔을 향해 손을 내밀자 돌려 따는 마개가 딸각거려요.

원숭이는 탁자 밑의 가로대에 묶여 있어요. 사방으로 밀쳐대고 있고요. 가죽 띠로 입을 감아놓아 그 비명 소리는 차라리 연못 저 멀리 던져놓은 낚싯대의 릴 소리처럼 들려요.

———

소년의 가슴에 박혀 있는 글자들을 보고 여인은 자신의 이름을 기억해내요. 이름의 소유, 결국, 사람들이 공유하는 모든 것.

"란." 여인은 말해요. "뗀 또이 라 란." 내 이름은 란입니다.

난초를 뜻하는 란. 이름 없이 태어났기에 스스로 붙인 이름, 란. 그녀의 어머니가 형제들을 따라 세상에 나온 순서에 따라 그냥

'일곱째'라고 불렀기 때문이죠.

란이 자신의 이름을 지은 건, 열일곱 살 때, 나이가 세 배나 많은 남자에게 중매로 시집을 갔다 도망쳐 나온 직후였어요. 어느 날 밤, 남편에게 줄 차를 한 주전자 끓이던 란은 그가 깊이 잠들도록 연근을 슬쩍 넣었어요. 그리고 야자 잎으로 짠 벽들이 코 고는 소리로 떨릴 때까지 기다렸죠. 아무것도 구분되지 않을 만큼 깜깜했던 밤, 그녀는 낮게 드리운 나뭇가지들이 잇달아 스치는 걸 느끼며 길을 나섰어요.

몇 시간 뒤, 란은 엄마네 집 문을 두드렸어요. "일곱째야." 엄마가 갈라진 문틈으로 말했어요. "지아비를 떠난 여자는 수확을 망쳐. 너도 알잖아. 어떻게 네가 모를 수가 있지?" 그런 다음 문이 닫혔는데, 바로는 아니고 나무처럼 옹이 진 손이 진주 귀고리 한 벌을 란의 손에 쥐여준 뒤였지요. 엄마의 핼쑥한 얼굴은 문이 닫히고 자물쇠가 철컥 소리를 내며 지워졌어요.

귀뚜라미들이 요란하게 울어대는 가운데, 란은 가장 가까운 가로등까지 비틀대며 간 다음 희미한 기둥들을 한 개 한 개 따라갔어요. 새벽녘이 되자 안개로 뒤범벅된 도시가 나타났어요.

떡을 팔던 남자 한 명이 찢어진 옷깃에 흙 묻은 잠옷 차림의 란을 보더니 바나나 잎 위에 김이 모락모락 나는 달콤한 밥 한 숟갈을 올려주었어요. 땅에 엎어져 씹어 먹는 동안, 란의 눈은 석탄빛 밭 사이의 땅에 고정되어 있었죠.

그 남자가 물었어요. "어디서 왔기에, 이렇게 젊은 아가씨가 이

시간에 걸어온 거요? 이름이 뭐요?"

여자의 입은 스스로를 그 관능적인 소리로 채웠어요. 모음이 떠오르기도 전에, 씹은 밥을 통해 길게 끄는 '아' 소리를 이루며 '라아앙'으로 발음된 음. 난초. 그녀는 아무 이유 없이, 결정했어요, '란'이라고. 입술에서 떨어져 나온 빛처럼 밥알을 흘리며 말했죠. "뗸 또이 라 란."

소년 병사와 여인, 여자아이를 둘러싸는 것은 그 땅이 보여주는 파릇파릇한 의지예요. 그러나 어느 땅? 어느 경계가 그 땅에서 교차되고 지워지고, 나눠지고 재배치된 거죠?

이제 스물여덟, 여인은 여자아이 하나를 낳아 맑은 날로부터 훔쳐낸 하늘 한 조각으로 감싸고 있어요.

가끔 밤에 아이가 잠들면, 란은 어둠을 바라보며 다른 세계, 한 여인이 길가에서 딸을 안고 있고 청명한 하늘에 엄지손톱만 한 달이 걸려 있는 세계를 상상해요. 군인들도 휴이 헬기도 없고, 그저 한 여인이 온화한 밤에 산책을 하고 있는 곳. 그 여인은 딸에게 몹시 부드러운 목소리로 한 소녀에 대한 이야기, 그저 뿔뿔이 찢긴 무언가를 닮은 꽃 한 송이를 딴 이름을 짓기 위해 얼굴 없는 유년 시절로부터 도망친 소녀의 이야기를 들려주고 있어요.

———

도처에 널려 있는 데다 유난히 작기 때문에, 짧은꼬리원숭이는 동남아시아에서 가장 많이 사냥되는 영장류예요.

백발의 남자가 잔을 들고 건배사를 외치며 활짝 웃어요. 다른 다섯 명도 따라서 잔을 들자 각 잔에 불빛이 떨어지는데, 규칙에 그렇게 하도록 되어 있기 때문이죠. 잔을 든 사내들의 팔은 곧 원숭이의 두개골을 메스로 잘라 단지의 덮개처럼 열 거예요. 남자들은 뇌를 알코올에 담그거나 도자기 접시에 담긴 쪽마늘과 함께 삼키며 돌려 먹을 것이고, 그동안 원숭이는 내내 밑에서 발버둥을 칠 거예요. 던져지고 또 던져지지만 결코 물에 닿지 않는 낚싯대. 남자들은 그 음식이 발기부전에 효과가 있고, 원숭이가 더 성을 낼수록 효력이 크다고 믿고 있어요. 그들은 각자가 지닌 유전자의 미래를 위해, 아들과 딸들을 위해 이 짓을 하는 거죠.

남자들이 해바라기 무늬의 냅킨으로 입을 닦자 잠시 후 냅킨들이 갈색으로 변하고, 찢어지기 시작하며, 푹 젖어요.

이제 밤이 되면, 새로워진 기분으로 배를 두둑이 채운 채 집에 돌아가 아내들과 애인들을 몸으로 눌러댈 거예요. 꽃 화장의 냄새, 뺨에 닿는 뺨.

이제 무언가가 흘러내리는 소리. 축축한 온기가 여인의 바지 밑단을 따라 흘러내려요. 암모니아의 매캐한 냄새. 란은 두 소년들 앞에서 오줌을 쌌고, 아이를 더 꼭 끌어안고 있어요.

그녀의 발 주위, 축축한 열기의 원. 짧은꼬리원숭이의 뇌는 모든 포유류 중 인간의 뇌와 가장 가까워요.

빗방울들이, 금발 군인의 양 뺨에 말라붙은 흙 위로 흘러내리며 진해지고, 턱선을 따라 말줄임표처럼 맺혀요.

———

"유 에스 에이 넘버원." 여인이 말하는 동안, 발목에는 여전히 오줌이 흐르고 있어요. 그리고 한 번 더 크게. "유 에스 에이 넘버원."

"노 빵 빵." 여인은 아이를 안지 않은 손을 하늘로 치켜들어요. 마치 누군가로 하여금 그 손을 잡고 곧장 당겨 올리게 하려는 듯이. "노 빵 빵. 유 에스 에이 넘버원."

소년의 왼쪽 눈의 씰룩임. 초록색 연못으로 떨어지고 있는 초록색 잎.

그는 여자아이의 너무나도 분홍빛인 피부를 빤히 보아요. 이름이 '홍',* 혹은 '로즈'인 여자아이. 왜 다른 꽃이 아니냐고요? 홍은, 입이 전체를 한 번에 삼켜야 하는 음절이니까요. 난과 장미가 이 하얀 입김 같은 길 위에 나란히. 여자아이를 안고 있는 엄마. 난초의 줄기로부터 자라난 장미.

소년은 로즈의 관자놀이 근처 머리칼이, 끄트머리가 금발인 이상한 황갈색이라는 것을 알아채요. 딸에게 머무는 군인의 눈길을 의식한 란은 아이를 방어하려고 그 얼굴을 가슴에 바짝 당겨 안아요. 소년은 이 아이, 그 누런 몸뚱이에 섞인 흰색을 지켜보고요.

● 베트남어로 장미를 뜻한다.

자신이 아이의 아버지일 수도 있겠다고 생각하다가 깨달아요. 누군가 자신이 아는 사람이 아버지일 수도 있겠다고. 그의 병장, 분대장, 소대 파트너, 마이클, 조지, 토머스, 레이먼드, 잭슨. 그는 그들을 생각해요. 소총을 꽉 쥔 채, 미국의 총 앞에 놓여 있는, 미국의 피가 섞여 있는 소녀를 봐요.

"노 빵 빵…… 유 에스 에이……" 이제 란은 작게 중얼거려요. "유 에스 에이……"

짧은꼬리원숭이는 한때 인간에게만 기원한다고 여겨졌던 특징들, 자기 의심을 하거나 내적 성찰을 하는 게 가능해요. 몇몇 종은 판단력과 창의력, 심지어 언어 사용을 나타내는 행동을 보여준 적도 있고요. 그들은 과거의 이미지를 떠올려 현재의 문제를 해결하는 데 적용할 줄도 알죠. 다시 말해, 짧은꼬리원숭이들은 살아남기 위해 기억을 이용해요.

———

사람들은 동물이 텅 빌 때까지 먹을 거예요. 숟가락질과 함께 원숭이가 느릿해지고, 팔다리가 묵직해지며 굼떠질 때까지요. 아무것도 남지 않고, 그 모든 기억이 사람들의 혈류 속으로 녹아들 즈음, 원숭이는 죽어요. 또 다른 병이 열릴 거고요.

우리가 우리 자신에 대해 들려주는 이야기에서 누가 상실될까요? 우리 자신에게서 상실되는 건 누구일까요? 하나의 이야기란 결국, 일종의 삼킴이에요. 발화에서 입을 연다는 것은 뼈만 남기는 것이죠. 말해지지 않고 남은 뼈만. 엄마가 아직 숨 쉬고 계시기에 그곳은 아름다운 나라예요.

유 에스 에이 넘버원. 손 들어요. 쏘지 마요. 유 에스 에이 넘버원. 손 들어요. 노 빵 빵.

계속 비가 내려요. 영양분 또한 하나의 힘이니까요. 첫 번째 병사가 물러서요. 두 번째 병사가 나무 칸막이를 옮기고 여인더러 앞으로 오라며 손짓을 해요. 그녀의 뒤에 있는 집들은 이제 사그라져 모닥불이 되었어요. 휴이 헬기가 하늘로 되돌아가자, 벼 줄기들이 그저 살짝 헝클어진 채로 똑바로 일어서요. 숄은 땀과 비로 흠뻑 젖어 쪽빛이 되어 있고요.

창고 안에는 페인트칠이 벗어진 벽 틈으로 벽돌이 보이고, 임시 제단으로 만든 선반 하나가 달려 있어요. 위에 놓인 액자 속에서는 성인과 독재자들, 순교자들, 고인이 된 어머니와 아버지가 태연하게 밖을 응시하고 있어요. 유리 액자 표면에, 의자에 기대어 있는 아들들이 비쳐요. 그중 한 명이 병에 남은 술을 끈적한 탁자 위에 붓더니 깨끗이 닦아요. 하얀 천 조각 하나는 짧은꼬리원숭이의 텅 빈 정신 위에 놓여 있고요. 창고의 불빛이 한 번 깜빡이더니, 계속 켜져 있어요.

여인은 자신의 오줌이 만든 원 안에 서 있어요. 아니, 여인은 그녀 자신의 문장에 찍힌 삶 크기의 마침표 위에, 살아서 서 있어요. 소년이 돌아서더니, 검문소의 제 위치로 다시 걸어가요. 다른 소년도 자기 철모를 가볍게 두드리며 여인에게 목례를 하지만 여인은 그의 손가락이 여전히 방아쇠 위에 있다는 것을 알아채요. 당신이 아직 그 안에 있기에 그곳은 아름다운 나라예요. 왜냐하면 당신의 이름은 로즈이고, 당신은 나의 엄마이고, 그해는 1968년 원숭이의 해이기 때문이에요.

여인이 앞으로 걸어가요. 보초병을 지나치며, 마지막으로 한 번 더 소총을 흘끗 쳐다봐요. 총구가 딸아이의 입속보다 어둡지 않다는 걸 알아채요. 불빛이 한 번 깜빡이더니, 계속 켜져 있어요.

4

저는 곤경에 처한 듯한 동물의 소리 때문에 잠에서 깨요. 방이 어찌나 컴컴한지 심지어 눈을 뜬 건지조차 알 수가 없죠. 금 간 창으로 미풍이 새어 들고, 그 덕에 8월의 밤이 달콤해요. 그러나 제초제의 비릿한 냄새—잘 손질된 교외 마당들의 냄새—가 끼어 들며, 저는 제가 우리 집에 있지 않다는 것을 깨달아요.

침대 한 귀퉁이에 앉아 귀를 기울여봐요. 아마 너구리와 실랑이를 벌이다 다친 고양이인 것 같아요. 컴컴한 분위기에서 몸을 가누며 복도로 향해요. 반대쪽 끝 문틈으로 붉은빛 한 줄기가 새어 들고 있어요. 동물은 집 안에 있어요. 저는 손으로 벽을 짚고, 벽은 습기 때문에 축축한 살을 만지는 듯한 느낌이에요. 문을 향해 다가가자 끙끙대는 소리 사이로 동물의 숨소리가 들려요. 한결 묵직한 것이, 무언가 커다란 폐를 지닌, 고양이보다 큰 동물이에요. 저는 문의 붉은 틈으로 엿보아요. 그리고 그를 본 건 그때예요. 독서의자에 앉아 몸을 숙인 남자, 그의 흰 피부와 훨씬 더 흰 머리칼이 진홍색 램프 밑에서 적나라한 분홍색이 되어 있어요. 뒤이어 불현듯 떠올라요. 나는 버지니아에 있고, 여름방학이라는 것. 아홉 살이라는 것. 남자의 이름은 폴. 그는 내 할아버지이고, 울고 있다는 것. 휘어진 폴라로이드 사진이 그의 손가락 사이에서 떨리고 있어요.

저는 문을 밀어요. 붉은빛이 넓어지고, 그가 저를 올려다보아요, 황망하게. 이 온통 젖어 있는 눈의 남자. 이곳에 우리 말고 동물은 없어요.

———

폴은 1967년, 미 해군으로 캄란 만에 진주해 있을 때 란을 만났어요. 두 사람은 사이공의 어느 바에서 만나 데이트를 했고, 사랑에 빠져 1년 뒤 시 중앙법원에서 바로 결혼식을 올렸어요. 제 어린 시절 내내 거실 벽에는 두 분의 결혼사진이 걸려 있었죠. 그 안에는 사슴 같은 갈색 눈에 깡마르고 앳된 버지니아 농촌 소년이 있었어요. 아직 스물셋도 안 된 소년은 자신보다 다섯 살 연상인 신부, 마침 고꽁 출신의 농촌 소녀로 중매결혼에서 낳은 열두 살짜리 딸 마이가 있는 아내를 보며 활짝 웃고 있었어요. 제가 인형과 장난감 병정을 갖고 놀 때면 위에 항상 그 사진이 매달려 있었어요. 저 자신의 삶으로 이어지게 될 진원지에서 온 성화(聖畵). 부부의 미소만 보아서는 전쟁 중 가장 잔혹했던 시기에 찍힌 사진이라는 것을 상상하기 힘들죠. 사진은 그때 찍혔어요. 란의 손은 폴의 가슴에 얹혀 있고, 빛의 구슬 같은 진주 결혼반지에, 엄마는 벌써 한 살이라, 플래시가 번쩍이는 동안 사진사 뒤쪽 몇 피트 떨어진 곳의 유아차에서 기다리고 있었어요.

언젠가 란 할머니는 제가 흰머리를 뽑아드리는 동안 그렇게 말씀하셨어요. 당신이 처음 사이공에 도착했을 때는 파멸이 예고된 첫 결혼으로부터 도망친 직후였고, 일자리를 찾는 데 실패해, 결국 위로휴가 중인 미군을 상대하는 성노동자가 되었다고. 할머니는 날 선 자부심으로, 마치 배심원단 앞에서 자신을 방어하듯 말씀하셨어요. "나는 어느 엄마라도 했을 일을 했어. 먹고살 길을 찾았지. 누가 나한테 뭐라 하겠어, 허? 누가?" 할머니는 방 건너편의 보이지 않는 누군가를 향해 턱을 내민 채 고개를 높이 들고 계셨어요. 할머니가 사실은 누군가에게, 자신의 어머니에게 말하는 거라는 걸 깨달은 건 오직 할머니의 말실수를 들었을 때뿐이었어요. "난 바란 적 없어요, 엄마. 난 엄마네 집으로 돌아가고 싶었다고요." 할머니는 앞으로 달려드셨어요. 제 손에서 족집게가 떨어지며 마룻바닥에 팅 소리를 냈고요. "나는 창녀가 되길 바란 적 없다고요." 할머니는 흐느끼셨어요. "지아비를 떠난 여자는 흉년을 부른다." 할머니는 자신의 어머니가 말한 속담을 반복하셨어요. "지아비를 떠난 여자는……" 할머니는 양옆으로 몸을 흔들며 눈을 감으셨고, 얼굴을 천장으로 들어 올린 채 다시 열일곱 살이 되신 것 같았어요.

처음에는 할머니가 또 절반은 지어낸 이야기를 하신다고 생각했지만, 목소리가 이야기 속의 기이하고도 독특한 순간들에 더듬더듬 초점을 맞춰가자 세부 사항들이 더욱 선명해졌어요. 병사들에게서 어떻게 타르와 포연, 치클릿 껌의 박하향이 섞인 냄새가 났었는지. 전투의 냄새가 살 속에 너무 깊이 스며 꼼꼼히 샤워를 한 뒤에도 어찌나 남아 있곤 했었는지. 마이 이모를 마을의 자매에게 맡겨둔 란 할머니는 강변의 어부에게 창문 없는 방 한 칸을 빌려 그곳에서 병사들을 받았어요. 아래층에 살던 어부가 벽에 난 틈으로 당신을 훔쳐보았던 것과, 침대로 기어오르며 벗어 던지던 병사들의 군화가 무척 무거웠던 것. 그 쿵 소리가 마치 몸뚱이가 떨어지는 소리 같아, 몸을 더듬는 손 밑에서 얼마나 움찔움찔했었는지.

말씀하시는 동안 할머니는 긴장을 하셨고, 마음의 두 번째 영역으로 깊이 들어가자 어조도 경직되었어요. 말씀하신 뒤에는 저를 돌아보셨는데, 손가락이 입술 위에서 빠르게 흔들리고 있었어요. "쉬이이이. 엄마한텐 말하지 마라." 뒤이어 제 코를 툭 치며 광기 어린 웃음으로 활짝 웃으시는 그 눈이 빛났어요.

그러나 폴, 부끄럼 많고 멋쩍어하며, 종종 무릎에 손을 올려둔 채 말씀하시는 폴은 할머니의 고객이 아니었어요. 그게 두 사람이 잘 맞았던 이유였죠. 할머니에 따르면 두 분이 만난 건, 사실, 바에서였대요. 란이 걸어 들어왔을 때는 거의 자정에 가까운 늦은 밤이었고, 낮 동안의 일을 막 마친 상태였어요. 할머니의 표현으로, "길 잃은 소년"이 혼자 카운터에 앉아 있는 것을 보았을 때, 란은 취침 전 한잔을 하고 있던 중이었대요. 그날 밤은 한 고급 호텔에서 장병들을 위한 사교 모임이 있던 날이었고, 폴은 결코 다가오지 않을 데이트를 기다리고 있었던 거죠.

두 사람은 술잔을 놓고 대화를 나누었고 시골에서 지낸 어린 시절에 대해 얘기하다가 공통점, 둘 다 각자의 감탄할 만한 나라에 있는 '시골'에서 성장했다는 사실을 발견했어요. 이 닮은 점이라곤 없는 촌사람들은 낯설어진 방언들 사이의 간극을 이어줄 친숙한 방언 하나를 찾아냈던 게 분명해요. 그들은 너무나도 달랐던 서로의 행보에도 불구하고, 자신들이 폭탄 공습에 에워싸인 퇴폐적이고 혼란스러운 도시로 이주했었다는 것을 깨달았어요. 그들이 서로에게서 피난처를 찾았던 것은 이런 친숙한 우연에서였죠.

두 사람이 만난 지 두 달 정도 된 어느 날 밤. 란과 폴은 사이공의 방 한 칸짜리 아파트에 숨어 지내고 있었어요. 도시는 훗날 악명 높은 테트 대공세로 알려질, 막대한 북베트남의 진격으로 잠식되고 있었고요. 란은 밤새 벽에 등을 붙인 채 태아처럼 누워 있었고, 그 곁의 폴은 도시가 사이렌과 박격포 공격으로 찢어지는 동안 기본으로 지급된 9밀리미터 권총을 문을 향해 겨누고 있었어요.

———

비록 새벽 3시지만, 램프의 불빛은 방 안을 마치 해 질 녘의 불길한 마지막 순간처럼 물들이고 있어요. 윙윙대는 전구 밑에서, 폴과 저는 문간을 사이에 두고 서로를 알아채요. 할아버지는 한 손으로 눈물을 훔치며, 다른 손으로 제게 손짓을 하세요. 가슴께의 주머니에 사진을 밀어 넣고, 힘겹게 끔뻑이며 안경을 쓰세요. 저는 할아버지 옆의 체리나무 팔걸이의자에 앉고요.

"괜찮으세요, 할아버지?" 저는 아직 잠결에 혼미한 채로 물어요. 할아버지의 미소 밑에는 찌푸린 표정이 있어요. 어쨌든 아직 너무 이른 시간이라, 제가 자러 가겠다고 제안하지만 할아버지는 고개를 저으세요.

"괜찮다." 훌쩍이고는 의자에 앉은 채 진지하게 몸을 세우세요. "난 그냥…… 그래, 그냥 네가 아까 불러줬던 노래 생각을 하고 있었다, 그 뭐냐……" 그러면서 눈을 가늘게 뜨고 마룻바닥을 보세요.

"까쭈(Ca trù)." 제가 떠올려요. "포크송요, 할머니가 부르시던 노래들."

"그래 그거 말이다." 할아버지는 격하게 끄덕이세요. "까쭈. 난 젠장 저 컴컴한 곳에 누워서, 맹세하는데, 그걸 듣고 있었단다. 그 노래들을 들은 지가 너무 오래되었거든." 그러곤 저를 흘끗 훑어보더니 다시 마루를 보세요. "아마 내가 노망이 들어가나 보구나."

전날 밤, 저는 식사 후에 할아버지를 위해 포크송 몇 곡을 불러 드렸어요. 학기 중에 어떤 것들을 배웠냐고 물어보시는데, 이미 한창 여름이었고 전혀 떠오르는 게 없어 란 할머니께 배워서 기억하고 있던 노래 몇 곡을 들려드렸던 거예요. 저는 최선을 다해 할머니가 부르시던 고전 자장가 한 곡을 불렀어요. 원래 유명 가수인

칸 리가 불렀던 그 노래는 잎이 무성한 산비탈들에 널린 시신들 틈에서 노래하는 여인을 묘사하고 있어요. 죽은 이들의 얼굴을 뒤적이며, 가수는 노래의 후렴구에서 이렇게 묻죠. **그런데 이중에 누가, 이중에 누가 나의 자매죠?**

기억나세요, 엄마? 란 할머니가 그 노래를 아무 데서나 부르셨던 것요. 한번은 제 친구 주니어의 생일파티에서, 하이네켄 한 캔에 얼굴이 다진 소고기처럼 벌게져 부르셨던 적도 있었죠. 엄마가 어깨를 흔들며 그만 좀 하라고 하는데도 할머니는 눈을 감고 계속 노래하며 좌우로 몸을 흔드셨어요. 하느님께 감사하게도, 주니어와 그 애네 가족은 베트남어를 못 알아들었어요. 그들에게는 그저 망령 든 우리 할머니가 또 웅얼거리시는 것으로 보였을 뿐이에요. 그러나 엄마와 저는 알아들을 수 있었죠. 결국 엄마는 파인애플 케이크 조각을 손도 안 댄 채 내려놓으셨어요. 잔들이 딸각이는 가운데, 우리 주위에는 란 할머니의 입을 통해 선명해진 시체들이 쌓여 있었고요.

폴 할아버지 옆, 구운 지티 파스타로 얼룩진 빈 접시들 사이에서 저는 그 똑같은 노래를 불렀어요. 다 부르고 나자 할아버지는 별말 없이 박수를 치셨고, 우리는 설거지를 마쳤어요.

저는 할아버지 역시 전쟁 동안 어깨너머로 배워 베트남어를 이해하신다는 것을 깜빡 잊고 있었던 거예요.

"죄송해요." 저는 이제, 할아버지 눈 밑에 생긴 붉은빛의 웅덩이를 보며 말해요. "아무튼 바보 같은 노래예요."

바깥에는 단풍나무 사이로 바람이 맹렬히 불고, 나무의 씻긴 잎들이 미늘판으로 댄 벽널을 때리고 있어요. "커피라든가 뭘 좀 끓여요, 할아버지."

"그러자." 할아버지는 잠시 뭔가 숙고하듯이 가만히 있다가 일어나세요. "슬리퍼 좀 신으마. 난 아침이면 항상 춥단다. 분명히 무슨 문제가 있나 봐. 늙고 있는 거지. 이 몸의 온기가 어느 날 발이 얼음장이 될 때까지 중심으로 물러나는 거란다." 할아버지는 거의 웃으려다 대신 뺨을 문지르시더니, 마치 자기 앞에 있는 무언가를 때리기라도 하듯 팔을 들어 올리세요. 그러고는 탁, 램프가 꺼지자 방이 보랏빛 정적으로 뒤덮여요. 그림자 속 할아버지의 목소리. "네가 와 있어 기쁘구나, 리틀독."

———

"왜들 검다고 하는 거니?" 그보다 몇 주 전, 하트퍼드에서, 엄마는 텔레비전 화면 속의 타이거 우즈를 가리키며 물으셨어요. 티에 올려놓은 흰 공을 눈을 가늘게 뜨고 보시면서요. "저 사람은 보니까 엄마 얼굴이 타이완 사람 같던데, 다들 늘 검다고 하네. 최소한 절반은 노랗다고 해야 하는 것 아니니?" 엄마는 도리토스 봉지를 접어서 팔 밑으로 치우셨어요. "왜 그런 거야?" 엄마는 제 대답을 기다리며 고개를 갸웃하셨어요.

제가 모르겠다고 하니 엄마가 눈썹을 치켜올리셨죠. "무슨 뜻이니?" 리모컨을 쥐고 볼륨을 키우셨어요. "잘 들어봐, 그리고 우리한 테 이자가 왜 타이완 사람이 아닌지 얘기 좀 해줘." 머리를 쓸어 넘 기며 그렇게 말씀하셨어요. 엄마의 눈은 우즈가 화면 속을 앞뒤로 걸어 다니거나 주기적으로 자신의 스트로크를 가늠하려고 웅크리 는 모습을 쫓아다녔어요. 더 이상 인종적인 배경에 대한 언급이 없 어 결국 원하는 대답을 못 얻으셨고요. 엄마는 앞이마의 머리카락 한 올을 펴더니 살펴보셨어요. "헤어롤이 더 있어야겠네."

우리 옆, 마루에 앉아 계시던 할머니는 고개를 들지 않은 채 사 과를 깎으며 말씀하셨어요. "내 눈에 저 청년은 타이완 사람으로 안 보여. 푸에르토리코 사람 같지."

엄마는 뒤로 기대어 저에게 눈길을 던지며, 한숨을 쉬셨어요. 잠 시 후에는, "좋은 것들은 항상 다른 어딘가에 있구나" 하시며 채널 을 돌리셨고요.

———

우리가 1990년 미국에 도착했을 때, 색깔은 우리가 아직 모르 다 알게 된 최초의 것들 중 하나였어요. 일단 우리가 그해 겨울, 주 로 라틴계 이웃들이 사는 프랭클린 애비뉴의 방 한 칸짜리 아파트 에 발을 들여놓자, 색깔의 규칙, 그리고 그와 더불어 우리의 얼굴 이 뒤바뀌었죠. 베트남에서 거무스름한 편이었던 란 할머니는 더 밝은 얼굴로 통했어요. 그리고 엄마. 엄마는 꽤 공평하게도 백인으로 '통하곤' 했는데, 마치 우리가 시어스 백화점에 갔을 때 제 머리를 쓰다듬어주려고 허리를 굽힌 금발 점원이 엄마께 제가 "친자인지 입양아인지" 물었던 때처럼 말이죠. 엄마가 더듬거리고, 정확하지 않던 영어마저 중단되어 고개를 숙이실 때에서야 점원은 자신의 실수를 깨달았어요. 엄마가 그 일부로 보일 때조차, 엄마의 혀는 엄마를 노출시켜버렸죠.

사람은 영어 없이는 미국에서 '통할' 수 없는 것처럼 보여요.

"아니에요, 마담." 저는 그 여자에게 ESL 영어로 말했어요.

"저분은 우리 엄마예요. 저는 엄마의 똥구멍에서 나왔고, 저는 엄마를 무척 사랑해요. 저는 일곱 살이에요. 내년에는 여덟 살이 될 거고요. 저는 잘 지내요. 저는 기분이 좋은데, 당신은 어떠세요? 메리 크리스마스, 해피 뉴 이어." 이 홍수 같은 말들이 당시 제가 알던 언어의 80퍼센트였고, 저는 저에게서 말들이 쏟아져 나오자 순수한 기쁨으로 몸을 떨었어요.

엄마는 많은 베트남 엄마들처럼, 여성의 생식기에 대해 말하는 것, 특히 엄마와 아들 간에 그런 말을 하는 것은 금기라고 믿으셨죠. 그래서 출생에 대해 말할 때면 언제나 제가 엄마의 항문에서 나왔다고 하셨어요. 장난스레 제 머리를 쥐어박으며 그러셨죠. "요 커다란 머리통 때문에 똥구멍이 찢어질 뻔했다니까!"

깜짝 놀란 점원은, 자신의 파마머리가 지끈거리는 듯 돌아서서 굽을 딸깍이며 가버렸어요. 엄마는 저를 내려다보셨고요. "대체 무슨 얘기를 한 거니?"

1966년, 두 차례의 베트남 파병 근무 사이에 미 육군 중령인 얼 데니슨은 태국에 배치를 받았어요. 그곳에서 현지인이자 방콕에 주둔하고 있던 미 육군 비서 쿨티다 푼사와드를 만났고요. 1년간 교제한 뒤, 얼과 쿨티다는 뉴욕 브루클린으로 이주해 그곳에서 1969년 결혼식을 올렸어요. 얼은 1970년에서 1971년까지, 미국이 분쟁에 대한 개입을 줄이기 바로 직전에 마지막으로 한 번 더 파견 근무를 하러 베트남에 돌아가게 되어요. 사이공이 함락될 무렵에는 새로운 삶을 시작하기 위해, 가장 중요하게는 아들—미국의 마지막 헬리콥터가 사이공의 미 대사관에서 떠오른 뒤 겨우 6개월이 지난 시점에 태어난 아들—을 키우기 위해, 공식적으로 군을 전역하고요.

제가 얼마 전 ESPN의 선수 정보에서 읽은 바에 따르면, 소년의 태어날 때 이름은 '엘드릭 톤트 우즈'였어요. 그의 이름 엘드릭(Eldrick)은 '얼'의 E와 '쿨티다'의 K로 끝나는 독특한 조합이었죠. 인종 간 결혼 때문에 브루클린의 집이 훼손되는 일을 겪기도 했던 부모는 아들 이름의 양끝에 기둥처럼 서기로 결심했어요. 중간 이름인 톤트는 엄마가 지어준 전통적인 태국 이름이었고요. 그러나 아이는 태어나고 얼마 안 되어, 곧 전 지구적으로 유명해질 별명을 얻게 되죠.

엘드릭 '타이거' 우즈, 세계에서 가장 위대한 골프 선수 중 한 명인 그는 당신, 엄마처럼 베트남전쟁의 직접적인 산물이에요.

———

폴 할아버지와 저는 할아버지가 가르쳐주기로 약속했던 페스토 조리법을 위해 정원에 신선한 바질을 따러 나와 있어요. 우리는 그날 아침에 이미 스쳐 지나온, 과거에 대한 얘기를 용케 피해 가요. 대신 방사 달걀에 대해 얘기해요. 할아버지는 바질 따던 걸 멈추고 모자를 이마 위로 당겨 쓰더니, 작정하고 진지하게 강의를 하세요. 어떻게 상업적으로 기른 닭들이 항생제 때문에 감염을 일으키는지, 벌들이 지금처럼 죽어가다 사라지면 나라 전체에 어떻게 석 달도 안 되어 식량 공급이 끊길 수 있는지, 올리브유를 요리하다 태우면 암을 일으키는 활성산소가 나오니까 어떻게 저온으로 요리해야 하는지.

우리는 앞으로 움직이기 위해 서로 살짝 비켜서요.

옆 마당에서 한 이웃이 낙엽 청소용 송풍기를 틀어요. 잎들이 흩날리다 연이어 툭툭 소리를 내며 땅에 내려앉아요. 할아버지가 돼지풀 한 포기를 뽑으려 몸을 숙이자 주머니 속의 사진이 떨어져 풀밭 위에 앞면을 드러내며 내려앉아요. 흑백의 폴라로이드, 성냥갑보다 살짝 큰 사진 속에 얼굴이 웃음으로 얼룩진 한 무리의 젊은이들이 보여요. 할아버지의 재빠른 동작—땅에 떨어지자마자 도로 주머니에 찔러 넣는—에도 불구하고 저는 제가 너무도 잘 아는 두 얼굴을 구별해내요. 폴과 란, 둘은 서로에게 팔을 두르고 있고, 기쁨으로 불타는 그 눈빛들은 거의 본 적이 없어 어딘지 가까 같아요.

부엌으로 온 할아버지는 레이즌브랜 시리얼을 물과 함께 그릇에 부어주세요. 딱 제가 좋아하는 간식이죠. 그런 다음 식탁 앞에 털썩 앉아 모자를 벗고, 이미 도자기 컵 안에 얇은 막대 설탕처럼 가지런히 말아둔 대마초 한 개비를 집으세요. 3년 전 할아버지는 암 진단을 받으셨죠. 파병 근무 중 고엽제를 쐬어 생긴 거라고 믿으셨고요. 종양은 척추 바로 위 목덜미에 생겼는데, 다행히 의사들이 뇌까지 번지기 전에 잡았어요. 1년 정도 화학요법을 시도하다 실패하자 의사들은 수술을 결정했고요. 진단에서 회복까지 전 과정에 거의 2년이 걸렸어요.

이제 할아버지는 의자에 기댄 채 손으로 불꽃을 가린 다음 담배로 빨아들이세요. 저는 그 끄트머리가 빨갛게 타들어가는 것을 지켜보고요. 할아버지의 모습이 꼭 장례식이 끝난 뒤 한 대 피우는 사람들의 모습 같아요. 뒤쪽 부엌 벽에는 제가 학교 숙제로 했던, 색연필로 그린 남북전쟁 때의 장군들 초상이 걸려 있어요. 엄마가 몇 달 전 할아버지께 보내드렸던 거죠. 담배 연기가 원색으로 그린 스톤월 잭슨 장군의 초상 위로 피어오르다가 사라져요.

저를 할아버지 댁에 데려오기 전에 엄마는 하트퍼드에 있는 엄마 침대에 저를 앉혀놓고 담배를 길게 빨며, 그저 이렇게만 말씀하셨어요.

82

"잘 들어. 아니, 여기 날 똑바로 봐, 진지하니까. 잘 들어." 엄마가 제 어깨에 양손을 올리시자 우리 주위로 연기가 빼곡해졌어요. "그분은 네 할아버지가 아니야. 알겠니?"

말들이 마치 혈관을 통한 듯 제 안으로 들어왔어요.

"내 말은 그분이 나의 아버지도 아니라는 뜻이야. 알겠어? 날 보렴." 아홉 살 때 엄마는 언제 입을 닫아야 하는지를 아셨고, 저 역시 그렇게 했어요. 그저 엄마가 좀 화가 나 있고, 모든 딸은 어느 시점에 자기 아버지에 대해 이렇게 얘기해야 하나 보다 생각했지요. 그러나 계속 이어지는 엄마의 목소리는 조용하고 차분한 게, 마치 긴 벽을 따라 돌들을 한 개 한 개 올려놓는 느낌이었어요. 엄마는 그날 밤 사이공의 바에서 할머니가 할아버지를 만났을 때, 이미 임신 4개월째였다고 말씀하셨어요. 아버지, 진짜 아빠는 그냥 어떤 다른 미국인 무명씨였던 거죠. 얼굴도 없고, 이름도 없고, 아무것도 없는. 엄마 말고는. 그가 남긴 전부는 엄마이고, 저였던 거예요. "네 할아버지는 아무도 아닌 거야." 엄마는 뒤로 기댔고, 다시 담배를 입에 무셨어요.

그 시점까지 저는 그렇게 생각했어요. 적어도, 난 이 나라에서 밧줄 하나를 갖고 있다고, 한 명의 할아버지, 하나의 얼굴을 지닌 누군가, 하나의 정체성, 읽고 쓸 수 있는 사람, 내 생일이면 집에 들르고, 내가 그 일부이며, 그 미국식 이름이 내 피 안에 흐르는 사람. 그런 사람을 갖고 있다고 생각했어요. 이제 그 줄이 끊어졌던 거죠. 엄마의 얼굴과 머리칼은 엉망이었고, 싱크대에다 말보로를 끄려고 일어나셨어요. "좋은 건 죄다 다른 어딘가에 있지, 얘. 정말이야. 모든 게 그래."

이제 식탁에 기대어 사진을 주머니에 안전하게 넣어둔 채, 할아버지는 제가 이미 알고 있는 사실을 말씀하시기 시작해요. "이것봐라" 하시는데, 대마초로 눈이 멍해져 있어요. "난 내가 아니란다. 무슨 뜻이냐 하면……" 할아버지는 담배를 반쯤 차 있는 물컵에 찔러 넣으세요. 쉭 소리가 나요. 손도 안 댄 저의 레이즌브랜 시리얼은 빨간 도기 그릇 안에서 탁탁 소리를 내고 있고요. "나는 네 엄마가 나라고 한 그 사람이 아니란다." 그 말씀을 하시는데 시선이 낮아지고 어색한 멈춤으로 리듬이 끊기는 것이, 중간중간 거의 속삭임으로 변해요. 마치 동틀 녘에 소총을 닦으며 혼잣말을 하는 사람처럼요. 저는 할아버지의 마음이 흘러가도록, 텅 비워지도록 내버려두어요. 저는 할아버지를 멈춰 세우지 않았는데, 왜냐하면 누구든 아홉 살이면 그 무엇도 멈춰 세우지 않기 때문이죠.

———

베트남에서 마지막 파병 근무를 하던 기간의 어느 저녁, 얼 우즈는 자신이 적군의 총격에 포위되었다는 것을 알았어요. 그가 주둔해 있던 미군 측 기지는 북베트남인들과 베트콩의 대규모 파병부대에 점령되기 직전이었죠. 대부분의 미군 병사가 이미 철수한 뒤였어요. 우즈는 혼자가 아니었어요. 그의 옆에는, 그들의 지프 두

대로 만든 카라반 안에 쭈그려 앉은 브엉 당 퐁 중령이 있었죠. 퐁은 우즈가 묘사했던 바에 의하면, 사나운 조종사이자 사령관으로, 세밀한 곳까지 미치는 무자비한 눈을 지니고 있었어요. 또한 좋은 친구이기도 했고요. 적들이 폐허가 된 진지 주위로 밀려들었을 때, 퐁은 우즈를 돌아보며 그들이 살아 나갈 거라고 장담했어요.

그 뒤로 네 시간 동안 두 친구는 올리브색 군복이 땀으로 시커멓게 젖도록 지프 안에 앉아 있었어요. 퐁이 지프의 기관총 기총좌를 잡고 있는 동안 우즈는 자신의 M79 유탄발사기를 쥐고 있었죠. 이런 식으로 두 사람은 밤새 살아남았어요. 이후 둘은 베이스캠프에 있는 퐁의 방에서 종종 술을 한잔씩 하거나, 껄껄 웃으며 야구와 재즈, 철학을 논했어요.

베트남에 있는 내내 퐁은 우즈의 절친한 친구였어요. 아마 그런 강한 결속력은 서로 목숨을 걸고 신뢰하게 된 사이에서는 불가피한 것인가 봐요. 아마도 그들을 가깝게 끌어당겼던 것은 공동의 타자성이었을 거예요. 우즈는 흑인이자 미국인으로 인종차별이 심한 남부에서 자랐고, 퐁은 백인 미군 장성들이 핵심부를 지휘하는 군 소속이라, 자기 나라 사람의 절반에게는 철천지원수였으니까요. 사정이 어떻건, 우즈가 베트남을 떠나게 되자 두 사람은 헬리콥터와 폭격기와 네이팜탄이 걷히고 나면 서로를 찾기로 맹세했어요. 둘 다 그것이 마지막이 될 줄은 몰랐고요.

높은 서열의 대령이었기에, 퐁은 사이공이 함락된 뒤 39일 만에 북베트남 당국에 붙잡혔어요. 재교육 캠프로 보내졌고, 그곳에서

고문을 받거나 굶주린 채로 강제 노동에 투입되었죠.

1년 뒤 퐁은 47세의 나이로 수감 중에 사망했어요. 그의 무덤은 10년이 지나서야 발견되었고 자녀들이 유골을 발굴해 그의 고향 인근에 이장했어요. 마지막 묘비에는 "브엉 당 퐁"이라고 씌어 있었고요.

그러나 얼 우즈는 '타이거 퐁'―혹은 간단히 타이거, 전투 중에 보인 사나운 모습 때문에 우즈가 지어준 별명이었죠―외의 다른 이름은 모르고 있었어요.

1975년 12월 30일, 타이거 퐁이 죽기 1년 전, 퐁의 감방과 지구 정반대편에 있던 얼은 갓 태어난 아이를 팔로 어르며 캘리포니아주의 사이프러스에 살고 있었어요. 아이에게는 이미 엘드릭이라는 이름이 있었지만, 갓난아기의 눈을 본 우즈는 아이가 자신의 가장 친한 친구인 타이거를 딴 이름을 갖게 될 거라는 걸 알았어요. "언젠가, 제 오랜 친구가 우리 애를 텔레비전에서 볼지도 모르죠…… 그럼 이럴 거고요, '저 친구 우디의 자식이 틀림없어.' 그럼 우린 서로를 다시 찾을 수 있을 거예요." 훗날 얼은 인터뷰에서 그렇게 말했어요.

타이거 퐁은 심장마비로 사망했고 캠프에서의 영양실조와 탈진이 유력한 원인이었어요. 그러나 1975년에서 1976년 사이의 짧은 8개월 동안, 얼 우즈의 인생에 있어 가장 중요한 두 명의 타이거는 같은 행성을 공유하며, 한 사람은 잔인한 역사의 불안정한 끝에서, 다른 한 사람은 자신이 이어받을 유산의 시작점에서 살아 있었어요. '타이거'라는 이름, 그뿐만 아니라 얼 자신이, 둘을 잇는 다리가 되었던 거죠.

얼이 결국 타이거 퐁의 사망 소식을 들었을 때, 타이거 우즈는 이미 그의 첫 마스터스 골프대회에서 우승한 뒤였어요. "얘야, 이 아픔은 영원할 것 같구나." 얼은 그렇게 말했어요. "배에서 그 오래전의 느낌이 나, 전투의 느낌 말이야."

———

저는 엄마가 처음 예배에 가셨던 날을 기억해요. 주니어네 아빠는 밝은 피부색의 도미니카인이었고 엄마는 검은 피부색의 쿠바인이었는데, 두 분 다 프로스펙트 애비뉴의 침례교회에서 찬양을 하셨죠. 그곳에서는 아무도 그들이 r 발음을 왜 굴리는지, '진짜로' 어디 출신인지 묻지 않았어요. 저는 이미 몇 번 라미레스네 가족과 그 교회에 가본 적이 있었는데, 토요일에 그 집에서 잔 다음 일어나 주니어가 대여한 나들이옷을 빌려 입고 참석하곤 했어요. 그날, 엄마가 교회에 가보기로 결심하신 건, 디오니에게 초대를 받아서였어요. 응하는 게 예의이기도 했지만 교회에서 지역 슈퍼마켓들이 기부한, 유통기한이 거의 다 된 식료품들을 내어놓았기 때문이었죠.

엄마와 저는 그 교회에서 유일한 누런 얼굴이었어요. 그러나 디오니와 미겔이 우리를 친구들에게 소개했을 때, 우리는 따뜻한 미소의 환대를 받았어요. "내 아버지의 집에 오신 걸 환영합니다." 사람들은 계속 그렇게 말했어요. 그래서 저는 어떻게 그렇게 많은 이들이 친척일 수 있는지, 어떻게 그 많은 인원이 같은 아빠에게서 태어날 수 있는지 궁금해했던 기억이 나요.

저는 목사님의 목소리가 지닌 활기와 힘, 어조에 매료되었어요. 노아의 방주에 대해 설교할 때면 뜸을 들이며 어조가 바뀌었고, 이야기의 효과를 고조시키는 긴 침묵들이 수사적인 질문들을 증폭시켰어요. 목사님의 손이 움직이고 물결치는 모습도 좋아했는데, 마치 그 문장들이 우리에게 닿으려면 목사님으로부터 흔들어 떨어내야 하는 것 같았어요. 그것은 제게 새로운 종류의 화신, 하나의 마술에 가까운 것, 제가 할머니의 이야기 속에서 오직 일부로만 언뜻 보았던 것이었어요.

그러나 그날, 제게 세상을 보는 새로운 시각, 아니 다시 말해 엄마를 보는 새로운 시각을 준 것은 '노래'였어요. 일단 피아노와 오르간이 〈참새 돌보시는 주님〉의 두툼한 첫 화음을 우렁차게 시작하자 회중 전체가 일어나 발을 끌며 팔을 위로 흔들었고, 몇몇은 원을 그리며 돌았어요. 수백 개의 부츠와 굽 있는 신발들이 나무 바닥을 두드렸죠. 흐릿해진 회전 운동과 소용돌이치는 코트와 스카프 속에서, 저는 손목을 꼬집는 느낌을 느꼈어요. 제 살을 파고든 엄마의 손톱들은 흰색이었어요. 엄마의 얼굴은 눈을 감은 채 천장을 향해 들려 있었고, 저 의쪽 천사들의 프레스코화에 대고 뭔가를 얘기하고 계셨어요.

처음에는 박수와 고함 소리에 묻혀 들리지가 않았어요. 오르간과 트럼펫의 두툼한 음들이 브라스 밴드로부터 흘러나와 신도들 틈에 울려댈 때는 모든 것이 색깔과 움직임으로 이루어진 하나의 만화경이었죠. 저는 엄마의 붙잡은 손에서 팔을 비틀어 빼냈어요. 그리고 몸을 기울이자, 노래 속으로 엄마의 목소리가 들렸어요. 엄마는 엄마의 아빠에게 얘기하고 계셨죠. 엄마의 진짜 아버지. 뺨이 눈물로 젖은 채, 거의 고함을 지르고 계셨어요. "어디 계세요, 바(아빠)?" 엄마는 양발을 교대로 구르며 베트남어로 요구하셨어요. "도대체 어디 계신 거죠? 절 데리러 오세요! 절 여기서 꺼내줘요! 돌아와서 저를 데려가라고요." 그 교회에서 누군가 베트남어를 한 것은 분명 처음이었을 거예요. 그러나 누구도 질문이 담긴 눈길로 엄마를 노려보지 않았죠. 아무도 자신의 모국어로 얘기하는 이 황백인 여성을 눈을 비비고 다시 보지 않았어요. 신도석 전체의 다른 이들 또한 흥분과 기쁨, 화 또는 분노로 소리를 지르고 있었고요. 엄마가 자신을 풀어놓아도 되도록, 틀려도 되도록 허락받은 곳은 그곳 노래 속이었죠.

저는 설교단 옆에 걸려 있는 갓난아기 크기의 예수님 석고상을 빤히 쳐다보고 있었어요. 쿵쿵대는 발들 때문에 석고상의 피부가 떨리는 것처럼 보였어요. 예수님은 자신의 딱딱해진 발가락들을 고단하고 당황한 표정으로 바라보고 계셨는데, 마치 깊은 잠에서 깨어나보니 알게 된 것이라고는 겨우 자신이 피투성이로 못 박혔다는 것, 영원히 이 세상에 못 박혔다는 것뿐인 듯했어요. 어찌나 오래 들여다보았던지 엄마의 흰 스니커즈를 보았을 때는 발밑에 피가 흥건할 거라고 반쯤 기대했을 정도였죠.

며칠 지나 저는 〈참새 돌보시는 주님〉이 부엌에서 흘러나오는 소리를 듣게 되어요. 엄마는 식탁에 앉아 고무 마네킹의 손들에 매니큐어 기법을 연습하고 계셨어요. 디오니가 엄마에게 찬송가 카세트테이프를 한 개 주어, 일하는 동안 따라 부르고 계신 거였죠. 몸에서 분리된 채 캔디 색으로 빛나는 손들이 부엌 조리대 위에 늘어선 채, 교회에서 봤던 손바닥들처럼 활짝 펼쳐져 있었어요. 그러나 라미레스네 신도석에 있던 좀 더 어두운 색의 손들과는 달리, 부엌에 있던 손들은 핑크와 베이지뿐이었는데, 그것이 공장에서 생산된 유일한 색조들이었죠.

———

1964년. 북베트남에서 대규모 폭격 작전이 시작되었을 때, 커티스 르메이 장군, 당시 미 공군 참모총장은 베트남이 "석기시대로 되돌아갈 때까지" 폭격할 계획이라고 말했어요. 한 민족을 파괴하는 건, 그러니까 그들을 과거로 되돌려놓는 것이죠. 미군은 결국, 캘리포니아 면적도 안 되는 나라에다 1만 톤이 넘는 폭탄을 투하하게 돼요. 2차 세계대전에 투입된 폭탄의 개수를 다 합친 것보다 많은 양이었죠.

1997년. 타이거 우즈는 프로 골프에서 그의 첫 메이저 챔피언전이었던 마스터스 토너먼트에서 우승을 하게 돼요.

1998년. 베트남은 첫 프로 골프 코스를 개장하는데, 그 코스는 전에 미 공군이 폭격했던 논 위에 설계되었어요. 경기용 홀 중 한 곳은 폭탄 구덩이를 채워 만들었고요.

―

할아버지는 당신 몫의 이야기를 마치세요. 그리고 저는 할아버지에게 하고 싶은 얘기가 있고요. 저는 그분의 딸 아닌 딸이 고꽁에서 절반은 백인인 아이였다는 얘기를 하고 싶어요. 그건 아이들이 그 아이를 유령 소녀라 부르고, 란 할머니를 적과 동침한 반역자이자 창녀로 불렀다는 뜻이었죠. 팔에 바나나와 애호박이 든 바구니를 가득 안고 시장에서 집으로 돌아오는 길에 사람들이 어찌나 그 고동색 머리를 잘라댔는지, 그래서 집에 오고 나니 앞머리가 몇 묶음밖에 남지 않았죠. 머리가 없어지자 이제 사람들은, 마치 더 밝은색 피부로 태어난 게 되돌릴 수 있는 실수라도 된다는 듯 다시 갈색으로 만들어주겠다며 어찌나 들소 똥을 얼굴과 어깨에 쳐댔던지요. 이제 와 깨닫지만, 아마도 이것이 왜 사람들이 텔레비전에서 타이거 우즈를 뭐라고 부르는지가 엄마에게 중요했는지, 왜 엄마에게 색이란 것이 고정된, 불가침의 사실일 필요가 있었는지 그 이유였던 것 같아요.

"아마 너는 더 이상 나를 할아버지라고 부르면 안 될 게다." 두 번째 모금을 빨아 담배를 마저 끄시는 할아버지의 뺨이 조여들어요. 꼭 물고기처럼 보여요. "그렇기 부르는 게 이제 좀 바보처럼 느껴질 게다. 그렇지 않겠니?"

저는 잠시 생각을 해보아요. 크레욜라 크레용으로 그린 율리시스 그랜트 장군의 초상이 어둑해져가는 창에서 불어든 미풍에 떨리고 있어요.

"아뇨." 저는 잠시 후 입을 열어요. "저한테는 다른 할아버지가 없어요. 그러니까 계속 그렇게 부르고 싶어요."

할아버지는 체념한 듯 고개를 끄덕이세요. 그 이마와 흰머리가 저녁의 빛으로 물들어 있어요. "물론이야. 물론이지." 그렇게 대답하시는 동안, 유리잔에 떨어뜨린 꽁초가 한 차례 지글거리며 팔을 따라 올라가는 희미한 핏줄처럼 연기 한 줄기를 남겨요. 저는 제 앞의 그릇에 담긴, 이제는 눅눅해진 갈색 덩어리를 빤히 쳐다보아요.

———

말씀드리고 싶은 게 정말 많아요, 엄마. 저도 한때는 지식이 모든 걸 명료하게 해줄 거라 믿을 만큼 어리석었죠. 그러나 어떤 것들은 겹겹의 통사론과 의미론 뒤에, 세월과 시간 뒤에, 잊히고 구출되고 조명되는 이름들 뒤에 덮여 있어, 단순히 상처가 존재한다는 걸 아는 것만으로는 그걸 드러내는 데 아무런 도움이 되지 않왔죠.

무슨 말을 하고 있는 건지 모르겠어요. 아마 제 말은, 가끔 저도 우리가 무엇인지 혹은 누구인지 모르겠다는 거예요. 어떤 날은 제가 인간으로 느껴지지만, 어떤 날은 오히려 하나의 소리로 느껴져요. 저는 세상을 저 자신이 아닌, 과거에 저였던 존재의 메아리로서 만지죠. 아직 제 말이 들리세요? 제 글을 읽으실 수 있겠어요?

처음 글쓰기를 시작했을 때, 저는 저 자신이 이미지나 구절, 아이디어, 심지어 제가 사용하는 펜이나 일기에 대해서도 확신이 없다는 것이 혐오스러웠어요. 제가 썼던 모든 글은 '아마도'나 '어쩌면'으로 시작해 '……라고 생각한다'나 '……라고 믿는다'로 끝났어요. 그러나 제 의심은 도처에 있어요, 엄마. 심지어 저는 무언가가 뼈처럼 진실이라는 것을 알고 있을 때조차 그 앎이 흐릿해질 거라는 것, 제가 그걸 글로 쓴다 해도 현실로 유지되지 않을 거라는 점이 두려워요. 저는 또다시 우리를 따로 떼어놓고 있고, 그래서 우리를 어딘가 다른 곳으로 옮겨놓을지도 몰라요. 정확히 어디인지는 잘 모르겠지만요. 제가 엄마를 로즈 외에는 뭐라고 부를지 모르겠는 것처럼요. 백인, 아시아인, 고아, 미국인, 엄마?

때때로 우리에게는 두 가지 선택지만 주어져요. 연구조사를 하는 동안, 저는 엘파소 《데일리 타임스》의 1884년도 기사 하나를 읽었는데, 거기에는 백인 철도 노동자 한 사람이 무명의 중국인을 살해한 죄로 재판 중이라고 나와 있었어요. 그 사건은 원천적으로 기각되었고요. 판사 로이 빈은 텍사스 법을 인용했는데, 법이 사람의 살해를 금하고 있지만, 사람은 오직 백인, 아프리카계 미국인, 혹은 멕시코인으로만 규정되어 있었다는 거예요. 이름 없는 누런 몸뚱이는 종이 한 장 위의 공간에 들어맞지 않는다는 이유로 사람으로 여겨지지 않았어요. 때때로 우리가 누구인지는 우리가 누구인지 언급할 기회를 갖기도 전에 지워져버리죠.

존재하느냐 존재하지 않느냐. 그것이 문제로다.

엄마가 베트남의 어린 소녀였을 때, 이웃 아이들은 엄마의 팔에 숟가락을 가져다 대며 이렇게 외치곤 했어요. "흰색을 떼어내, 저 애한테서 흰색을 떼어내라고!" 결국 엄마는 수영하는 법을 배우셨어요. 누런 강 속으로 깊이 들어가면, 아무도 다가올 수 없었고, 아무도 엄마를 긁어낼 수 없었죠. 엄마는 한 번에 몇 시간씩 스스로를 섬으로 만들었어요. 집에 오면 추위로 턱이 딱딱거리고, 팔은 자줏빛에 물집이 생겨 있었는데, 그래도 여전히 흰색이었어요.

자신의 뿌리를 어떻게 규정하느냐는 질문에 타이거 우즈는 스스로를 '캐블리네시안'*이라고 불렀어요. 중국인, 태국인, 흑인, 네덜란드인, 미국인의 인종적 외모를 담아내려고 만든 혼성어였죠.

존재하느냐 존재하지 않느냐. 그것이 문제로다. 네, 문제예요. 그러나 선택 사항은 아니죠.

---

* 백인, 흑인, 아메리카 원주민, 아시아인의 앞글자를 따 타이거 우즈가 만든 조어.

"내 언젠가 하트퍼드로 너랑 가족들 모두를 보러 갔을 때가 기억나는구나. 그게 아마 베트남에서 와 정착하고 한 해나 두 해가 지났을 즈음일 거야." 할아버지는 손바닥에 뺨을 괸 채 창밖을 보고 계시고, 벌새 한 마리가 플라스틱 모이통 위에 떠 있어요. "내가 아파트 안으로 걸어 들어가니 네가 식탁 밑에서 울고 있는 게 보였어. 집에는 아무도 없었고. 아니면 네 엄마는 있었을지도. 하지만 분명 침실이나 어디 있었을 거야." 그리고 기억이 채워지도록 말씀을 잠시 멈추셨어요. "내가 허리를 굽히고 무슨 일이냐고 묻자 네가 뭐라고 했는 줄 아니?" 할아버지는 활짝 웃으세요. "네 말이, 다른 애들이 너보다 오래 살았다더구나. 어찌나 우습던지." 고개를 저으세요. "그런 말을 하다니! 난 그게 잊히지가 않아." 금을 씌운 어금니가 빛나요. "'그 애들이 더 살아요, 그 애들이 더 산다고요!'라고 소리를 지르더구나. 대체 누가 그런 생각을 가르친 거지? 세상에, 너는 겨우 다섯 살이었다고.'

바깥의 윙윙대는 벌새 소리가 거의 사람의 숨소리처럼 들려요. 부리로 모이통 바닥의 설탕물을 연신 쫄러대고 있어요. 얼마나 끔찍한 삶인가, 저는 생각해요. 겨우 한 군데 머무르려고 저리도 빨리 움직여야 하다니.

이제 우리는 산책을 나서고, 할아버지의 갈색 점박이 비글이 우리 사이에서 목줄을 철컥이고 있어요. 혜는 갓 졌고, 정돈된 잔디

밭을 따라 거품처럼 촘촘하게 핀 흰색과 자홍색 향모, 늦게 핀 라일락의 향기에 공기가 짙어요. 우리가 마지막 굽이 길로 방향을 틀 때, 평범해 보이는 중년 여인, 금발을 포니테일로 묶은 어떤 부인이 다가와요. 그리고 할아버지 쪽만 보면서 이렇게 말해요. "드디어 개 돌보는 소년을 구하셨군요. 잘됐어요, 폴!"

할아버지는 멈춰 서서 안경을 코 위로 밀어 올리시지만 다시 흘러내릴 뿐이에요. 부인이 저에게로 시선을 돌려 또박또박 말해요. "이웃이. 된. 것을. 환영해." 그녀의 머리가 까딱이며 개개의 어절을 내뱉어요.

저는 목줄을 꼭 쥔 채 미소를 지으며 한 걸음 물러서고요.

"아니라오." 할아버지가 입을 열며 어색하게 손을 드시는데, 마치 거미줄이라도 치우는 것처럼 보여요. "이 애는 내 손주요." 그 말이 우리 모두의 위에 떠 있도록, 하나의 악기 소리처럼 단단히 느껴지도록 끄덕이며 반복하시는데, 당신 자신에게 얘기하는 건지 여인에게 하는 것인지 모르겠어요. "내 손주요."

조금의 동요도 없이 여인은 미소를 지어요. 너무나 활짝.

"그걸 기억해주시오."

여인은 웃으며 거만한 몸짓을 하더니 손을 내밀고, 제 몸은 이제야 판독이 가능해져요.

저는 그 여인이 제 손을 잡고 흔들도록 내버려둬요.

"그래, 난 캐럴이라고 해. 이웃이 된 걸 환영한다. 진심이야." 그런 다음 계속 걸어가요.

우리는 집으로 향해요. 대화는 없어요. 하얗게 늘어선 동네의 주택들 뒤로 가문비나무 한 줄이 불그스름한 하늘을 배경으로 미동도 없이 서 있어요. 비글이 앞발로 콘크리트 바닥을 긁고, 우리를 집 쪽으로 당기느라 사슬이 절겅거려요. 그러나 제 머릿속에 들려오는 건 오직, 할아버지의 목소리뿐이죠. **내 손주. 이 애는 내 손주요.**

5

저는 구멍 속으로 끌려 들어가고 있어요. 주위의 밤보다 더 어두운 구멍 속으로, 두 여인에 의해. 둘 중 한 명이 비명을 지를 때에서야 비로소 저 자신이 누구인지를 깨달아요. 그들의 머리를 봐요. 바닥에 누워 자느라 헝클어진 검은 머리칼들. 그들이 흐릿한 차 안에서 다투는 동안 공기는 톡 쏘는 약품 냄새로 몽롱해요. 눈은 아직 잠에 겨워 있고, 저는 형상들을 알아봐요. 머리 지지대, 룸미러에 매달린 채 흔들리고 있는 손가락 크기의 펠트 원숭이, 반짝이다 사라진 금속 조각. 차가 진입로에서 급히 빠져나가고, 저는 아세톤과 매니큐어 냄새를 통해 이 차가 햇볕에 그을리고 녹슨 엄마의 도요타라는 것을 알아채요. 엄마와 할머니가 앞좌석에서 결코 스스로를 보여주지 않을 무언가에 대해 떠들고 있어요. 가로등들이 두 분의 얼굴을 때리듯이 휙휙 치며 지나가고요.

"그 인간이 언니를 죽일 거예요, 엄마. 이번에는 정말 그럴 거라고요." 엄마가 숨 가쁘게 얘기하세요.

"우린 날고 있어. 헬리콥터를 타고 날고 있다고, 빠르게."

할머니는 망상으로 눈이 벌게진 데다 우둔해진 채 혼자만의 세계에 가 계세요. "우린 어디로 가는 거지?" 할머니가 밑으로 내리는 거울을 양손으로 붙드세요. 목소리를 통해 할머니가 미소 짓고 있다는 것, 적어도 이를 드러내고 있다는 걸 알 수 있어요.

"그 인간이 언니를 죽일 거예요, 엄마." 엄마의 목소리가 강에 빠져 허우적대는 것처럼 들려요. "저는 칼 그 인간을 안다고요. 이번에는 진짜예요. 듣고 계세요? 엄마!"

거울로 보니, 할머니는 휘휘 소리를 내며 몸을 양옆으로 흔들고 계세요. "우린 여길 빠져나가고 있어, 허? 우리는 아주 멀리 갈 게다, 리틀독!" 바깥에는 밤이, 취해서 땅이 빙빙 돌 때처럼 밀려가고 있어요. 계기판의 초록색 숫자는 3:04를 나타내고 있고요. 누가 제 손을 제 얼굴에 올려둔 거죠? 턴을 할 때마다 타이어가 끽끽거려요. 거리는 텅 비어 있고 이곳은 우주처럼 느껴져요. 모든 것이 우주의 어둠 속으로 내던져지고 있는데 앞좌석에는 저를 키운 두 여인이 정신이 나가 있어요. 제 손가락들 사이로 밤이 검은색 도화지 같아요. 저의 앞, 두 개의 녹초가 된 머리들만이 선명하게 흔들리고 있어요.

"걱정하지 마, 마이." 엄마는 이제 혼잣말을 하고 계세요. 얼굴이 앞 유리와 어찌나 가까운지 말을 할 때마다 같은 크기로 동그랗게 김이 서려요. "내가 가고 있어. 우리가 가고 있다고."

우리는 잠시 후 콘티넨털 승용차들이 늘어선 거리로 빠져나와요. 슬슬 기던 차가 회색 물막이 판을 댄 주택 앞에 멈춰요. "마이." 엄마가 사이드브레이크를 당기며 중얼거리세요. "그 인간이 마이를 죽일 거야."

내내 양옆으로 고개를 흔드시던 할머니도 마치 그 말이 내면의 작은 버튼이라도 누른 건지 드디어 동작을 멈추세요. "뭐? 누가 누굴 죽여? 이번엔 누가 죽는다고?"

"두 사람은 일단 차에 있어요!" 엄마는 차 문을 열어둔 채로 벨트를 풀고 뛰어나가 비틀대며 집 쪽으로 향하세요.

할머니가 들려주셨던 이야기 중에는 찌우 부인도 있었는데, 남성들로 이루어진 군대를 이끌고 옛 베트남에 쳐들어온 중국군을 쫓아냈던 신화적인 전사였어요. 저는 엄마를 보며 그 부인을 생각해요. 전설을 듣는 동안, 칼 두 자루로 무장한 그녀가 어깨 위로 1미터나 되는 가슴을 흩날리며 침략자들을 10여 명씩 베어버렸던 것. 우리를 구한 것이 여성이었던 것.

"지금 누가 죽는다고?" 할머니가 주위를 둘러보시는데, 머리 위 조명 때문에 황량했던 얼굴에 새로 알게 된 지식으로 감정이 일어요. "누가 죽는다고, 리틀독?" 할머니는 마치 잠긴 문을 열듯, 허공을 가리키며 손을 앞뒤로 뒤집으세요. "누가 널 죽인대? 도대체 왜?"

그러나 저는 듣고 있지 않아요. 창문을 내리느라 창문 손잡이를 돌릴 때마다 팔이 불타는 것 같아요. 11월의 찬 기운이 스며들어요. 집 앞 계단을 오르는 엄마의 손에서 20센티미터가 넘는 마체테가 번쩍이는 걸 보고 있자니 배가 조여와요. 엄마가 고함을 치며 문을 두드리세요. "나와, 칼!" 베트남어로요. "나와, 이 개자식아! 언니를 집으로 데려가겠어. 차를 줄 테니, 우리 언니를 내놓으라고." '언니'라는 단어에서 엄마의 목소리는 짧고, 절망적인 흐느낌으로 갈라지다 중심을 되찾아요. 마체테의 나무 자루로 문을 강타해요.

현관 등이 켜지자, 갑자기 엄마의 분홍색 잠옷이 형광 불빛에 녹색으로 변해요. 문이 열려요.

엄마는 뒤로 물러서고요.

남자 한 명이 나타나요. 엄마는 계단을 거꾸로 밟으며 내려오고, 남자는 문간에서 반쯤 달려들다시피 해요. 칼날이 엄마 옆에 단단히 들린 채, 마치 그 자리에 고정된 듯해요.

"총을 갖고 있어." 이제 정신이 명료해진 할머니가 숨죽여 소리치세요. "로즈! 저건 산탄총이야. 한 방에 둘을 죽인다고. 네 허파를 꿰뚫을 거야. 리틀독, 얘기 좀 해다오."

엄마의 손이 머리 위로 올라오고, 금속이 진입로 위에서 철컹 소리를 내요. 커다란 덩치에, 회색 양키 셔츠 밑으로 어깨가 처진 그 남자가 엄마한테 다가서더니 이를 드러내며 몇 마디를 하고, 마체테를 옆으로 차버려요. 칼은 번쩍이며 풀숲으로 사라져요. 엄마는 뭔가를 웅얼거리며, 작게 웅크린 채, 턱 밑에 손을 대고, 네일숍에서 팁을 받을 때 하던 자세를 취하세요. 남자는 총을 낮추고, 엄마는 다시 떨면서 차로 돌아오세요.

"그럴 가치가 없어, 로즈." 할머니가 양손으로 입을 막고 중얼거리세요. "넌 총을 이길 수 없어. 그냥 안 되는 거야. 돌아와, 헬리콥터로 돌아오라고."

"엄마." 제 목소리가 들리는데, 목소리가 갈라져 있어요. "엄마, 빨리 와요."

엄마는 천천히 운전석으로 돌아와 구역질을 삼키는 듯한 눈길로 제 쪽을 돌아보세요. 긴 침묵이 흘러요. 이제 엄마가 웃으려나 생각해보지만, 엄마의 눈에는 눈물이 가득 고여 있어요. 그래서 저는 시선을 돌려요. 주의 깊게 우리를 지켜보고 있는 남자, 허리춤에 손을 얹고 겨드랑이에 총을 끼운 채, 자신의 가족을 지키려 땅을 겨누고 있는 남자에게로.

엄마가 말을 시작하시자, 목소리가 다 갈라져 있어요. 저는 겨우 일부만을 알아들어요. 엄마는 마이네 집이 아니라고 설명하며 더듬더듬 열쇠를 찾으세요. 그보다는, 마이는 이제 거기 안 산대요. 마이의 머리를 벽에 밀쳐대던 그 남자친구 칼도 더 이상 그 집에 안 살고요. 이 사람은 다른 사람인데, 산탄총을 갖고 있는 대머리 백인 남자예요. 착오가 있었다고, 엄마는 할머니에게 얘기하고 있어요. 사고였다고.

"하지만 마이가 여기 안 산 지 5년은 되었어." 할머니가 갑자기 부드럽게 말씀하세요. "로즈……" 비록 보고 있지 않지만 저는 할머니가 엄마의 머리칼을 귀 뒤로 쓸어 넘겨주고 계시다는 것을 알아요. "마이는 플로리다로 이사 갔잖아, 기억 안 나니? 자기 가게를 열려고." 할머니는 침착해져 어깨가 느슨해져 있는 것이, 누군가가 할머니 안으로 들어가 그 팔다리와 입술을 움직이기 시작한 것 같아요. "집에 가자. 넌 좀 자야 돼, 로즈."

시동이 걸리고, 차가 비틀비틀 유턴을 해요. 우리가 빠져나갈 때, 현관에서 한 아이, 제 또래의 아이가 우리를 향해 장난감 권총을 겨누고 있어요. 총이 펄쩍 튀어오르더니 아이의 입이 빵 소리를 내요. 그 애 아빠가 그 애에게 소리를 지르려 돌아보고요. 아이는 한 발 쏜 다음, 두 발을 더 쏴요. 저는 제 헬리콥터 창으로 그 아이를 지켜봐요. 그 애의 눈을 딱 쳐다보고 엄마가 하신 일을 해요. 죽기를 거부하는 것 말이죠.

2부

1

기억은 선택이야. 언젠가 엄마는 그렇게 말씀하셨어요. 제게 등을 돌린 채, 신이라면 그렇게 얘기했을 법한 모습으로요. 그러나 엄마가 신이었다면 아이들을 보셨겠죠. 엄마는 이 소나무 숲을 굽어보셨을 거예요. 우듬지마다 투명하게 타오르는 싱싱한 끄트머리들이 늦가을의 홍조를 띤 채 부드럽게 젖어 있는 모습을요. 엄마는 가지들을 지나, 블랙베리 덤불 틈으로 갈라지는 녹슨 빛을 지나 신의 눈길로 바라보셨을 거예요. 바늘잎들이 하나하나 떨어지고 있는 모습을. 그리고 계속 따라가셨을 거예요. 바늘잎들이 가장 낮은 가지를 지나, 차가워지는 숲의 바닥으로 스스로를 내동댕이치며 나란히 누워 있는 두 소년 위에 내려앉는 모습을, 아이들의 뺨에 이미 피가 말라붙어 있는 모습을.

비록 두 사람 모두의 얼굴에 묻어 있지만 피는 키 큰 소년, 누군가가 강에 드리운 그림자처럼 짙은 회색 눈빛을 지닌 소년의 것이에요. 남은 11월의 기운이 그들의 청바지와 얇은 니트 스웨터에 스미고 있어요. 엄마가 신이라면, 두 사람이 엄마를 올려다보고 있는 걸 알아채실 텐데요. 둘은 손뼉을 치며 노래하고 있어요. 〈이 작은 나의 빛〉, 오후에 키 큰 소년의 오디오로 함께 들었던 랠프 스탠리 버전으로요. 그건 자기 아빠의 애창곡이었다고, 키 큰 소년이 말했었어요. 그리고 지금은, 둘의 머리가 양옆으로 흔들리며, 노래의 음과 음 사이로 치아가 빛나고 있어요. 노래가 한 줌의 입김으로 두 사람에게서 벗어나는 동안, 엉겨 붙은 피가 턱에서 부스러져 창백한 목에 얼룩을 만들고 있어요. **"이 작은 나의 빛, 비추게 하리. 이 작은 나의 빛, 비추게 하리…… 내 집 전체에, 비추게 하리."** 그들의 움직이는 팔다리가 만든 아주 작은 바람에 주위의 소나무 잎들이 빙빙 돌며 툭툭 소리를 내요. 키 큰 소년의 눈 밑에 난 상처가 노래 때문에 다시 벌어지고, 이제 검붉은 선이 왼쪽 귀를 타고 흘러내려 목에서 휘어진 뒤, 땅으로 사라지고 있어요. 키 작은 소년이 친구와, 그 한쪽 눈의 끔찍한 안구를 흘끗 보고, 잊으려 애를 써요.

엄마가 신이었다면 둘에게 박수를 멈추라고 하셨을지도 몰라요. 사람이 빈손으로 할 수 있는 가장 유용한 일은 꽉 붙잡는 거라고 말씀하셨을지도 몰라요. 그러나 엄마는 신이 아니죠.

엄마는 여자예요. 한 명의 엄마. 그리고 당신이 동네 반대편 부엌의 식탁에 앉아 또다시 기다리고 계시는 동안, 그 아들은 소나무 밑에 누워 있어요. 엄마는 납작 면과 쪽파 볶음이 담긴 프라이팬을 방금 세 번째로 데웠어요. 창밖을 내다보자 숨결에 유리가 뿌옇게 변하고, 엄마는 소년의 오렌지색 뉴욕 닉스 스웨터가 휙 지나가길 기다려요. 많이 늦었고, 분명 뛰어올 테니까요.

그러나 당신의 아들은 여전히 나무 밑, 엄마가 결국 만나지 못할 소년의 곁에 있어요. 둘은 폐쇄된 고가도로에서 몇 미터 떨어진 곳에 있고, 그곳은 원샷 술병 수백 병에 둘러싸인 철조망에 비닐봉지가 부딪히며 몸부림치고 있는 곳이죠. 소년들이 와들와들 떨기 시작하자, 박수가 느려지며 소리도 거의 들리지 않아요. 그들 위로 거대하게 몰려다니는 바람에 목소리도 억눌리고요. 침엽수 잎들이 부서진 시계의 바늘들처럼 탁탁 부러져요.

늦은 밤이면 그럴 때가 있죠. 엄마의 아들은 총알 하나가 자기 안에 박혀 있다고 믿으며 깨어나곤 했어요. 그는 그것이 바로 갈비뼈 사이, 가슴 오른쪽에 떠다니는 걸 느꼈어요. 총알은 항상 여기 있었어, 하고 생각해요. 심지어 자기보다 오래되었고, 그의 뼈와 힘줄과 핏줄이 그냥 금속 파편을 감싸 자기 안에 봉해버린 거라고 생각해요. **엄마의 자궁 안에 있던 건 내가 아니라, 이 총알이었어. 그 씨앗에서 내가 피어난 거야.** 지금도 주위로 추위가 엄습하면, 그는 총알이 가슴에서 튀어나와 스웨터를 살짝 볼록하게 만든다고 느껴요. **그것이 희미해졌어. 총알이 내 안에 머물고 싶은 거야. 그건 나 없으면 아무것도 아니야.** 왜냐하면 몸뚱이 없는 총알은 귀 없는 노래나 마찬가지니까요.

동네 반대편, 엄마는 창문을 마주한 채, 면을 다시 한번 데울까 생각하세요. 찢었던 종이 냅킨 조각을 손아귀에 쓸어 담은 다음,

버리려고 일어나세요. 그리고 다시 의자로 돌아와 기다려요. 그 창문, 어느 밤 당신의 아들이 집 안으로 들어오기 전에 멈춰 섰던 그 똑같은 창문, 사각형의 빛이 아들을 가로질러 떨어질 때 아들은 자신을 내다보고 있는 엄마의 얼굴을 보았어요. 저녁이 유리를 거울로 만들어놓은 바람에 엄마에게는 아들이 보이지 않았고, 그저 당신의 뺨과 이마에 그어진 선들, 침묵으로 인해 다소 황폐해진 얼굴만 보였죠. 소년, 그는 엄마가 아무것도 보고 있지 않은 것을 지켜보고, 엄마의 유령 같은 타원형 얼굴 안에 있는 그 자신 전체는, 보이지가 않아요.

노래는 길어지고, 추위는 그들의 신경을 덮고 있는 무딘 외피 같아요. 둘의 옷 속으로 닭살이 돋고, 둘의 가늘고 반투명한 털이 곤두섰다가 셔츠 밑의 천에 구부러져요.

"있잖아, 트레브." 엄마의 아들이 입을 열고, 뺨에는 친구의 피가 단단히 말라붙어 있어요. "비밀 하나만 얘기해줘." 바람, 소나무 잎, 몇 초.

"무슨 비밀?"

"그냥 뭐…… 평범한 비밀. 엄청난 거 아니어도 돼."

"평범한 거라." 생각 중인 침묵, 잠잠한 숨결.

두 사람 위의 별들이 서둘러 지운 칠판 위의 커다란 자국 같아요. "너 먼저 할래?"

동네 반대편의 식탁 위에서 엄마의 손가락들이 포마이카를 두드리다 멈춰요.

"좋아. 들을 준비 됐어?"

"응."

엄마는 의자를 뒤로 빼고 열쇠를 쥔 다음, 문을 열고 나가세요.

"난 더 이상 죽는 게 안 무서워."

(잠시의 침묵, 터지는 웃음.)

냉기가 강물처럼 둘의 목까지 올라와요.

엄마. 언젠가 기억은 선택이라고 말씀하셨죠. 그러나 엄마가 신이었다면, 그게 홍수라는 걸 아셨을 거예요.

2

저는 엄마의 아들이라, 일에 대해 아는 것과 상실에 대해 아는 게 똑같아요. 그리고 둘에 대해 안다는 것은 곧 엄마의 손에 대해 아는 것이죠. 제가 한 번도 느껴본 적 없는 한때 부드러웠을 윤곽. 제가 태어나기 훨씬 전부터 이미 못이 박이고 물집이 잡혀, 이후 30년간 공장과 네일숍들에서 더 망가졌을 손바닥. 엄마의 손은 끔찍해요. 그리고 저는 그렇게 만든 모든 것을 증오하고요. 저는 어떻게 그 손들이 꿈의 잔해이고, 꿈에 대한 심판인지 증오스러워요. 어떻게 엄마는 밤이면 밤마다 집으로 돌아와 소파에 풀썩 쓰러져 1분 안에 잠드셨던지요. 제가 물 한 잔을 가져오면 이미 코를 골고 계셨고, 무릎 위에는 일부만 비늘을 벗겨놓은 물고기 두 마리 같은 손이 놓여 있었어요.

제가 아는 것은 네일숍이 일터와 미용 작업실을 넘어, 우리 아이들이 자라나는 곳이기도 하다는 거예요. 그중 다수는 사촌 빅터처럼, 아직 성장기에 수년간 폐로 유해가스를 들이마셔 천식이 생길 거예요. 숍은 또한 부엌이에요. 뒷방의 바닥에서는 여자들이 쪼그려 앉아 전기난로에 올려둔 픽픽 튀고 지글대는 커다란 웍을 들여다보고, 큰 냄비에 든 쌀국수가 그 좁고 갑갑한 공간에서 부글부글 끓고 김을 뿜어 정향과 시나몬, 생강, 박하, 카다몸 냄새가 포름알데히드와 톨루엔, 아세톤, 파인솔, 표백제 냄새와 뒤섞여요. 옛 나라에서 온 민담이나 풍문, 믿기 힘든 이야기와 농담들이 오가며 확장되고, 부잣집의 옷장만 할까 싶은 뒷방에서 터져 나오던 웃음들이, 순식간에 으스스하고 아무 일도 없던 듯한 정적으로 가라앉는 곳. 숍은 임시 교실이기도 해요. 배와 비행기, 곤경에서 갓 벗어나 숍에 도착한 우리는 이곳이 잠시 거쳐 가는 곳이기를 바라죠. 제 발로 설 때까지만. 정확히 말해 우리의 턱이 영어 음절에 맞게 유연해질 때까지만. 수업료가 급료의 4분의 1이나 되는 야간 ESL 수업 숙제를 끝내느라, 매니큐어 책상 위에서 웅크리고 참고서를 들여다보는 곳.

저는 여기 오래 머물지 않을 거예요, 하고 우리는 말할지 몰라요. **곧 정식 직장을 구할 거예요,** 하고. 그러나 대개는, 때로는 몇 달, 심지어 몇 주 안에 돌아와 고개를 숙이고. 든 매니큐어 드릴이 든 종이 가방을 겨드랑이에 낀 채, 다시 일하게 해달라고 부탁할 거예요. 그리고 자주, 주인은 동정심에서, 아니면 사정을 이해해서, 아니면 둘 다의 이유로 그저 텅 빈 책상 쪽을 고개로 가리킬 거고요. 텅 빈 책상은 언제나 있기에. 왜냐ᄒ면 누구도 충분히 오래 머무는 법이 없고, 누군가는 항상 방금 나간 상태니까요. 왜냐하면

월급도 건강보험도 계약서도 없고, 오로지 몸뚱이만이 함께 일하고 그것을 위해 일하는 유일한 재료니까요. 무일푼이라는 것, 그것이 그 자체로 계약, 존재의 증거가 되죠. 우리는 이 일을 수십 년 할 거예요. 우리의 폐를 부풀리지 않고는 더 이상 숨쉬기가 힘들 때까지, 우리의 간이 화학약품들로 딱딱해질 때까지, 우리의 관절이 관절염으로 약해져 빨갛게 부어오를 때까지, 이 모든 걸 하나의 삶으로 엮어내면서요. 새로운 이민자는 2년이면 알게 되죠. 숍이란 곳이 결국에는 꿈이 경직된 앎으로 변하는 곳이라는 것을. 미국인의 뼈를 지니고 깨어 있는 것이 무엇을 의미하는지에 대한 앎 말이에요. 시민권이 있든 없든, 그것은 뼈마디 쑤심, 중독, 저임금이라는 것을요.

저는 엄마의 닳고 닳은 손을 미워하고 사랑해요. 그 손들이 결코 될 수 없었던 것들 때문에요.

———

일요일이에요. 저는 열 살이고요. 엄마가 가게 문을 열자 어제 썼던 매니큐어들의 냄새가 곧바로 코를 찔러요. 그러나 항상 그렇듯 우리의 코는 금방 적응을 하죠. 엄마는 숍의 주인은 아니지만 일요일—한 주 중 가장 느리게 흐르는 날—마다 영업을 맡고 계세요. 안으로 들어온 엄마는 불을 켠 뒤 자동 페디큐어 의자의 전원을 꽂고, 저는 시트 밑에 있는 파이프들에서 물이 보글거리는 사이 인스턴트커피를 만들러 휴게실로 향해요.

엄마가 고개를 들지 않고 제 이름만 부르셔도, 저는 입구로 걸어가 문을 열고 "영업 중" 표지판을 길에 도로 내놓아야 한다는 것을 알아요.

그때 그분을 보게 되어요. 70세쯤, 움푹 파낸 듯한 파란 눈에, 갸름한 얼굴에는 흰머리가 바람에 헝클어져 있고, 가야 하는 목적지를 지나쳐버렸지만 어쨌든 계속 걷고 있는 그런 사람의 눈빛에요. 노인은 가게 안쪽을 들여다보더니 두 손으로 암적색 악어 지갑을 꼭 쥐어요. 제가 문을 열자 안으로 들어오는데, 다리를 조금 절고요. 목에 맨 올리브색 스카프가 바람에 날려, 지금은 한쪽 어깨에만 걸쳐진 채 바닥에 끌리고 있어요. 엄마가 일어나서 미소를 지으세요. "무엇을 도와드릴까요?" 영어로 물으세요.

"페디큐어 좀 부탁합니다." 목소리가 마치 잡음으로 끊기는 라디오처럼 가냘파요. 저는 겉옷을 벗는 걸 도와드린 다음 옷걸이에 걸고, 페디큐어 의자로 안내해요. 그동안 엄마는 족욕기 안의 공기분사기를 작동시킨 뒤, 보글거리는 물을 소금과 용매로 채우세요. 합성 라벤더 향이 실내를 채워요. 팔을 부축해 의자에 앉도록 도와드리는데, 몸에서 마른 땀 냄새와 값싼 향수의 진하고 달콤한 냄새가 뒤섞여 나요. 몸을 낮추어 의자에 앉히는 동안, 팔을 쥐고 있는 제 손목이 떨려요. 심지어 노인은 보기보다 더 약해 보여요. 일단 가죽 의자에 몸을 누이자 저를 돌아보아요. 물이 분사되는 소리 때문에 들리지 않지만 입 모양으로 보아 "고마워요"라는 걸 알 수 있어요.

분사가 끝나면 물은 따뜻하고, 흰 비눗물이 떠 있는 에메랄드빛 녹색으로 변해요. 엄마가 족욕기에 발을 담그라고 하세요.

노인은 조금도 움직이려고 하지 않아요. 눈은 감고 있고요.

"부인." 엄마가 부르세요. 여느 때 같으면 말과 음악 소리, 오프라 윈프리 쇼나 뉴스를 틀어둔 텔레비전으로 시끌벅적할 숍이 지금은 조용해요. 전등만 위에서 웅웅거리고 있죠. 잠시 후, 부인이 가장자리가 충혈된 채 젖어 있는 파란 눈을 뜨고 바지 오른쪽 다리 부분을 만지려고 몸을 굽혀요. 저는 한 걸음 물러서고요. 엄마의 스툴은 무게를 이리저리 실을 때마다 삐걱거리고, 시선은 손가락에 고정되어 있어요. 부인이 바지를 걷어 올릴 때 손의 창백한 핏줄이 떨려요. 피부는 마치 가마에 넣었다 꺼낸 도자기처럼 윤이 나고요. 부인은 몸을 더 낮추어 발목을 잡고, 당겨서, 종아리 전체를 무릎에서 떼어내요.

의족이에요.

정강이뼈를 따라 반쯤 내려간 곳에 갈색의 절단부가 튀어나와 있는데, 미끈하고 둥근 것이 마치 바게트 빵의 끄트머리처럼—아무튼 간에 그건, 절단된 다리여요. 저는 엄마를 흘끗 보며 대답을 기대해요. 엄마가 한 치의 동요도 없이 줄을 꺼내어 부인의 한쪽 발을 문지르기 시작하자 그 옆의 주름진 혹이 작업 때문에 흔들려요. 부인은 의족을 옆에 놓고, 그쪽 종아리 근처에 보호하듯 팔을 올린 다음, 뒤로 기대어 큰 숨을 내쉬어요. "고맙습니다." 부인이 다시 한번 더 크게, 엄마의 정수리에 대고 말해요.

저는 엄마가 온장고에서 뜨거운 수건을 꺼내 오라고 하실 때까지 카펫에 앉아서 기다려요. 페디큐어를 받는 내내, 부인은 고개를 양옆으로 흔들며 눈을 반쯤 감고 있어요. 엄마가 한쪽 종아리를 마사지하는 동안 안도감에 신음이 흘러나와요.

일을 마친 엄마가 수건을 달라며 절 돌아보시자, 부인이 몸을 기울이며 오른쪽 다리, 물 위에 들려 있어 내내 말라 있던 작은 덩어리 쪽을 가리켜요.

"괜찮으시다면"이라고 말하더니, 부인은 팔에 대고 기침을 해요. "이쪽도 좀. 너무 비싸지 않다면요." 그리고 잠시 말없이 창밖을 물끄러미 보다가, 다시 허벅지 위를 내려다봐요.

엄마는 한 번 더 말없이, 그러나 몸을 오른쪽 다리 쪽으로 거의 눈치채지 못할 정도로 돌려, 작은 덩어리 전체를 신중하게 마사지하기 시작하세요. 어르기 전에 따뜻한 물 한 움큼을 그 끝에 붓자, 가는 물줄기가 가죽 같은 피부를 가로지르며 흘러내려요. 작은 물방울들. 엄마가 비눗물을 다 헹궈내자 부인은 온화하게, 거의 간청하듯이 좀 더 밑으로 내려가달라고 부탁해요. "이왕 같은 가격이라면." 부인이 말해요. "저는 여전히 저 밑까지 느낄 수 있거든요. 바보 같지만 그렇네요. 느낌이 있어요."

엄마가 동작을 멈추세요. 얼굴에 스치는 약간의 동요.

이어서 엄마는 눈 밑의 주름만 살짝 더 엄격해진 채, 부인의 종아리가 있었어야 할 허공을 손가락으로 감싸요. 그런 다음 마치 종아리가 온전히 거기 있다는 듯이 주무르세요. 보이지 않는 다리를 계속 따라 내려와 뼈가 앙상한 위쪽 부위를 문지른 다음, 다른 손으로 뒤꿈치를 받치고 아킬레스건을 눌러준 뒤, 발목 밑의 뻣뻣해진 힘줄을 펴요.

엄마가 다시 한번 저를 쳐다보자, 저는 온장고에 든 수건을 가지러 달려가요. 엄마는 아무 말 없이 투명한 다리 밑으로 수건을 내려뜨린 뒤 허공을 사뿐사뿐 따라 내려가고, 엄마의 팔 근육에 저장된 기억들이 자신에게 익숙한 효율적인 동작들을 북돋우며 거기에 없는 것들을 드러내요. 지휘자의 동작이 어딘지 음악을 더 실감나게 만드는 것처럼요.

발이 마르자 부인은 의족을 끼우고, 다리 부위의 바지를 끌어내린 뒤 내려와요. 저는 겉옷을 가져와 입는 걸 돕고요. 엄마가 계산대 쪽으로 발길을 옮기기 시작하자 부인이 엄마를 멈춰 세우더니 손에다 접힌 100달러짜리 지폐를 쥐여줘요.

"주님의 가호가 있으시기를." 부인이 눈길을 낮추고 인사를 건네요. 그런 다음 절뚝이며 나가자 문 위의 벨이 울리고, 닫히면서 한 번 더 딸랑거려요. 엄마는 멍하니 눈을 뜬 채 그 자리에 서 계시고요.

아직 젖어 있는 손가락 때문에 벤 플랭클린°의 얼굴이 진해지자 엄마는 지폐를 계산대가 아닌 브라 밑에 집어넣고, 머리를 다시 묶으세요.

● 100달러 지폐에 그려진 미국의 정치가.

그날 밤, 엄마는 마룻바닥에 배를 깔고 베개에 얼굴을 묻은 채 등을 좀 마사지해달라고 부탁하셨어요. 저는 옆에 무릎을 꿇고 검은 티셔츠를 어깨 위까지 올린 다음 브라를 풀었어요. 수백 번도 더 해본 일이라 이제는 손이 저절로 움직였죠. 끈이 풀리자 엄마는 손으로 잡고 몸 밑으로 당겨 옆으로 치워버리셨어요. 낮 동안 흘린 땀으로 묵직해진 브라가 마치 무릎보호대 같은 둔탁한 소리를 내며 마루에 떨어졌어요.

　　엄마의 피부에서 네일숍의 화학약품 냄새가 올라왔어요. 저는 주머니를 뒤져 25센트짜리 동전 한 개를 꺼낸 다음 빅스베이포럽● 통 안에 담갔어요. 화사한 유칼립투스 향이 방 안을 채우자 엄마의 긴장도 풀리기 시작했죠. 저는 푹 담근 동전을 미끈한 성분으로 코팅한 다음 엄지손가락만큼의 분량을 등 전체에, 척추를 따라 가볍게 두드렸어요. 엄마의 피부가 반짝이기 시작하자 이제 동전을 목덜미에 놓고 바깥쪽으로, 어깨뼈를 가로질러 밀어냈어요. 저는 엄마가 가르쳐준 대로 억세고 꾸준하게 긁어내고 또 긁어냈어요. 흰 피부 아래에서 적갈색 힘줄들이 일어나고, 부어오른 곳이 보라색 입자들로 짙어져 등 전체에 진한 색 갈비뼈처럼 퍼질 때까지, 엄마의 몸에서 나쁜 기운을 내보낼 때까지요. 이와 같은 조심

● 국소 통증 완화 연고.

스러운 타박상을 통해 엄마는 치유되셨어요.

저는 또다시 바르트를 생각해요. "작가는 자기 어머니의 몸과 함께 노는 사람이다. 그것을 영광되게 하고 미화하기 위해." 자신의 어머니가 돌아가신 뒤 그는 그렇게 쓰고 있죠.

저는 이것이 진실이길 얼마나 바라는지요.

그런데도, 지금 여기에서조차, 엄마께 편지를 쓰고 있으면 엄마의 몸이 지닌 물리적인 사실들이 저의 쓰는 속도를 지체시켜요. 이 문장들에서조차, 저는 엄마의 등에 손을 얹고 제 손들이 그 변경 불가능한 피부의 흰 바탕 우에 놓였을 때 얼마나 진한지를 보아요. 심지어 지금도 저는, 경직된 근육들을 주무르며 엄마의 허리와 엉덩이의 접혀 있는 주름들을 봐요. 척추를 따라 나 있는 작은 뼈들, 어떠한 침묵으로도 번역되지 않는 한 줄의 말줄임표. 심지어 아직도 우리의 피부가 보여주는 뚜렷한 차이는 저를 놀라게 하죠. 텅 빈 페이지가 저를 놀라게 하는 것처럼요. 펜을 쥔 제 손은 그 페이지를 망치지 않고, 그 삶에 맞춰 행동하려고 노력하며 그 공간의 장(場)을 통과하기 시작해요. 그러나 글을 씀으로써, 저는 그것을 망치죠. 저는 엄마를 바꾸고, 미화하고, 보존하고, 모든 걸 한꺼번에 해요.

제가 어깨를 따라 지압을 한 다음 딱딱히 굳은 마디들을 누르자, 엄마는 베개에 대고 신음을 내뱉으셨어요. "근사해…… 이건 정말 근사해." 잠시 후, 엄마의 숨이 깊고 고르게 변하더니, 팔이 느슨해지며 잠에 빠져드셨어요.

열네 살이 되던 여름, 저는 하트퍼드 외곽의 한 담배 농장에서 처음으로 일자리를 얻었어요. 대부분의 사람들은 담배가 이렇게 먼 북쪽 지방에서도 자랄 수 있다는 사실을 깨닫지 못하죠. 그러나 무엇이든 물가에 두면 작은 군대의 규모로 파릇하게 자라나는 법이에요. 여전히 무언가가 실제가 되는 방식은 희한해요. 맨 처음 아가왐*들이 재배했던 이 넓은 잎의 엽궐련용 담배는 그 땅에서 선주민을 몰아낸 백인 정착민들에 의해 곧 환금작물로 심어졌어요. 그리고 현재는 대부분 미등록 이주민들이 수확을 맡고 있고요.

저는 엄마가 14킬로미터나 떨어진 시골까지 자전거를 타고 나가도록 허락하지 않으시리라는 걸 알았기에, 시 외곽에 있는 교회에서 정원 손질하는 일을 하고 있다고 둘러댔어요. 지역 YMCA 바깥에 붙어 있던 전단지에 따르면 시급은 9달러가 되어야 했는데, 그건 당시 최저 급료보다 거의 2달러나 높은 액수였어요. 게다가 그때의 저는 아직 합법적으로 고용되기에는 너무 어려서, 뒤로 몰래 현찰로 받았었고요.

그때가 2003년이었는데, 그건 곧, 부시가 결코 찾아내지 못한 대량살상무기를 언급하며 이라크에 이미 전쟁을 선포했다는 의미였

● 현재의 뉴잉글랜드 지역에 살던 아메리카 선주민.

어요. 그해에는 블랙아이드피스의 〈웨어 이즈 더 러브?〉가 모든 라디오 방송, 특히 PWR 98.6에서 흘러나와, 문을 열고 자면 블록에 있는 모든 차에서 그 노래를 들을 수 있었죠. 그 비트는 길 건너 농구장에서 퍽 하고 깨지는 맥주병 소리에 간간이 끊겼고, 코카인 중독자들은 그저 가로등이 어떻게 깨진 유리들을 마법에 걸린 것처럼 보이게 하는지 보려고 빈 병들을 하늘로 던져, 아침이 되면 인도 위에 유리가 반짝반짝 흩뿌려져 있곤 했어요. 타이거 우즈가 5회 연속으로 올해의 PGA 선수상을 받고, 말린스가 양키스를 열받게 했던 것도(제가 신경을 썼거나 이해했다는 것은 아니고요) 그해 여름이었어요. 페이스북이 생겨나기 2년 전, 최초의 아이폰이 나오기 4년 전, 스티브 잡스가 아직 살아 있었고, 엄마의 악몽들이 막 심해지기 시작해, 어느 지독한 시간대에 엄마가 식탁에 계신 걸 발견하면, 맨 엉덩이로 땀을 흘리며 하트퍼드에 있을지 모를 테러 공격에 대비해 '비밀 벙커'를 사려고 돈을 세고 계신다고 하던 때였어요. 우주선 파이어니어 10호가 지구로부터 122억 킬로미터 떨어진 곳에서 영원히 교신을 끊기 전, 마지막 신호를 보냈던 것도 그해였죠.

저는 일주일에 닷새는 아침 6시에 일어나 자전거를 타고 한 시간이 족히 걸리는 농장까지 갔어요. 코네티컷강을 건너, 더 이상 관리를 포기한 듯 방치된 교외의 풀밭들을 지나면 오지가 나왔어요. 사유지가 가까워지면 양옆으로 온통 들판이 펼쳐졌는데, 점점이 앉아 있는 까마귀들의 무게로 늘어진 전화선과 드문드문 활짝 꽃을 피운 하얀 아몬드나무들이 보였어요. 관개용 웅덩이에는 여름의 막바지에 빠져 죽었는지 열 마리도 넘는 토끼의 사체가 뜨거운 공기에 악취를 풍기고 있었고요. 초록으로 이어진 담배밭은 어떤 곳은 제 어깨 높이로 무성했고, 꽤 먼 곳까지 뻗어 있어 농장 부지의 끝에 있는 나무들이 관목처럼 보일 정도였어요. 그 한가운데에 페인트칠을 하지 않은 커다란 헛간 세 채가 나란히 한 줄로 놓여 있었어요.

저는 첫 번째 헛간 쪽의 비포장 진입로를 타고 올라간 뒤, 열린 문으로 자전거를 끌고 들어갔어요. 시원한 어둠에 눈이 적응되자 벽을 따라 한 줄로 앉아 있는 사내들이 보였어요. 어두운 색깔의 얼굴들이 흐물흐물한 달걀이 든 종이 접시 위로 움직이고 있었고, 자기들끼리는 스페인어로 얘기를 하고 있었어요. 그중 한 명이 절 보더니 손을 흔들며 뭐라뭐라 알아들을 수 없는 말을 했어요. 스페인어를 못한다고 하니 놀라는 눈치였죠. 뒤이어 깨달음의 불꽃이 그 사람 위로 탁 켜지며 표정이 환해졌어요. "아!" 그가 나를 가리키더니 끄덕였죠. "치니토.* 치니토!" 저는 결심했죠. 첫날이니 굳이 부인하진 말자고. 그에게 손가락을 치켜들며 스페인어로 대답했어요. "시(네)." 저는 미소 지으며 말했어요. "치니토."

그의 이름은 마니라고 했어요. 그가 몸짓으로 가리킨 탁자 위에는 가스버너에 올려둔 커다란 오븐에 한 면만 익힌 달걀들이 담겨

● 중국인을 귀엽게 부르는 스페인어.

있었고, 그 옆에는 실온 정도의 커피가 담긴 유리 주전자가 있었어요. 저는 그들 사이에 끼어 조용히 먹었어요. 저를 빼면 스물두 명의 일꾼이 있었는데, 대부분 멕시코와 중앙아메리카에서 온 이주자들로, 단 한 사람 예외인 니코만 도미니카 출신이었어요. 콜체스터에서 온 20대의 백인 릭도 있었는데, 들은 바에 의하면 성범죄자 목록에 올라 있어 담배 농장 일이 유일하게 구할 수 있는 꾸준한 일자리라고 했어요. 대부분은 계절노동자들로, 미국 전역의 다양한 곡물이 익는 수확기를 따라 옮겨 다니고 있었어요. 이 농장의 일꾼들은 네 채의 트레일러로 된 야영지에서 잤는데, 사유지끝에 있는 나무들 너머로 몇 미터 떨어진, 길에서 보이지 않는 곳에 있었어요.

헛간 안쪽, 수확한 담뱃잎을 건조하려고 걸어두는 서까래들은 텅 비어 있었어요. 9월 말이 되면 헛간 한 채당 거의 2톤의 담배를, 두 채 이상 저장하게 되죠. 흐물흐물한 달걀을 씹으며 저는 그 구조를 관찰했어요. 건조 속도를 더 높이려고 옆면의 나무 덮개들을 하나 건너 하나씩 들어 올려놓았는데, 그 갈비뼈 같은 틈으로 공기가 흘러들었어요. 낮의 열기가 제 목을 스치며 담배의 달콤쌉싸름한 냄새와 붉은 흙의 철분 냄새를 실어 왔죠. 사람들에게서도 들판의 냄새가 났어요. 그들의 쿠츠가 흙에 닿기도 전, 심지어 아침 샤워를 한 직후인데도, 전날 일하면서 생긴 소금기와 볕에 그을린 냄새가 몸에서 배어 나왔어요. 곧 똑같은 냄새가 제 모공에도 스미게 되죠.

짙은 황록색 포드 브롱코가 시동을 걸자 사람들이 일제히 일어나 접시와 컵들을 쓰레기통에 던져 넣었어요. 다들 장갑을 끼고, 몇몇은 천 조각에 물을 부어 모자 밑에 끼워 넣었어요.

버포드 씨가 걸어 들어왔어요. 70세가량의 키 크고 빼빼 마른 백인인 그는, 비행사 안경과 과장된 미소 위로 레드삭스 캡을 낮게 눌러쓰고 있었어요. 허리에 손을 얹은 모습이 뭐랄까 영화 〈풀 메탈 재킷〉에 나오는 미치광이 상사, 워낙 악질이라 자신의 사병 중 한 명에게 머리가 날아갔던 주인공을 생각나게 했죠. 그러나 버포드 씨는 꽤나 유쾌했고, 억지를 더하자면, 매력적이기까지 했어요. 그는 입술 사이로 금니 하나를 반짝이며 활짝 웃었어요. "나의 국제연합 여러분, 아침 잘 보내고 있습니까? 부에노?"

저는 다가가 제 소개를 했어요. 악수를 하는데, 손이 어찌나 거칠고 꺼끌꺼끌하던지 놀랐어요. 그는 제 어깨를 두드리면서, 제가 속한 조의 조장인 마니의 말만 잘 따르면 잘해낼 거라고 했어요.

일꾼들과 저는 픽업트럭 세 대의 짐칸에 실려 첫 번째 들판으로 갔고, 그곳은 작물들의 키가 가장 큰 곳이라, 묵직해진 고개가 막 처지고 있었어요. 우리 뒤로는 두 대의 트랙터가 따라왔는데, 그 위에 작물들을 싣는 거였죠. 도착했을 즈음 이미 열 명으로 이루어진 한 조가 첫 다섯 줄의 담배들 위에 웅크리고 있었어요. 베는 팀이었죠. 날이 밝자마자 갈아둔 마체테로 무장한 이 팀은 우리 앞에 놓여 있는 100미터에 달려들어 줄기들을 빠르게 획획 쳐냈어요. 가끔 우리가 속도를 초과하면 그 팀을 따라잡기도 했는데,

칼날 소리가 점점 커지며, 작물을 베느라 폐가 헐떡이는 소리가 들려왔어요. 밝은 녹색으로 쓰러진 줄기들이 구부정하게 숙인 등 주위로 튀는 것도 보였고요. 금속이 피막을 열어젖히며 줄기 속의 물소리가 들릴 때도 있었는데, 그럴 때면 식물이 흘린 수액으로 땅이 새까매지곤 했죠.

저는 작은 키의 일꾼들이 속해 있는 창 팀이었어요. 저희의 임무는 이미 햇볕에 시들어 땅에 쓰러져 있는 작물을 거둬들이는 것이었죠. 세 명씩 한 조로 나뉘었는데, 두 명은 줄기 담당, 한 명은 꿰기 담당이었어요. 꿰기 담당이 하는 일은 그저 창 모양 걸이(붙였다 떼었다 할 수 있는 창날이 붙은 운반대였어요) 옆에 서서 막대가 빼곡히 찰 때까지 창에 작물들을 찔러 넣는 것이었어요. 이제 창날을 빼내면, 줄기 담당 한 명이 묵직해진 막대를 놓고 있는 트랙터로 옮겨요. 그곳에 있던 싣는 담당이 막대를 차곡차곡 걸고요. 꿰기 담당은 이제, 자루에서 다른 막대를 뽑아다가 쇠 창날을 끼우고, 계속 새로운 걸개를 채웠어요.

트랙터가 꽉 차면 헛간으로 되돌아갔는데, 그곳에서는 10여 명의 사람들, 보통 가장 키 큰 사람들이 걸개를 하나하나 서로 전달하며 건조용 서까래 위로 올렸어요. 12미터가 넘는 높이에서 추락할 수도 있었기 때문에 헛간은 작업하기에 가장 위험한 장소였죠. 사람들이 다른 농장에서 들었다는 얘기에 의하면, 몸뚱이가 쿵 하는데, 그 소리가 귀에서 떠나지 않더라는 거예요. 흥얼대며 날씨 얘기를 하거나 어떤 여자에 대해, 머데스토의 기름값에 대해 불평을 늘어놓다가 다가왔을 난데없는 침묵, 목소리가 있던 곳에서 흔들리고 있었을 잎들.

일하던 첫날, 멍청하게도 저는 마니가 장갑을 건네는데도 괜찮다고 했어요. 장갑이 너무 커서 거의 팔목까지 왔거든요. 5시쯤 되자 제 손은 푸석푸석해졌고, 수액과 먼지, 자갈과 파편들로 새까맣게 되어, 탄 밥이 눌어붙은 프라이팬 바닥 같아졌어요. 까마귀들은 우리가 그 시간까지 꼬박 일하는 동안 들판의 구겨진 공중 위를 떠다녔고, 그 그림자들은 하늘에서 떨어지는 물체처럼 땅 위로 급강하했어요. 이따금 줄 안으로 너무 깊이 드나들던 잭래빗 한 마리를 마체테가 내리찍었는데, 칼날이 척 닿는 소리 너머로 우리가 발디딘 지구를 떠나가는 한 존재의 끼익 하는 비명이 들리곤 했어요.

그러나 어쨌든 그 일은 제 안의 골절을 봉합해주었죠. 끊어질 수 없는 결속과 협업으로 이루어진 작업, 각각의 작물은 잘려서 거두어지고, 들어 올려진 다음, 딱딱 맞는 하모니로 한 컨테이너에서 다른 컨테이너로 옮겨졌어요. 일단 땅에서 베어낸 거라면 단 한 줄의 담배 줄기도 다시 땅에 닿는 법이 없었죠. 무수한 의사소통으로 이루어진 하나의 작업, 저는 일꾼들과 대화하는 법을 배웠고, 그곳에서 아무 소용이 없어진 저의 혀 대신 미소와 손짓, 심지어 침묵과 망설임으로 소통했어요. 저는 사람이나 동사, 추상적인 것들과 생각들을 제 손가락과 팔, 땅에 그린 그림으로 알아들었어요.

주름진 이마에, 마른 땀으로 콧수염이 거의 회색이 된 마니도 제가 엄마 이름인 로즈를 알려주려고 손을 오므려 꽃송이를 만들자, 고개를 끄덕였어요.

———

네일숍에서 가장 흔하게 쓰이는 영어 단어는 '죄송해요'였어요. 미용 서비스 일을 한다는 것이 어떤 의미든 그 말은 하나의 후렴구였죠. 여러 번에 걸쳐, 저는 매니큐어 작업자들이 손님들, 간혹은 일곱 살 남짓한 어린 손님들의 손이나 발에까지 조아리며 이렇게 말하는 것을 보았어요. "죄송해요. 죄송해요. 정말, 정말 죄송합니다." 아무 잘못이 없을 때에도 말이죠. 저는 엄마를 포함한 작업자들이 45분 동안의 매니큐어 작업 내내 수십 번씩 사과를 하며, 궁극적 목표인 팁으로 이어질 따뜻한 호응을 얻기를 바라는 것을 보았어요. 아무것도 받지 못하더라도 어쨌든 "죄송해요"라고만 하는 거죠.

네일숍에서 '죄송해요'는, 그 말 자체가 현금으로 변할 때까지 이용해먹기 위해 쓰는 하나의 도구예요. 그 단어는 더 이상 단순한 '사과'의 의미가 아니라 '내가 여기 있다, 바로 여기, 당신 밑에'를 주장하고 일깨우는 단어죠. 손님으로 하여금 자신이 옳고, 우월하며, 자비롭다고 느끼도록 직원 자신을 낮추는 거예요. 네일숍에서 '죄송해요'에 대한 사람들의 정의는 전체적으로 흐트러져 새로운 단어, 힘과 자기훼손이라는 양방향으로 동시에 충전되고 재사용되는 단어로 변하죠. 죄송한 것은 돈이 되고, 죄송한 것은 심지어, 아니면 특히나, 누군가에게 잘못이 없을 때에도 입이 허락하는 모든 자기비하적 음절만큼의 가치가 있어요. 왜냐하면 입도 먹어야 하니까요.

그렇다 해도 그것이 네일숍에서만 일어나는 일은 아니에요, 엄마. 그 담배밭에서도 우리는 마찬가지로 그렇게 말했어요. 마니는 버포드 씨의 시선이 미치는 곳을 지나갈 때마다 "로 시엔토(죄송합니다)"라고 말하곤 했어요. 리고 역시, 버포드 씨가 앉아서 서류판 위의 숫자들을 확인하고 있는 벽 쪽에 마체테를 반납하러 오면 조그맣게 "로 시엔토"라고 중얼거렸고요. 할머니가 또 조현병 발작을 일으켜 '증거'를 없애야 한다며 오븐에 옷을 몽땅 밀어 넣는 바람에 하루 결근한 저도 보스에게 그렇게 말했어요. 어느 날, 밤이 다 되도록 수확은 절반밖에 못 했고, 엔진이 꺼진 트랙터가 조용히 어둠 속에 서 있었을 때 우리는 "로 시엔토"라고 말했고요. 버포드 씨가 트럭 안에 행크 윌리엄스를 크게 틀어놓고, 계기판에 손바닥만 한 로널드 레이건 사진을 붙여둔 채 시든 작물을 빤히 보고 있을 때에도, 우리는 각각 그 앞을 지나치며 "로 시엔토, 세뇨르"라고 말했어요. 이튿날에도 우리는 "굿모닝"이 아닌 "로 시엔토"와 함께 일을 시작했고요. 진흙으로 가라앉았다 들어 올려지는 장화 소리와 함께 들리는 그 구절. 우리가 생계 활동으로 돌아가는 우리 자신에게 사과할 때 우리의 혀를 적시던 그것의 미끈한 거름. 거듭

그리고 또다시, 저는 제 혀를 후회하며 엄마에게 이 글을 써요.

　저는 그 땀 흘리던 사람들을 생각해요. 끝없이 펼쳐진 담배밭에서, 제 옆에 서서 농담을 하고 느래를 부르던 사람들을요. 어머니께 과달라하라 외곽에 집 한 채를 사드릴 수 있을 때까지 1천 달러, 약 두 달치의 급료만이 남았었던 조지. 열여섯 살짜리 딸, 언제나 치과의사가 되고 싶어 하던 루신다를 멕시코시티의 대학에 보내려 했던 브랜든. 한 철을 더 보낸 뒤, 엘살바도르의 해변 마을로 돌아가 어머니의 쇄골에 난 상처, 그가 코네티컷 땅에서 담배를 치우며 받은 돈으로 갓 제거한 종양이 있던 자리를 손가락으로 문질러보게 되었던 마니. 그는 남은 저금으로 보트 한 대를 사 청새치 낚시에 운을 걸게 되었죠. '죄송해요'는 이 사람들에게 있어, 남아 있기 위한 여권이었어요.

　하루 일과가 끝나면 제 하얀 러닝셔츠는 먼지와 땀으로 너무도 얼룩져, 자전거를 끌고 헛간을 빠져나올 무렵엔 아예 셔츠를 안 입은 것 같았어요. 핸들 위의 손가락들은 끈끈한 데다 벌겋게 까져 있었고요. 저는 제 은색 허피 자전거 페달을 밟으며 앞으로, 먼지가 이는 거리로 향했어요. 서 있던 작물들이 이제 거대하고 텅 빈 공간으로 변한 곳을 지나고 있으면 나무들의 윤곽 위로 해가 낮게 타오르고 있었어요. 그리고 저는 제 뒤로, 라디오의 각 채널들처럼 뚜렷한 목소리들을 들었죠. "아스타 마냐나(내일 봐), 치니토!""아디오스, 무차초(잘 가, 꼬마야)!" 저는 그 목소리들이 각각 누구의 것인지 알았어요. 보지 않아도 마니가 손을 흔들고 있다는 걸 알 수 있었고요. 매일 그랬듯, 마니가 땅거미 속으로 세 개 반짜리 손가락의 검은 실루엣을 흔들고 있으리라는 것을.

　제가 자전거를 타고 멀어지며 그들에게 말하고 싶었던 것, 다음 날 아침, 그리고 매일 아침 말하고 싶었던 것이 지금 엄마께 하고 싶은 말이에요. **미안해요.** 저는 그들이 사랑하는 이들을 만나기까지 너무 오랜 시간이 걸릴 거라 미안했어요. 몇몇이 탈수증에 걸리거나 마약 카르텔에 이용되거나, 텍사스와 애리조나의 우익 코카인 민병대에 노출, 살해되어 사막 국경 너머로 살아 돌아오지 못할까 봐 미안했어요. '로 시엔토'라고 말하고 싶었어요. 그러나 할 수 없었죠. 왜냐하면 그때 저의 '미안해요'는 이미 다른 무언가로 변해 있었기 때문이에요. 그것은 제 이름의 한 부분, 사기성 없이는 입 밖에 꺼낼 수 없는 한 부분이 되어 있었죠.

　그것이 바로, 어느 오후에 제게 다가왔던 소년, 제가 여름에 대해 알고 있던 것들을 뒤바꿔놓고, 여름의 일과를 따르기를 거부하면 하나의 계절이 얼마나 깊게 열릴 수 있는지 알게 해준 소년에게 "미안"이라고 말했던 이유예요. 저는 그 소년으로부터 일보다 훨씬 잔혹하고 총체적인 것, 결핍이란 것이 있다는 걸 배웠죠. 그해 8월의 들판에서 하루가 끝날 무렵 제 시야에 들어온 것이 그 아이였어요. 저는 제 옆에 또 다른 일꾼들이 있는 것을 느꼈지만, 수확 일의 리듬에 사로잡혀 그 아이를 생각하는 걸 멈출 수가 없었어요. 우리는 약 10분가량 거둬들이는 작업을 했고, 그 애의 존재는 주변부에서부터 강렬해지기 시작해 제가 시든 줄기 하나를 들어 올리려고 손을 내밀 때 제 앞에 발을 디뎠어요. 저는 그 아이, 저보다 머리 하나가 큰 아이를 올려다보았어요. 살짝 젖혀 쓴 군용 철모 밑으로 보이는 섬세한 골격의 얼굴에는 흙이 묻어 있었고, 왠지 모를 미소는, 마치 란 할머니의 이야기 속에서 제가 속한 시간대로 방금 걸어 나온 것 같았어요.

"트레버." 그 애가 허리를 펴며 말했어요. "난 트레버라고 해." 저는 나중에야 그 애가 버포드 씨의 손자라는 것, 보드카에 절어 있는 아버지로부터 벗어나려고 농장 일을 돕고 있다는 것을 알게 되었어요. 저는 엄마의 아들이기에, 그렇게 말했죠. "미안." 저는 엄마의 아들이기에, 그때 저의 사과는 저 자신의 확장이 되어 있었어요. 그것이 곧 저의 '안녕'이었죠.

3

그 첫날 들판에서 만난 뒤, 우연히 헛간에서 다시 트레버를 보았는데, 저녁의 어스름이 푸르스름하고 은은한 빛으로 실내를 씻어낸 뒤였어요. 밖에서는 인부들의 도끼가 허리띠에 부딪혀 절거덕거렸고, 다들 숲 가장자리에 있는 에어스트림*으로 돌아가기 위해 흙으로 된 둔덕을 오르고 있었어요. 공기는 선선한 데다 이제 우리 위의 들보에 매달린 갓 자른 담배들의 엽록소로 물들어 있었어요. 일부에서는 여전히 물이 떨어져, 헛간 바닥을 따라 작은 먼지가 소용돌이치고 있었고요.

왜 제가 바큇살을 점검한다고 시간을 끌며 자전거에 매달려 있었는지 모르겠어요. 트레버는 벽 쪽 벤치에 앉아 노란 형광색 게토레이를 벌컥벌컥 들이켜고 있었어요.

그 애가 멍하니 생각에 잠겨 있는 모습에는 뭔가가 있었어요.

● 미국의 여행용 트레일러 브랜드.

눈을 가늘게 뜰 때면 이마가 찡그려지며 앳된 얼굴에 가혹하고 상처받은 표정, 가장 좋아하는 개의 때 이른 죽음을 지켜보는 이의 표정이 더해졌어요. 진흙과 먼지투성이의 강렬한 인상이, 그 둥그런 입매와 꼭 다문 채 발그레하고 여성스럽게 내민 작고 탱탱한 입술과 대비를 이루며 공존하는 모습. 넌 누구지, 저는 브레이크를 점검하며 혼자 그렇게 생각했어요.

그러나 제가 그때 느낀 것은 욕망이 아니라 욕망의 가능성에 대한 똬리 튼 흥분이었어요. 그 흥분을 방출한 감정이, 자체의 중력으로 저를 제자리에 못 박아두고 있는 것 같았죠. 저 들판에서 그 애가 저를 지켜보던 방식. 우리가 잠시 나란히 서서 일하고, 식물들이 제 앞에서 흐릿한 녹색으로 스스로를 괴롭히는 동안, 우리의 팔은 서로를 스쳤고, 제게 머물던 그 애의 시선은 제가 알아차리면 휙 하고 멀어졌어요. 제가 보였던 거예요. 그 누구에게도 좀처럼 보이지 않던 제가요. 안전을 위해서는 눈에 띄지 말라고 엄마에게 교육받은 저. 초등학교에서 15분간 반성의 시간을 가지라고 구석으로 보내진 뒤 두 시간이나 지나 발견되었던 저. 다들 집에 간 지 이미 오래고, 책상에서 점심을 드시던 하딩 선생님이 마카로니 샐러드 너머로 저를 흘끗 보더니 한숨을 쉬셨지요. "이런, 세상에! 네가 아직도 여기 있는 걸 깜빡했구나! 여태껏 여기서 뭐 하고 있는 거니?"

헛간 안으로 빛이 스미는 가운데 트레버와 저는 들판에 대해 얘기했어요. 해야 할 일이 얼마나 훨씬 더 많이 남아 있는지, 시가용 작물이 어떻게 아프리카와 동아시아로 수출되는지, 그곳에서는 여전히 흡연이 인기 있고 뭐든 미국에서 왔다면 여전히 신뢰를 얻고 있다는 것도. 그러나 진실은, 트레버에 의하면, 등급이 낮은 품종의 작물이라 태우면 목 안에서 쓰고, 시다는 거였어요.

"심지어 이 작물은 합법적이지도 않아"라고 그 애가 말하는데, 목소리가 서까래 위로 울렸어요. 저는 그 말을 따라잡으며, 어깨 너머로 바라보았고요. "온통 벌레 먹은 것투성이라니까. 우리도 한 2년 남았겠지, 기껏해야 3년? 그다음에는." 그 애는 손을 마치 면도칼처럼 자기 목의 울대에다 그었어요. "끝장이지." 그러고는 조용해졌어요. 저는 제 자전거가 있는 곳으로 돌아오며 그 애의 시선을 느낄 수 있었어요. 그리고 그 애의 시선이 저를, 제가 그 안쪽을 절반밖에 느껴보지 못한 그 세계에다 고정해주기를 바랐어요.

체인을 지렛목 위에 놓는데, 게토레이가 병 안에서 휙 출렁이는 소리에 이어 병을 벤치에 내려놓는 소리가 들렸어요. 잠시 후 그 애가 입을 열었어요. 정말 조용하게. "난 우리 아빠가 좆나 싫어."

그때까지 저는 백인 남자아이도 인생에서 무언가를 증오할 수 있다고는 생각해본 적이 없었어요. 그 애를 겹겹이 뚫고 들어가, 바로 그 증오가 있는 곳까지 알고 싶었죠. 왜냐하면 그게 엄마가, 엄마를 보는 누군가에게 되돌려주는 방식이니까, 하고 생각했거든요. 엄마는 사람들의 증오를 정면으로 받아들여, 마치 그것이 다리인 듯, 건너가셨죠. 그것들을 마주하고, 그 안으로 들어가기 위해.

"나도 우리 아빠가 싫어." 저도 그렇게 말했어요. 이제 체인의 윤활유를 까맣게 묻힌 채 조용히 놓여 있는 제 손에 대고요.

돌아보자 트레버는 천장을 바라보며 미소를 짓고 있었어요. 이윽고 저를 보더니 턱진 곳에서 풀쩍 일어나 다가왔어요. 군용 철모를 눈 위로 당기자 미소가 서서히 다른 느낌으로 변했고, 다가오는 동안 흰 티셔츠의 검은 아디다스 로고가 살짝 움직였어요. 그해 여름 저는 신입생이었고, 트레버는 이미 2학년이었어요. 비록 햇볕에서는 거의 보이지 않았지만, 이곳 헛간에서 가까이 다가오자 가는 콧수염이 진해지며, 그 금빛 줄들이 땀으로 진해져 있었어요. 그리고 그 위에 놓여 있는 눈. 그 회색 눈동자들은 약간의 갈색과 주황색으로 살짝 덮여 있어, 보고 있으면 마치 바로 등 뒤에서, 잔뜩 흐린 하늘 아래 불타고 있는 무언가라도 볼 수 있을 것 같았어요. 그 애는 마치, 언제나 공중에서 산산조각 나고 있는 비행기 한 대를 보고 있는 것 같았어요. 그것이 제가 첫날 보았던 거예요. 그리고 비록 제 뒤로 아무것도 불타고 있지 않다는 것을 알았지만, 저는 어쨌든 돌아서서, 똬리 튼 여름의 공기가 열기로 탁탁 튀며 파괴된 들판 위로 피어오르는 것을 보았어요.

———

남자아이는 여섯 살이고, 온통 슈퍼맨 무늬가 그려진 흰색 속옷 말고는 아무것도 입고 있지 않아요. 엄마는 이 이야기를 아시죠. 아이는 방금 울음을 그쳤고, 이제 턱을 조용히 다물려고, 덜덜

떠는 단계로 접어드는 중이에요. 콧물이 뒤범벅된 코와 그 소금기 앉은 입술, 혀. 아이는 집에 있어요. 아이의 엄마, 엄마는 이걸 기억하시죠. 아이 엄마는 또 침대를 적셨다며 아이를 지하실에 가두었고, 아이의 가랑이 근처로 슈퍼맨 넷 혹은 다섯 명이 진하게 더럽혀져 있어요. 여인은 아이의 팔을 잡고 침대에서 끌어내려 계단으로 끌고 내려갔고 아이는 비명을 지르면서 빌었어요. "한 번만요, 엄마. 제발 한 번만요."

누구도 내려가지 않는 그런 지하실, 아이 주위의 습한 바닥에서 나는 눅눅한 냄새, 거미줄로 꽉 막힌 녹슨 파이프들, 아직도 다리를 지나 발가락 틈까지 적시고 있는 오줌. 아이는 마치 지하실에 덜 닿을수록 그 안에 덜 있다는 뜻인 듯, 한 발을 다른 발 위에 얹고 서 있어요. 그리고 눈을 감아요. 이게 내 슈퍼파워야, 하고 생각해요. 내 주위에 있는 어둠보다 더 어두운 어둠을 만드는 거야. 아이는 울음을 멈춰요.

———

우리가 들판 가장자리의 공구 창고 지붕 위에 앉아 있었을 때 여름은 거의 끝나가고 있었어요. 그러나 그 열기는 남아 있었고, 우리의 셔츠도 탈피하지 않은 피부처럼 우리에게 착 들러붙어 있었죠. 양철 지붕은 온종일 열기를 쬐어 아직도 반바지 속으로 따뜻한 온기가 전해졌어요. 저는 창백해져가는 태양도 서쪽 어딘가에서는 아직 좀 더 강렬할 거라고 생각했어요. 오하이오 같은 곳, 제가 결코 만나지 못할 어떤 소년을 위해 아직은 금빛인 태양.

저는 그 소년을 생각했어요. 저가 있는 곳으로부터 얼마나 멀리 있을지를, 그럼에도 여전히 미국인이라는 것을.

반바지를 입은 제 다리 위로 부는 바람이 시원하고 묵직했어요.

우리는 그 무렵, 일을 마친 뒤 집으로 향하기에는 너무 지쳤을 때면 그렇게 이야기를 나누었어요. 그 애의 총들과 학교에 대해, 그 애가 낙제할지 모른다는 것에 대해 얘기했어요. 어쩌면 윈저에 있는 콜트•공장이, 마지막 한바탕 총격이 석 달 전의 일인 데다 이미 오래된 뉴스라 다시 사람을 고용하고 있을지 모른다는 얘기도 했어요. 엑스박스의 다음 게임 출시와 걔네 아빠, 걔네 아빠의 술버릇에 대해서도 얘기했고, 해바라기 얘기도 했어요. 트레버는 그 꽃들이 얼마나 만화처럼 우스꽝스러워 보이는지, 그럼에도 실재하는지에 대해 얘기했어요. 엄마 얘기도 했고요. 저는 엄마가 꾸시는 악몽들과 느슨해져가는 정신에 대해 얘기했는데, 귀를 기울일 때면 그 애의 얼굴이 일그러졌고, 그 바람에 뿌루퉁함이 더 뚜렷해졌어요.

긴 침묵. 이윽고 트레버는 휴대폰을 꺼내어 하늘 저편의 색깔들을 한 장 찍더니 확인도 하지 않고 도로 주머니에 넣었어요. 우리의 눈이 마주쳤어요. 그 애는 잠깐 쑥스러운 미소를 짓고, 시선을

● 미국의 총기 회사.

돌려 뺨에 난 여드름을 짜기 시작했어요.

"클레오파트라." 잠시 후 그 애가 중얼거렸어요.

"뭐라고?"

"클레오파트라도 똑같은 석양을 봤다고. 정말 미친 것 같지 않아? 그러니까 살아 있던 인간들은 전부 다 오로지 하나의 태양을 봤었다는 거잖아." 그 애는 몸짓으로 동네 전체를 가리켰어요. 비록 눈에 보이는 사람이라고는 우리가 유일했지만요. "사람들이 태양을 신이라고 생각했던 것도 놀랄 일이 아니야."

"누가 그랬다고?"

"사람들이." 트레버는 잠시 입술을 지그시 물었어요. "가끔 난 저 멀리로, 영원히 가버리고 싶어." 그러더니 뺨으로 플라타너스 너머를 가리켰어요. "그냥 슉 하고 말야." 저는 뒤로 버티고 있는 그 애의 팔을 유심히 보았어요. 얇게 흐르는 근육, 밭에서 그을리고 햄버거를 먹인 그 근육이 말하는 동안 조금씩 움직이고 있었어요.

저는 까고 있던 자몽 껍데기를 마저 벗겨 지붕에서 던져버렸어요. 우리의 뼈는 어떨지, 묻고 싶었죠. 어떻게 하면 그것들로부터 벗어날 수 있을지. 하지만 다시 생각해보게 되었어요. "그래도 태양이 된다는 건 최악일 거야." 분홍빛 반쪽을 건네며 제가 말했어요.

그 애는 그 반쪽을 한입에 넣었고요. "바니 뭬?"

"씹고 말하시오, 이 동물아."

그 애가 눈을 뒤집으며 뭔가에 홀린 듯이 장난스레 고개를 흔들자, 맑은 즙이 뺨을 타고 흘러 목과 울대 밑의 우묵한 곳에서 손자 국만 한 크기로 반짝였어요. 이제 삼킨 다음 팔뚝으로 입을 훔쳤 어요. 그리고 진지하게 되물었어요. "아니 왜?"

"태양이 되면 자기 자신을 볼 수 없을 테니까. 심지어 자기가 하 늘 어디에 붙어 있는지도 모를걸." 저는 한 조각을 혀 위에 올려놓 고, 한 주 내내 아무 이유 없이 씹었던 뺨 안쪽을 산이 톡 쏘도록 내버려두었어요.

그 애는 저를 골똘히 쳐다보며 머릿속의 생각을 굴렸고, 입술은 즙으로 젖어 있었어요.

"자신이 둥근지 사각형인지, 못생겼는지 잘생겼는지도 모를 거 야." 저는 계속 이어갔어요. 제 말이 중요하고 절박하게 들리길 원 했거든요. 그러나 저 자신도 그렇게 믿고 있는지는 알 수 없었어 요. "지구에게 자신이 뭘 하고 있는지, 그 색이나 모양만 알 수 있 을 뿐, 자신이 누구인지는 모를걸." 그리고 그 애를 흘끗 보았어요.

그 애는 풀물이 든 흰색 반스 스니커즈의 구멍 하나를 골라, 손 톱으로 가죽을 긁으며 구멍을 넓히고 있었어요.

저는 그때까지 귀뚜라미들이 울고 있다는 것을 알아채지 못하 고 있었어요. 우리 주위로 날이 어두워졌어요.

트레버가 말했어요. "내 생각엔 태양이 되는 건 최악이야, 왜냐, 불타고 있잖아." 저는 제가 또 다른 귀뚜라미라고 생각했던, 더 가 까이 있는 녀석의 소리를 들었어요. 두근거림, 쿵쿵거리는 박동. 그 러나 트레버는 앉은 자세 그대로 다리를 벌리더니 부드러운 분홍색 성기를 반바지 틈으로 꺼내어 이제 오줌을 누고 있었어요. 물줄기가 경사진 금속 지붕 위에서 찰찰 소리를 내며 옆으로 떨어져 아래쪽 흙바닥으로 주르륵 흘렀어요. "그리고 난 지금 그 불을 끄고 있지." 말하는 그 애의 입꼬리가 집중하느라 올라가 있었어요.

저는 시선을 돌렸지만, 계속 그 아이, 트레버가 아닌 오하이오의 소년을 보고 있었어요. 제가 방금 아무 탈 없이 빠져나온 그 시간대에 곧 발견될 아이. 이제 우리는 아무 말 없이 함께 하나씩, 뺨 안에 들어 있던 자몽 씨들을 뱉었어요. 씨들은 크고 굵은 덩어리로 양철 지붕 위에 떨어졌고, 해가 나무들 뒤로 완전히 가라앉자, 푸른빛으로 변했어요.

———

어느 날, 아이 엄마는 시계 공장에서 초과 근무를 한 뒤, 장난감 병사 수백 명이 어질러져 있는 집으로 돌아왔어요. 부엌 타일 곳곳에는 웅크린 플라스틱 생명들이 잔해처럼 널려 있었죠. 아이는 보통 엄마가 집에 도착하기 전에 그것들을 치워야 한다는 걸 알고 있었어요. 그러나 이날은 병사들의 몸뚱이로 만들어낸 이야기에 푹 빠져 있었죠. 병사들은 검은 비디오테이프로 만든 감옥에 갇힌 15센티미터쯤 되는 미키마우스를 구출하는 중이었어요.

문이 열렸을 때, 아이는 벌떡 일어났지만 이미 너무 늦었어요. 엄마의 얼굴을 알아보기도 전에 날아온 손등이 옆얼굴을 때렸고,

뒤이어 한 대, 그리고 계속 날아왔어요. 귀싸대기의 비. 엄마의 폭풍. 아이의 할머니가 비명을 듣고 달려와, 본능처럼 아이를 팔다리로 덮더니, 몸으로 작고 미약한 집을 만들어주셨어요. 그 안에서 아이는 천을 덮고 웅크린 채 엄마가 잠잠해지기를 기다렸고요. 할머니의 떨리는 두 팔 사이로, 아이는 비디오테이프들이 넘겨졌다는 걸 알아차렸어요. 미키마우스는 풀려나 있었어요.

———

창고 지붕과 자몽 얘기로부터 며칠 뒤, 저는 문득 저 자신이 트레버의 트럭 조수석에 타고 있는 걸 깨달았어요. 그 애가 티셔츠의 가슴 주머니를 뒤져 블랙앤드마일드 한 개비를 꺼내더니 가만히 무릎 사이에 걸쳐놓았어요. 그리고 다른 주머니에서 커터칼을 꺼내어 시가릴로 옆에 길게 틈을 낸 다음, 내용물은 창밖에다 비웠어요. "서랍 좀 열어봐." 그 애가 말했어요. "응. 아니, 보험증 밑에. 그래, 거기 그거."

저는 하나는 대마초가 반쯤 차 있고, 다른 하나는 코카인이 들어 있는 봉지 두 개를 집어 그 애에게 건넸어요. 그 애가 주머니 하나를 열더니 이미 으깨어둔 대마초를 속이 빈 시가릴로가 가득 찰 때까지 채워 넣었어요. 봉지를 창밖에 던진 뒤, 두 번째 봉지를 열어 하얀 가루를 대마초 위에 얹었고요. "눈 덮인 산처럼!" 그 애가 활짝 웃으며 말했어요. 그 애는 흥분한 나머지, 두 번째 봉지는 다리 사이로 바닥에 떨어지도록 내버려두었어요. 이제 블랙앤드마일드의 벌어진 가장자리를 핥아 단단한 한 개비로 붙게 틈을 봉한 다음, 가장자리를 불며 마르도록 자기 앞에서 흔들었어요. 그다음 입에 물고 불을 붙이기 전, 손가락 사이에 끼우고는 감탄했어요. 우리는 거기 앉아 머릿속이 희미해지고, 두개골이 사라진 듯한 느낌이 들 때까지 앞뒤로 주고받았죠.

아마 몇 시간쯤 지난 기분이었는데, 우리는 헛간에 와 있었고, 왠진 모르지만 먼지투성이의 바닥에 누워 있었어요. 분명 늦은 시간이었을 거예요. 아니면 적어도 헛간 내부가 거대하게 느껴질 만큼, 마치 해변에 댄 배의 선체처럼 보일 만큼 충분히 어두웠어요.

"이상해, 하지 마." 트레버가 일어나 앉으며 말했어요. 바닥에서 2차 세계대전 때의 군용 철모를 도로 집어 썼는데, 제가 그 애를 처음 만난 날 쓰고 있던 것이었어요. 저는 지금도 계속 그 철모가 보여요. 그러나 이게 진짜일 리는 없죠. 이 아이, 말도 안 되게 미국적인 데다 죽은 병사의 이미지 속에서 살아 있는 아이. 그건 너무 단정하고 깔끔해, 제가 만들어낸 상징인 게 분명해요. 심지어 지금도 사진들 전체를 샅샅이 뒤져보지만, 그걸 쓰고 있는 그 애의 모습은 찾을 수 없어요. 그러나 철모는 여기 있어요. 트레버의 눈을 가릴 만큼 살짝 기울어진 채, 그 애를 무명의 누군가로 만들어줘요. 한결 바라보기 쉽도록요. 저는 그 애를 새로운 단어처럼 공부했어요. 그 애의 불그스레한 입술은 철모의 챙 밖으로 삐져나와 있었어요. 목의 울대는 이상하게 작은 게, 피곤한 화가가 실수로 그린 선의 일시적인 변화 같았고요. 실내가 충분히 어두워서, 제 눈은 그 애를 명확히 보지 않고도 그 애의 전부를 삼키기에 충분했어요. 불을 끈 채 뭔가를 먹듯이요. 자신의 몸이 어디쯤 닿는지 모르는데도 몸은 여전히 영양을 공급받는 거죠.

"이상해, 그러지 마."

"너 보는 거 아니야." 저는 시선을 딴 데로 돌리며 말했어요. "그냥 생각 좀 하고 있었어."

"이것 봐. 라디오가 다시 된다." 그 애가 휴대용 라디오를 무릎에 올려놓고 다이얼을 돌리자, 잡음이 강렬해지더니, 강건하고 긴박한 음성이 우리 사이의 공간으로 쏟아져 들어왔어요. **7초 남겨둔 상황에서 포스다운 앤드 골이군요. 패트리어츠, 스냅을 위해 전열을 갖춥니다…….**

"나이스! 우리가 다시 기회를 잡았어." 그 애는 이를 악문 채 주먹으로 손바닥을 쳤어요. 철모 아래로 언뜻 보이는 회색빛.

그 애는 경기와 경기장, 파랑과 회색의 패트리어츠 팀을 머릿속으로 그려보며 위쪽을 바라보고 있었어요. 저는 눈을 확장시켜 그 애를 더 깊숙이 받아들였고요. 턱의 희끗한 움직임과 그 애의 목, 목선을 따라 일어나고 있는 옅은 사춘기의 힘줄들. 그 애는 셔츠를 벗고 있었는데, 여름이었으니까요. 그런 건 문제가 되지 않았으니까요. 그 애의 쇄골에는 그날 오후에 묻은, 흙 묻은 손자국 두 개도 있었어요. 버포드 씨네 뒷마당에 어린 사과나무를 심다가 묻은 거였죠.

"우리가 거의 이긴 거야?" 저는 무슨 말인지도 모르고 물었어요.

탁탁 소리 사이로, 전력을 다하는 목소리들이 우렁찼어요.

"응. 내 생각에, 이번 경기는 이겼어." 그 애는 제 옆에 도로 누웠고, 몸의 무게 때문에 흙이 바스락거렸어요. "좋았어, 그러니까 포스다운은 기본적으로 이번이 우리의 마지막 기회라는 뜻이야. 듣고 있는 거야?"

"음흠."

"그런데 왜 천장만 보고 있어?"

"나도 듣고 있어." 저는 손으로 머리를 받치고 그 애를 마주 보았어요. 그 애의 상반신, 절반의 어둠 속 희미한 불길. "듣고 있다고, 트레브. 포스다운."

"그렇게 부르지 마. 난 트레버야. 충분히 길게 불러, 알겠어?"

"미안."

"괜찮아. 포스다운은 모 아니면 도라는 뜻이야."

방송이 사람들의 목소리와 군중의 야유 섞인 응원들로 빼곡해진 가운데, 나란히 누워 있는 우리의 어깨는 거의 닿을 듯이 가까워져 피부 사이로 얇은 열기의 막이 형성되었어요.

"이번 판은 우리 거야. 우리 거라고." 그 애의 목소리가 들렸어요. 저는 상상했죠. 그 애의 입술이 기도할 때처럼 움직이고 있다는 것을. 그 애는 지붕을 뚫고 그 너머의 별 없는 하늘이라도 볼 수 있을 것처럼 보였어요. 그날 밤 달은 들판 위, 갉아먹힌 뼈였죠. 살짝 움직였던 것이 그 애였는지 저였는지 모르겠어요. 그러나 경기가 계속 맹렬하게 벌어지고 있는 가운데, 우리 사이의 공간은 점점 얇아지고 얇아졌어요. 팔꿈치는 축축해져 둘 다 아무도 모를 만큼 가볍게 스쳤고요. 그리고 아마 그 뒤로, 제가 살이 어둠에 짓눌릴 때면 항상 보게 되는 것을 처음 본 것이 그곳 헛간에서였던 것 같아요. 그 애의 몸에 있는 더 날카로운 끝부분들―어깨, 팔꿈치, 뺨과 코―이 어둠 속을 뚫고 나오던 모습을요. 강의 수면에 반쯤 잠겨 있거나 떠 있는 몸.

패트리어츠 팀은 끝내기 터치다운으로 높이 날아올랐어요. 귀뚜라미들이 헛간 주위로 낮게 일렁이던 풀 곳곳에서 점화되었고요. 저는 그 애에게로 돌아누웠어요. 우리 밑에 있는 마루를 통해 벌레들의 톱니 모양 다리들을 느끼며, 그 애의 이름을 충분히 길게 발음했죠. 제가 그 이름을 너무 작게 말해 음절들은 제 입안에서 살아남지도 못했어요. 저는 더 가까이, 그 애 뺨의 축축하고 소금기 있는 열기를 향해 다가갔어요. 그 애는 거의 기쁨에 겨운 소리를 내고 있었고요. 아니면 아마 제가 그렇게 상상했는지도요. 저는 그 애의 가슴과 갈비뼈, 창백한 배 위에 난 불꽃 같은 털을 핥으며 계속 나아갔어요. 그때 철모가 뒤로 젖혀지며 들리던 묵직한 덜컹 소리, 함성을 질러대던 군중.

―――

벽이 녹두색인 욕실에서 할머니는 아이의 뺨에 갓 삶은 달걀을 문지르고 계세요. 몇 분 전, 아이의 엄마가 던진 빈 도자기 찻주전자가 박살이 났던 바로 그 자리예요.

달걀이 내 몸속처럼 따뜻하네, 하고 아이는 생각해요. 그건 오래된 치료법이죠. "계란은 말이야, 가장 심한 멍도 낫게 해준단다." 할머니는 설명을 하시며, 아이의 얼굴에 보랏빛으로 빛나는 자두 모양의 혹을 문지르세요. 달걀이 원을 그리며 멍에 부드러운 압력을 가하는 동안, 아이는 부어오른 눈꺼풀 밑으로, 집중하느라 주름져 있는 할머니의 입술을 봐요. 수년 뒤 청년이 되어, 할머니에 대한 남은 기억이라고는 마음에 새겨진 얼굴뿐일 때, 소년은 뉴욕의 어느 겨울밤, 책상에서 삶은 달걀을 깨며 그 입술의 주름을 떠올리게 될 거예요. 집세가 부족해 그 주 내내 저녁으로 달걀을 먹게 될 거고요. 손에 쥔 달걀은 더는 따뜻하지 않고 차가운데, 열두 시간 전인 그날 아침에 삶아두었기 때문이죠.

소년은 자신의 책상에서 무기력하게, 뺨에 촉촉한 달걀을 굴려볼 거예요. 소리 내어 말하지 않지만, 고마워요, 하고 말할 거고요. 달걀이 자신의 체온으로 따뜻해질 때까지 그는 계속 말할 거예요.

"고마워요, 할머니." 소년은 눈을 가늘게 뜨고 중얼거려요.

"이제 괜찮아졌구나, 리틀독." 할머니는 진주색 보석 구슬을 들어 올려, 가만히 입술에 대주세요. "먹거라. 씹어서 삼키면, 네 멍은 이제 네 몸 안에 있게 되는 거야. 삼키면 더 이상 안 아플 거야." 그래서 아이는 먹어요. 그 아이는 여전히 먹고 있고요.

색깔들이 있었어요, 엄마. 네, 제가 그 애와 함께 있을 때면 느껴지던 색깔들이 있었어요. 단어들이 아닌, 미묘한 색조들, 반그림자.

우리는, 한번은 비포장도로 옆에 트럭을 세우고, 풀밭을 바라본 채 운전석 문에 기대어 앉았어요. 붉은 외장에 비친 우리의 그림자가 금세 보랏빛 낙서처럼 천천히 움직이며 피어났죠. 더블치즈와퍼 두 개가 후드 위에서 데워지고 있어 유산지 포장이 버스럭거렸어요. 한 소년이 자신의 입으로 당신을 발견했을 때, 색으로 채워지는 그 느낌을 느껴본 적 있으세요? 만일 몸이, 그 최상의 상태에서, 몸을 향한 '갈망'일 뿐이라면 어쩌죠? 한때 비어 있던 경로들과, 우리를 서로에게 데려가는 데 소요되는 몇 마일의 길들을 채우며, 오로지 되뱉어져 나오기 위해 심장으로 돌진하는 피. 왜 그 애를 직접 만졌을 때보다 손을 허공에 둔 채, 그 애에게 다가가는 동안 저 자신을 더 잘 느꼈던 걸까요?

제 귀를 더듬는 그 애의 혀. 풀잎 하나를 통해 빨아올린 녹색.

햄버거들에서 김이 나기 시작했어요. 우리는 그냥 내버려두었어요.

───

그 첫 여름 이후 저는 농장에서 두 해 여름을 더 일했어요. 그러나 트레버와 함께한 시간은 그 사이의 계절들 전체에 뻗어 있었죠. 그리고 그날은, 10월 16일이었어요. 어느 목요일. 살짝 구름이 끼어 있었고, 나뭇잎들은 바스락거렸지만 아직 가지에 붙어 있었어요.

우리는 저녁으로 다진 토마토, 달걀에 피시소스를 넣고 살짝 볶아 밥에 얹어 먹었어요. 저는 회색과 빨간색 격자무늬의 엘엘빈 긴 남방을 입고 있었고, 엄마는 부엌에서 설거지를 하며 흥얼거리고 계셨어요. 텔레비전에서는 〈러그래츠〉 재방송을 하고 있어, 할머니가 애니메이션 쇼에 박수를 치고 계셨고요. 욕실 전구 하나가 지직거렸는데, 소켓에 비해 소비 전력이 너무 컸기 때문이었죠. 엄마는 새 전구를 사러 드럭스토어에 가고 싶어 했지만, 할머니께 엔슈어*한 상자도 사드릴 겸 네일숍에서 급료가 나올 때까지 기다리기로 하셨어요. 엄마는 그날 상태가 괜찮으셨어요. 담배 연기 너머로 두 번이나 미소를 지으셨죠. 저는 그걸 기억해요. 저는 그 모든 것을 기억해요. 왜냐하면, 자신이 아름답다는 걸 처음 발견한 날과 연관된 것들을 어떻게 잊을 수가 있겠어요?

저는 샤워기를 잠그고, 여느 때처럼 문에 달린 거울의 김이 사라지기 전에 몸을 닦고 옷을 입는 대신, 기다렸어요. 저의 아름다움이 제게 드러났던 건 우연이었죠. 저는 전날의 일을 생각하며, 셰비 뒤에 있던 트레버와 저에 대한 백일몽에 잠겨 있느라, 꽤 오

---

* 셰이크 형태로 먹는 영양보조식품 브랜드.

래 물을 뚝뚝 흘리며 욕조 안에 서 있던 참이었어요. 욕조 밖으로 나왔을 때 거울 속 소년이 저를 놀라게 했죠.

그는 누구였을까요? 저는 그 얼굴, 그 누렇게 뜬 양 뺨을 만져보았어요. 목에도 손을 대보았고요. 얇은 근육 다발들이 뚜렷한 산맥 모양으로 돌출된 쇄골까지 이어져 있었어요. 도드라진 갈비뼈는 피부가 그 불규칙한 틈을 메우려고 하는 부위마다 가라앉아 있었고, 그 밑에는 애처롭고 작은 심장이, 붙잡힌 물고기처럼 잔물결을 일으키고 있었어요. 짝짝이인 눈은 한쪽은 너무 크게 뜨고 있고 한쪽은 눈꺼풀이 살짝 멍하게 내려와 있어, 어떤 빛을 쬐어도 조심스러웠고요. 그것들이 제가 외면했던 모든 것이자, 저로 하여금 그림자가 없는 유일한 존재, 태양이 되고 싶게 했던 모든 것이었죠. 그런데도, 저는 가만히 있었어요. 거울이 그 결점들을 담고 있도록 그냥 내버려두었어요. 왜냐하면 이번만은, 마르고 있는 그것들이 잘못된 것이 아니라 제가 원했던 어떤 것, 제가 그때까지 내내 길을 잃을 만큼 거대했던 풍경 속에서 찾아내고 발견한 것으로 여겨졌기 때문이었어요. 왜냐하면 아름다움의 핵심은 그것이 그 외부에서만 아름답다는 것이니까요. 거울을 통해 저는 제 몸을 다른 사람으로, 몇 피트 떨어져 있는 한 소년으로 바라보았어요. 그의 표정은 움직이지 않았고, 피부도 있는 그대로 과감히 내버려두고 있었어요. 마치 지는 해가 아직은 다른 어딘가에 있지 않은 것처럼, 오하이오에 있지 않은 것처럼.

저는 원했던 것을 얻었어요. 저를 향해 헤엄쳐 오고 있는 한 소년을요. 제가 물가가 아니었다는 점만 빼면요, 엄마. 저는 지금 이곳에 닿기 위해, 제가 무엇으로부터 떨어져 나왔었는지 기억하려고 애쓰던 부목(浮木)이었어요.

———

　다시 헛간, 우리가 몸을 만지던 그 첫날 밤으로 돌아가면, 라디오 속 패트리어츠 경기는 쉬는 시간이었고 저는 그 애의 말을 듣고 있었어요. 공기는 탁하거나, 희박하거나 아니면 없었고요. 어쩌면 우리는 잠시 멀어졌는지도요. 수신기에서 광고가 탁탁 튀고 윙윙대며 계속 흘러나왔지만 저는 그 애의 말을 듣고 있었어요. 그저 서까래들을 멍하니 보고 있는데, 이윽고 그 애가 아주 일상적으로, 마치 지도 위에 있는 어느 나라의 이름이라도 말하듯 중얼거렸어요. "난 왜 태어난 걸까?" 희미해져가는 빛 속에서 그 애의 윤곽이 떨렸어요.
　저는 못 들은 척했어요.
　그러나 그 애가 다시 물었죠. "나는 왜 굳이 태어난 걸까, 리틀 독?" 그 애의 목소리 밑으로 라디오 잡음이 쉭쉭거렸어요. 그래서 저는 허공에 대고 말했어요. "난 KFC가 싫어." 일부러, 광고에 반응하면서 말이에요.
　"나도야." 그 애가 조금도 망설이지 않고 말했어요.
　그래서 우리는 빵 터졌죠. 활짝 열렸어요. 우리는 그렇게 떨어져

나갔어요, 깔깔 웃으며.

———

트레버는 아빠와 단둘이 주간고속도로 뒤에 있는 연노란색 이동식 주택에서 살았어요. 그날 오후, 그 애네 아빠는 멀리 체스터필드에 있는 상업지구에, 붉은 벽돌 산책로를 깔러 가고 없었고요. 이동식 주택의 흰 문틀은 손자국 때문에 분홍색으로 얼룩져 있었어요. 일로 칠해져 있는 집, 그러니까 피로와 황폐함으로 칠해진 집이란 뜻이었죠. 양탄자는 "아무도 세탁할 필요가 없도록" 아예 치워졌고, 그렇다고 마루에 왁스칠을 하거나 윤을 내놓은 것도 아니어서, 양말을 통해 바닥에 박힌 못들이 느껴질 정도였어요. 캐비닛 문짝들도 "쓰기 편하라고" 뜯겨 있었고요. 싱크대 밑에는 파이프들을 받쳐둔 콘크리트 블록 하나가 놓여 있었고, 거실의 소파 위쪽에는 덕트 테이프로 붙여놓은 포스터 속의 닐 영이 손에 기타를 쥔 채, 제가 들어본 적 없는 노래를 부르느라 찡그리고 있었어요.

트레버는 자기 방 서랍장 위의 스피커 세트에 연결된 소니 카스테레오를 켜고, 앰프를 통해 고조되는 힙합 비트에 맞춰 고개를 까딱였어요. 비트들이 총소리와 사람들의 고함, 빠져나가는 차 소리와 뒤섞여 있었어요.

"이거 아직 안 들어봤지? 이 친구가 그 신인인 '50센트'야." 트레버는 미소를 지었어요. "아주 죽이지 않아, 웅?" 새 한 마리가 잠시 방을 어둡게 만들며 하며 창밖을 지나갔어요.

"못 들어봤는데." 저는 거짓말을 했어요. 왜 그랬는지 정확히는 모르겠어요. 아마 그 애가 저에게 그런 작은 지식의 힘을 선사해 주기를 원했나 봐요. 사실 저는 그 노리를 전에도 숱하게 들었었죠. 그해 하트퍼드에서 무수히 지나가던 차들과 아파트의 열린 창들에서 그 곡이 흘러나왔기 때문이에요. 〈겟 리치 오어 다이 트라잉〉 앨범은 월마트나 타깃에서 파는 40장들이 한 묶음 공시디 수백 장에, 통째로, 무단으로 구워졌어요. 그래서 자전거를 타고 블록들을 지나가면, 서서히 명료해졌다 모호해졌다 하는 커티스 잭슨의 목소리가 일종의 국가(國歌)처럼 북부 지역 전체에 쩌렁쩌렁 울렸죠.

"나는 헤로인 꾸러미를 들고 블록을 걸어가지." 그 애는 암송하며, 손가락을 벌리고, 앞쪽에다 손짓을 했어요. **"묵묵히 얻어맞은 적도 있어, 내가 싸울 때 면도날을 휘둘러보라고, 네 엉덩이에 내 총이 뭘 할 수 있나 보여주라고."**

그 애는 방 안을 거닐며 작정하고 열정을 담아 랩을 했고, 얼굴을 찡그리자 침이 공중에 날려 제 뺨어 차갑게 내려앉았어요. "자 들어봐. 난 이 부분이 좋아." 그 애는 뮤직비디오를 찍는 카메라인 양 저를 들여다보며 낭랑하게 가사를 읊었어요. 저는 훅 부분을 같이 부를 수 있을 때까지 그 애의 입술을 따라 했고, 금방 제 어깨도 리듬에 흔들렸죠. **"많이들 아주, 많이, 많이, 많이, 많이들. 내가 죽길 바라지, 주님 전 더 이상 안 울어요, 하늘도 안 보고요. 제게**

자비를 베푸소서."

그 방 안, 그 애의 어질러진 침대와 그 위의 반쯤 뜯긴 스타워즈 포스터(〈제국의 역습〉), 빈 루트비어 캔과 9킬로그램짜리 덤벨, 부러진 스케이트보드 반쪽, 책상 위에 널린 잔돈과 빈 껌 상자들, 주유소 영수증, 대마 가루, 펜타닐●패치와 빈 비닐봉투들, 오래된 물과 담배꽁초로 갈색 얼룩이 진 머그잔들, 《생쥐와 인간》한 권, 스미스앤드웨슨에서 나온 탄피들. 그 틈바구니 속에서 질문은 없었어요. 우리는 이불 밑에서 서로 긴장감을 만들어내며, 우리 이외의 모든 것을 허구로 만들어버렸어요. 그날 그 애가 싱크대에서 머리를 깎은 바람에 머리카락 조각들이 우리가 움직이는 곳마다 찔러댔고, 그때마다 우리의 손가락은 허리띠 버클 근처에서 길을 잃었어요. 땀과 열기로 헐거워진 채 그 애의 팔꿈치에 붙어 있던 반창고의 비닐 필름은, 그 애가 제 위로 올라와 더듬을 때 제 갈비뼈에 긁혔고요. 제 손가락 밑에서, 그 애의 무릎 위쪽과 어깨 위, 척추 밑에 보이는 튼살의 흔적들이 은색으로 새롭게 빛났어요. 그 애는 자신으로부터 탈출하는 동시에 안으로 침투하는 소년이었어요. 그것이 제가 원했던 거였고요. 단순히 욕망을 불러일으키는 그 몸만이 아닌, 그 몸의 의지, 허기를 거부하는 세계로 변화해가는 그 의지를 원했어요. 그리고 저는 좀 더 원했어요. 그 애의 냄새와 분위기, 위안과도 같은 그 애의 혀 밑에서 나는 감자튀김과 땅콩버

● 패치 형태로 붙이는 마약성 진통제.

154

터의 맛, 두 시간 동안 정처 없이 운전을 하다 동네 끝에서 버거킹한 곳을 찾아내느라 목에 앉은 소금기, 그 애네 아빠와 긴장된 대화를 나누었던 하루, 그 애가 자기 아빠와 같이 쓰던 전기면도기의 녹—싱크대 위의 애잔한 플라스틱 케이스에 담겨 있던 그 면도기가 어찌나 제 눈에 늘 띄곤 했던지요. 그 애의 손에 묻은 담배와 대마초와 코카인은 윤활유와 뒤섞여, 머리칼에 나무 태운 연기의 잔향처럼 스미고 축적되었어요. 그래서 그 애가 결핍을 지닌 채 젖은 입으로 저에게 올 때면, 마치 불타는 어떤 곳, 결코 돌아갈 수 없는 어떤 곳에서 온 것 같았죠.

그러니 그런 아이에게 뭘 하겠어요? 스스로를 문으로, 그 애가 거듭해서 통과할 수 있는 하나의 장소로 변화시켜, 매번 같은 방으로 들어갈 수 있게 해주는 것 말고는요. 네, 저는 그 모든 것을 원했어요. 저는 그 애가 마치 계절이 자서전, 하나의 기후인 듯 제 얼굴을 밀어붙였어요. 무감각해질 때까지. "눈 감아." 그 애가 몸을 흔들며 말했어요. "내가 이러는 걸 네가 보는 건 싫어." 그럼에도 저는 눈을 떴고, 침침함 속에서는 모든 게 똑같아 보인다는 걸 깨달았어요. 아직 자고 있는 것처럼요. 그러나 우린 서두르다가 이를 부딪혔어요. 그 애는 아픈 소리를 내고 고개를 돌리며, 갑자기 수줍어했죠. 제가 괜찮은지 묻기도 전에, 다시 시작했고요. 우리는 이제 미끈하고 부드럽게, 더 깊이 결합되었고 그 애는 반쯤 눈을 뜨고 있었어요. 그리고 더 아래로, 탄성으로 저항하는 허리 고무줄을 향해, 돌아오지 않는 낚아챔, 발목 근처 옷의 부스럭거림, 저의 성기, 그 끝의 촉촉한 방울, 우리 사이에 놓인 가장 차가운 것.

　시트에서 떠오른 그 애의 얼굴은, 우리가 필요한 걸 뒤져서 찾아낸 폭 젖은 가면 너머로 빛났어요. 그 애는 하얬고, 저는 그걸 잊은 적이 없었어요. 그 애는 언제나 하얬어요. 그리고 저는, 그 덕분에 우리에게 우리만을 위한 공간이 있다는 것을 알게 되었고요. 농장, 들판, 헛간, 집, 시간, 두 사람. 도심에서는 찾을 수 없었던 공간. 우리가 살던 도심의 공동주택 아파트는 너무도 밀집되어 있어, 한밤중 이웃이 장염이라도 앓으면 알아챌 수 있을 정도였죠. 이곳에 숨는다는 것, 무너져가는 이동식 주택의 방 한 곳에 숨는다는 것은 어떤 면에서 특권이자 기회였어요. 그 애는 하얬어요. 저는 노랬고요. 어둠 속에서, 우리가 지닌 사실들은 우리를 훤히 밝혔고, 우리의 행위는 우리를 꼼짝 못하게 붙들었어요.

———

　그러나, 머지않아 그 모든 것을 산산조각 내버린 약들에 대한 얘기 없이, 어찌 엄마에게 그 애에 대한 이야기를 할 수 있을까요? 옥시와 코크●가 그 끝으로 세상을 서서히 태워버린 방식에 대한 얘기 없이 말이죠. 또 그 녹슨 빨간색 셰비에 대한 얘기도요. 스물네 살 때 버포드 씨에게 물려받은 그 차를 그 애네 아빠는 어찌나

● 옥시콘틴(마약성 진통제)과 코카인의 줄임말.

아꼈던지, 수년간 수리를 거치며 트럭 네 대는 만들 분량의 부품들을 갈아 끼웠어요. 그랬던 차가, 우리가 옥수수밭으로 몰고 질주할 무렵에는 이미 창에 푸른 얼룩이 진 데다, 타이어도 어찌나 사람 피부처럼 반질반질해져 있었던지요. 90킬로미터로 달리며 미친 듯이 소리치는 트레버의 팔엔 펜타닐 패치가 붙어 있었고, 가장자리로 녹아내린 액체가 그 애의 이두근을 따라 병든 체액처럼 흐르고 있었어요. 코로, 그리고 폐로 코카인을 들이마신 우리는 흥분해서 깔깔거렸어요. 그러다 순간, 노란 파편들. 충돌, 스치는 유리들, 죽은 떡갈나무 밑에서 연기를 내고 있는 박살 난 후드. 트레버의 뺨을 타고 흘러 턱에서 넓게 퍼져나가던 붉은 선. 그리고 집에서 우리를 부르던 그 애의 아빠, 우리를 좌석에서 화들짝 놀라게 했던 그 비명 속의 분노.

엔진에서 김이 나는 가운데, 우리는 갈비뼈가 부러진 듯한 느낌을 받으며, 휘발유 냄새가 진동하는 픽업트럭에서 허겁지겁 달아났어요. 트레버네 집 뒤의 남은 옥수수밭을 가로질러, 콘크리트 블록에 얹혀 있는 바퀴 없는 존 디어 트랙터를 지난 다음, 녹슨 빗장이 걸린 텅 빈 닭장 울타리를 통과했어요. 빼곡히 자란 블랙베리 관목에 가려 보이지 않는 흰색의 낮은 플라스틱 울타리를 넘어, 바랭이 수풀을 지나, 고속도로 고가 밑으로, 소나무 숲 쪽으로. 우리에게 스칠 때마다 요란한 소리를 내던 마른 잎들. 박살 난 트럭을 향해 뛰어가던 트레버네 아빠, 그 집의 유일한 차, 둘 중 누구도 돌아볼 배짱이 없었죠.

제가, 다시 한번 그 소나무 숲에 대해 얘기하지 않고, 어찌 엄마에게 트레버에 대한 이야기를 할 수 있을까요? 사고 후 한 시간이 지나도록 거기에 누워 있으니 어찌나 숲의 바닥에서 한기가 올라오던지요. 우리 얼굴의 피가 입술 주위를 차지하고 우리를 조용히 얼어붙게 할 때까지, 얼마나 〈이 작은 나의 빛〉을 불렀던지요.

———

처음 섹스를 했을 때, 우린 전혀 섹스를 하지도 않았어요. 저는 그저 그 뒤에 무슨 일이 이어졌는지 말씀드릴 용기가 있을 뿐이에요. 이 편지가 엄마께 닿을 가능성이 희박하기 때문이죠. 엄마가 이 글을 읽으실 일이 없다는 불가능성, 그것이 저로 하여금 이 이야기를 할 수 있게 하는 모든 것이에요.

트레버네 이동식 주택 복도에는 그릇에 담긴 복숭아 그림이 하나 있었는데, 항상 제 눈길을 끌었어요. 복도가 너무 좁다 보니 겨우 몇 인치 거리에서만 볼 수 있었는데, 감상을 한 게 아니라 얼핏 보았던 셈이죠. 한눈에 전체를 보려면 약간 비껴 서야 했어요. 매번 그 앞을 지날 때마다 저는 그림을 파악하며 발걸음을 늦추었어요. 패밀리달러 같은 할인 잡화점에서 파는, 대충 인상주의풍으로 대량 생산된 그림이었죠. 붓질을 자세히 살펴보던 저는 그 그림들이 아예 그린 게 아니라, 얼룩덜룩한 돋을새김으로 인쇄한 것이라는 걸 알게 되었어요. 실제를 연기하지도 않고 손맛을 보여준 거죠. 돈을새김 '붓질'은 색마저 일관되지 않아 한 번의 붓질에 두 개 내지 세 개의 색을 동시에 담고 있었어요. 속임수. 사기. 그게 제가 그 그림을 좋아했던 이유였어요. 그 재료들은 전혀 진실성을 보여 주지 않았지만, 눈에 띄지 않는 유사성, 최대한 겉핥기로 볼 때 슬쩍 예술로 통하려는 욕구를 보여주고 있었어요. 그림은 벽에 걸린 채 트레버의 방으로 이어지는 음울한 복도에 숨겨져 있었어요. 저는 한 번도 누가 거기에 그 그림을 걸어두었는지 물어보지 않았고 요. 복숭아들. 분홍색 복숭아들.

눅눅한 시트 밑에서, 그 애는 제 다리 사이에 자신의 성기를 지그시 눌렀어요. 저는 손바닥에 침을 뱉어 뒤로 내민 다음, 그 애의 달궈진 긴 것을 단단히 쥐었고요. 그 애가 들이밀 때마다 진짜로 하는 척을 했어요. 슬쩍 돌아보니 그 애의 눈에 담긴 황홀한 장난기가 보였죠. 비록 성기를 몸이 아닌, 손안에 넣고 하는 가짜 시도였지만, 잠깐 동안은 '실제'였어요. 그것이 실제였던 건 우리가 쳐다볼 필요가 없어서였죠. 마치 우린 몸에서 거리를 둔 채, 그러나 여전히 감각 안에서, 기억 속에서처럼, 섹스를 하거나 또 안 하는 것 같았어요.

우리는 포르노에서 봤던 대로 했어요 저는 자유로운 손으로 그 애의 목을 감은 채 트레버의 어느 부위든 가장 가까운 곳을 입으로 더듬거나 받아들였어요. 그 애도 제 목의 우묵한 곳에 코를 누르며 똑같이 했고요. 그 애의 혀, 그 애의 혀들. 그리고 팔, 팽팽한 근육을 따라 뜨거워진 그 팔들은 프랭클린 애비뉴에 있던 이웃집이 타버리고 난 다음 날의 아침을 떠올리게 했어요. 제가 아직 온기가 남은 잔해에서 창틀 한 조각을 집어 들었을 때, 제 손가락들이 소화전의 물기로 부드러워진 목재를 파고들었죠. 그렇게 저는 이제 트레버의 이두박근을 파고들었어요. 그 애에게서 쉭 하고 증기가 새는 소리를 들었다고 생각했지만, 그건 그저 밖에서 휙 긋고 지나가는 10월의 바람, 잎들의 어휘를 만들어내는 중력이었어요.

우리는 아무 말도 하지 않았어요.

그 애는 빗속에서 시동을 거는 트럭의 소음기처럼, 푹 젖어 몸을 떨 때까지 제 손에 박아댔어요. 제 손바닥이 미끈해지고, 마치 자신을 떠나는 게 정액이 아니라 혈액인 것처럼 그 애가 "안 돼, 오 안 돼" 할 때까지요. 일이 끝나자 우린 잠시 누워 있었고, 얼굴이 마르면서 시원해졌어요.

요즘 저는 미술관에 갈 때마다, 그곳에서 발견하거나 혹은 발견하지 못할 어떤 것이 두려워 그림에 너무 가까이 가는 게 망설여져요. 대신 트레버의 패밀리달러 복숭아들에 담긴 분홍빛 오점들을 보듯, 응시하죠. 뒷짐을 지고 멀리서, 때로는 심지어 전시실의 입구에서, 아무것도 드러나지 않았기에 아직 모든 것이 가능한 지점에서.

그다음 그 애는 제 옆에 누워 시선을 돌린 채, 어둠 속에서 보이지 않게 울었어요. 사내아이들이 하는 방식으로. 처음 섹스를 했을 때, 우린 전혀 섹스를 하지도 않았어요.

———

아이는 하트퍼드에 있는 노란색의 아담한 부엌에 서 있어요. 아직 유아라서 그들이 춤을 추고 있다고 믿고 깔깔 웃어요. 아이는 이걸 기억하죠. 그 누가 부모에 대한 첫 기억을 잊을 수 있겠어요? 아이가 비명을 지르기 시작한 것은, 엄마의 코에서 피가 흘러내리고, 흰 셔츠가 〈세서미 스트리트〉에서 보았던 엘모의 색으로 변하기 시작할 때였어요. 이윽고 할머니가 달려와 아이를 데리고, 붉은색으로 변하고 있는 딸과 그 딸에게 고함을 질러대는 사내를 지나쳤어요. 발코니로 나가 베트남어로 외치며 뒤쪽 계단을 내려가셨고요. "그 녀석이 내 딸을 죽이고 있어! 하느님, 하느님! 그 녀석이 애를 죽이고 있다고요." 블록을 따라 나 있는 현관들 여기저기에서 사람들이 3층짜리 아파트로 달려왔어요. 건너편에 살던 팔이 부러진 기계공 토니, 주니어네 아빠인 미겔, 편의점 위에 살던 로저. 다들 달려와 아이의 엄마에게서 아빠를 떼어냈어요.

앰뷸런스가 왔고, 아이는 할머니의 엉덩이에 매달린 채 경찰들이 총을 뽑아 들고 아빠에게 다가서는 것, 아빠가 사이공에서 하던 대로 피 묻은 20달러짜리 지폐를 흔드는 걸 보았어요. 그곳에선 경찰이 돈을 받고, 아이의 엄마에게 진정하고 산책을 좀 하라고 말한 다음, 아무 일 없었던 듯 떠나곤 했으니까요. 아이는 미국 경찰이 아빠의 발을 걸어 넘어뜨리는 것과 난투극에서 빠져나온 돈이 유황램프로 밝혀진 보도 위에 내려앉는 것을 지켜보고 있었어요. 인도 위의 갈색과 녹색 지폐에 집중한 채, 그것들이 다시 겨울나무를 향해 날아오르기를 반쯤 기대하면서요. 아이는 아빠가 수갑을 차고 발을 질질 끌며 순찰차 안으로 머리를 들이미는 것은 보지 않았어요. 그저 구겨진 돈만 보았지요. 양 갈래로 머리를 땋은 이웃의 여자아이 하나가 아두도 안 보는 사이에 와서 주워 갈 때까지. 아이는 고개를 들어 엄다가 구급대원들에게 실려 나가는 것을 보았어요. 엄마의 다친 얼굴은 들것에 실려 둥둥 떠가듯 아이를 지나쳐 갔어요.

―――

그 애네 뒷마당, 고속도로 고가 옆의 텅 빈 흙바닥, 저는 트레버가 낡은 공원 벤치에 줄지어 세워둔 페인트통에 32구경 윈체스터를 겨누고 있는 걸 지켜보았어요. 지금 알고 있는 것을 그때는 몰랐지요. 미국의 소년이 된다는 것, 더군다나 총을 지닌 미국 소년이 된다는 것은 울타리 안의 이쪽 끝에서 저쪽 끝으로 옮겨 가는 것이라는 걸.

그 애는 레드삭스 캡의 챙을 당긴 뒤 입술을 구겨 물었어요. 현관의 불빛이 멀리 어둠 속의 작고 흰 별처럼 총신에 반사되었는데, 겨눌 때마다 올라가거나 내려갔어요. 이것이 우리가 이런 밤, 몇 마일 안으로 아무 소리도 안 들리는 토요일 밤에 하던 일이었죠. 저는 우유 궤짝에 앉아 닥터페퍼를 홀짝이며, 그 애가 탄약통을 하나 또 하나 탄창 안으로 비우는 걸 지켜봤어요. 개머리판이 어깨와 닿는 지점에 그 애의 초록 웨일러스 티셔츠가 구겨져 있어, 한 발 쏠 때마다 주름이 접혔어요.

깡통들이 하나씩 벤치에서 튀어 올랐어요. 저는 버포드 씨가 농장에서 저희에게 해주었던 이야기를 떠올리면서 지켜보았고요. 수년 전, 그는 몬태나주에서 사냥을 하다가 덫에 걸린 말코손바닥사슴 한 마리를 발견했대요. 수컷요. 버포드 씨는 느릿하게 짧은 흰 수염을 문지르며, 덫이 어떻게 사슴의 뒷다리를 끊고 질긴 분홍색 인대 몇 가닥만을 남겨두었는지 설명했어요. 젖은 막대기가 탁탁거리는 소리 같더라고 했죠. 짐승은, 찢어져 피를 흘리며 갑자기 감옥이 되어버린 자신의 몸뚱이에게 으르렁거렸어요. 녀석은 분노에 차 있었고, 두툼한 혀를 빼문 채 하나의 목소리를 내고 있었어요. "꼭 사람 목소리처럼 말이다." 버포드 씨가 설명했어요. "너나 나처럼." 그는 자신의 손자를 흘끗 본 다음 바닥을 내려다보았는데, 콩이 담겨 있던 그의 접시에 점점이 개미들이 모여 있었어요.

버포드 씨가 계속 설명을 했어요. 그는 소총을 내려놓고 등에 메고 있던 2연발총을 뽑아 자세를 취했대요. 그런데 사슴이 알아채고 다리를 마저 끊어버리며 돌진했던 거예요. 짐승은 그가 미처 총을 겨누기도 전에 그를 향해 돌진하다 공터로 방향을 바꾸더니, 남은 다리를 절뚝이며 나무숲으로 들어가버렸어요.

엄마와 나처럼, 저는 혼자서 속삭였죠.

"난 운이 좋았지." 버포드 씨가 말했어요. "젠장 그 다리 세 개로

도, 날 죽여버릴 수 있었거든."

뒷마당에서, 트레버와 저는 으깬 옥시를 뿌린 대마초를 주고받으며 풀밭에 앉아 있었어요. 벤치는 등받이가 깔끔히 떨어져나갔고 다리들만 남아 있었어요. 몸뚱이 없는 네 개의 다리.

———

첫날로부터 일주일이 지난 뒤, 우리는 다시 한번 했어요.

그 애의 성기를 제 손에 넣은 채 우리는 시작했죠. 저는 표피 둘레를 쥐고 꽉 조였어요. 그러자 그 애의 피부, 제 피부와 촉촉하게 밀착된 그 피부의 관성 때문에 그 일이 단순히 섹스가 아닌, 꽉 붙잡는 행위로 느껴졌어요. 그 애의 뺨 안쪽, 살이 가장 부드러웠던 그곳에서는 시나몬 껌과 젖은 돌의 맛이 났고요. 저는 손을 뻗어 요도의 입구를 만졌어요. 따뜻해진 귀두를 쓰다듬자 그 애가 몸을 떨었어요. 난데없이 그 애가 제 머리칼을 쥐었고, 그 바람에 제 고개가 뒤로 확 당겨졌어요. 제가 짧게 비명을 지르자 그 애는 멈췄고, 손을 제 얼굴 옆쪽으로 든 채 망설이고 있었어요.

저는 "계속해"라고 하며 모든 걸 내준 다음, 도로 기대었어요. "잡아도 돼."

제가 느꼈던 게 뭐였는지 모르겠어요. 한계점으로 모여들던 고통의 힘과 회전력, 제가 상상해본 적이 없던 어떤 감각이 섹스의 일부였죠. 무언가가 엄습했고, 전 그 애에게 더 세게 하라고 했어요. 그 애는 그렇게 했고요. 그 애는 제 모근으로 저를 침대에서 들어 올리다시피 했어요. 매번 부딪힐 때마다 제 안에서 불빛 하나가 켜졌다 꺼졌고요. 저는 그 애가 조종하는 가운데, 저 자신을 찾으며, 폭풍 속의 전구처럼 깜빡였어요. 그 애가 제 머리칼을 놓은 건, 그저 자기 팔을 제 목 밑에 괴려고 그런 것이었어요. 제 입술이 그 애의 이마를 문질렀고, 저는 거기 모인 소금기를 맛볼 수 있었어요. 어떤 인식이 그 애 안에서 움찔했죠. 이것이 우리가 이때부터 계속하게 되는 일이에요.

사냥꾼을 발견한 상황에서, 자신을 먹이로 내어주는 동물이 있다면 뭐라고 부를까요? 순교자? 약자? 아니요, 멈출 수 있는 드문 주도권을 얻은 짐승이에요. 네, 문장 속의 마침표 말이죠. 그것이 우리를 인간으로 만드는 것이에요, 엄마. 맹세해요. 마침표는 우리를 계속 나아가게 하려고 멈춰 세우는 거예요.

왜냐하면 복종이란, 저는 곧 배우게 되었지만, 그 또한 힘의 한 종류이기 때문이었어요. 쾌락 안에 머물기 위해 트레버에게는 제가 필요했어요. 저에게는 하나의 선택권, 기술이 있었고, 그 애가 올라갈지 내려올지의 여부는 그 애를 위해 공간을 내어줄지 말지에 대한 제 의지에 달려 있었어요. 무언가 딛고 설 게 없으면 일어설 수 없는 법이니까요. 복종은 통제를 위해 자신을 높여주길 요구하지 않아요. 저는 저 자신을 낮추죠. 그 애를 제 입안에, 바닥까지 깊숙이 들인 다음, 물끄러미 올려다봐요. 제 눈은 그 애가 활짝 피어날지 모르는 장소이고요. 잠시 후, 움직이는 것은 빠는 쪽이에요. 그러면 그 애가 따라오죠. 제가 이렇게 흔들면 그 애도 따라 움직여요. 그렇게 마치 연을 바라보듯 저는 그 애를 올려다봐요. 그 애의 몸 전체가 휘청거리는 세계인 제 머리에 매여 있어요.

그는 나를 사랑해, 그는 나를 사랑하지 않아, 우리는 꽃이라는 존재에서 꽃을 떼어내며 그렇게 말하도록 배워요. 사랑에 도달하는 것은, 그렇다면, 소멸을 통해 도달하는 것이죠. 우린 정말 그렇게 말해요. 내 창자를 빼 가, 그럼 진실을 말할게. 저는 알았어, 하고 말할 거예요. "계속해." 저는 대원했어요. "막 해. 막 해도 돼." 그때, 폭력은 이미 저에게 일상이었고, 제가 궁극적으로, 사랑이라고 알고 있는 것이었어요. 막. 해도. 돼. 이미 제 평생 벌어지고 있던 일에 이름을 붙인다는 건 좋은 느낌이었죠. 저는 막 다뤄지고 있었어요, 드디어, 제 선택에 의해서. 트레버의 손아귀 안에서, 저에게는 어떻게 그 안에 참여할지에 대한 발언권이 있었어요. 그래서 저는 외쳤죠. "더 세게, 더 세게." 마치 우리가 진짜였다고 맹세하던 악몽으로부터 서서히 깨어나는 것처럼, 그 애가 신음하는 게 들릴 때까지요.

———

그 애가 돌아와 제 어깨에 입술을 대며 저를 안으려 했을 때, 저는 밀쳐내고 사각팬티를 입은 다음 입을 헹구러 갔어요.

때때로, 다정한 대우를 받는다는 것은, 우리가 훼손되었다는 바로 그 증거처럼 느껴지죠.

———

　그러던 어느 오후, 난데없이 트레버가 자기 위로 올라갈 것을 요구했어요. 우린 우리가 해오던 그런 방식을 이제 '가짜 섹스'라고 부르고 있었죠. 그 애가 옆으로 누웠어요. 저는 손바닥에 침을 뱉은 뒤 그 애를 파고들었고요. 제 키는 그 애의 목까지밖에 안 왔지만, 누워서 포갠 듯 안으면 둘의 머리가 만났어요. 저는 그 애의 어깨에 입을 맞춘 뒤 목으로 옮겨 갔어요. 그 애의 머리칼은 일부 사내아이들처럼, 목덜미에서 몇 가닥으로 줄어들며 조그만 1센티미터 정도의 제비꼬리로 끝났는데, 그곳이 햇빛을 받으면 밀의 끄트머리처럼 빛났어요. 머리의 나머지 부분, 머리칼 전체는 여전히 진한 갈색이었고요. 저는 그 밑을 혀로 휙 핥았어요. 어떻게 그렇게 거칠게 꿰맨 듯한 소년이 그처럼 몹시 섬세한 것, 전체가 가장자리와 끝들로 이루어진 무언가를 소유할 수 있을까요? 제 입술 사이에서, 그건 그 애 안에서 움튼 싹이었기에, 가능했지요. 이건 트레버의 좋은 면이라고, 저는 생각했어요. 다람쥐를 쏘는 쪽이 아닌. 과녁으로 쓴 공원 벤치의 남은 부분이 산산조각 나도록 도끼를 휘두르던 쪽이 아닌. 무슨 이유였는지 잔뜩 화가 난 저를 모퉁이 가게에서 돌아오는 길에 눈덩이로 밀쳐버렸던 쪽. 이런 면, 이 툭 삐져나온 머리칼이 그 애로 하여금 밀린 차들 틈에 트럭을 세우고, 도로변에 있는 180센티미터가 넘는 해바라기를 입을 벌리고 바라보게 했던 점이었어요. 사람보다 크게 자라서 꽃 중에 해바라기가 가장 좋다고 말하던 아이. 손가락으로 몹시 부드럽게 줄기를 쓸어내려 저로 하여금 줄기 안에 붉은 피가 요동친다고 생각하게 했던 아이.

그러나 일은 시작하기도 전에 끝났어요. 제 끝이 그 애의 미끈한 손바닥에 쓸리기도 전에, 그 애는 벽에 등을 댄 채 긴장해버렸어요. 저를 밀어내더니 일어나 앉았죠. "젠장"하며 똑바로 앞을 쳐다보았고요.

"못하겠어. 그러니까, 내 말은……" 그 애는 벽에다 대고 말했어요. "모르겠어. 여자애 같은 느낌이 들어서 싫어. 까진 여자애 말야. 못하겠다, 야. 미안해, 난 아닌가 봐." 말을 멈추더니 코를 문질렀어요. "그건 네 역할이야. 그렇지?"

저는 뺨 있는 곳까지 이불을 끌어 덮었어요. 저는 섹스가, 두려움에도 불구하고 새로운 땅에 입구를 뚫는 것이라고, 그래서 세상이 우리를 보지 않는 한 그 규칙은 적용되지 않는다고 생각했었어요. 그러나 제가 틀렸던 거죠.

규칙, 그것은 이미 우리 안에 들어와 있었어요.

곧 슈퍼 닌텐도가 켜졌어요. 조종기를 후려칠 때마다 그 애의 어깨가 흔들렸고요. "야, 이봐, 리틀독." 잠시 후 그 애가 불렀어요. 그러더니 부드럽게, 게임에 여전히 집중한 채로 말했어요. "미안해. 알았지?"

화면 속에서는 빨간색의 아주 작은 마리오가 단에서 더 높은 단으로 점프를 하고 있었어요. 마리오가 추락하기라도 하면 그 애는 그 단계를 처음부터 다시 시작해야 했죠. 이런 것 또한 죽었다고 표현했어요.

———

아이는 어느 날 밤 집에서 도망쳤어요. 아무 계획도 없이 달렸고요. 백팩에는 상자에서 꺼내 온 치리오스 시리얼 한 봉지와 양말 한 켤레, 《구스범스》 시리즈 페이퍼백 두 권이 있었어요.

아직 챕터북*을 읽을 수는 없었지만, 아이는 이야기라는 것이 자신을 얼마나 멀리까지 데려갈 수 있는지는 알고 있었죠. 이 책을 지니고 간다는 건 결국에 발을 들여놓을 수 있는 세계가 적어도 두 곳은 더 있다는 의미였어요. 그러나 아이는 열 살이었고, 기껏 간 곳은 고작 20분 떨어진 초등학교 뒤의 놀이터였어요.

그넷줄 출렁이는 소리만 들리는 어둠 속의 그네에 잠깐 앉아 있다가 근처의 단풍나무 한 그루로 기어 올라갔어요. 오르는 동안 잎이 무성한 가지들이 몸에 부딪혀왔죠. 반쯤 올라가 멈춘 뒤 이웃에서 들리는 소리에 귀를 기울였어요. 공터 건너편 아파트 창문에서 흘러나오는 팝송, 근처 고속도로의 차 소리, 개인지 아이인지

* 그림책보다 글의 비중이 좀 더 많은 고학년 대상 어린이 책.

를 부르는 여자의 목소리.

그러다 아이는 낙엽 밟는 소리를 들었어요. 무릎을 바싹 당기고 기둥을 끌어안았죠. 조용히 붙들고 가지 사이로 조심스레 밑을 내려다보는데, 도심의 스모그 때문에 가지들에 회색으로 먼지가 덮여 있었어요. 할머니였어요. 아무런 움직임 없이, 한쪽 눈만 뜬 채 위쪽을 살펴보고 계셨어요. 아이를 알아보기에는 너무 어두웠고요. 몸을 흔들며 눈을 가늘게 뜬 할머니는 아주 작아 보이는 것이, 마치 엉뚱한 곳에 놓아둔 인형 같았어요.

"리틀독." 할머니가 소리를 죽인 채 외치셨어요. "그 위에 있니, 리틀독?" 목을 길게 뺀 할머니는, 멀리 고속도로 쪽을 바라보셨어요. "너희 엄마. 정상이 아니야, 알지? 엄마는 고통이야. 엄마는 울지. 하지만 엄마는 너를 원하고, 엄마에겐 네가 필요하단다." 할머니는 제자리에서 서성거리셨어요. 낙엽들이 바스락거렸고요. "엄마는 널 사랑해, 리틀독. 하지만 엄마는 아파. 나처럼 아프단다. 뇌가 말이야." 할머니는 마치 자신의 손이 아직 있는지 확인하려는 듯 살펴보더니 다시 내려놓으셨어요.

이 말을 들은 아이는 울지 않으려고, 차가운 나무껍질에 입을 꾹 눌렀어요.

엄마는 고통이야, 아이는 할머니의 말을 곰곰이 생각했어요. 어떻게 사람이 느낌이 될 수 있지? 아무 말도 하지 않았어요.

"겁낼 것 없다, 리틀독. 너는 나보다 똘똘하니까." 무언가가 구겨지는 소리가 났어요. 할머니의 팔에 아기처럼 안겨 있던 쿨랜치맛

도리토스 한 봉지였죠. 다른 손에는 따뜻한 재스민 차가 담긴 폴란드 스프링 생수병이 들려 있었고요. 할머니는 혼자 계속 중얼거리셨어요. "너는 겁낼 필요 없단다. 그럴 필요가 없어."

그러더니 말을 멈추고 아이에게로 눈길을 향하셨어요.

두 사람은 떨리는 잎새들 틈으로 서로를 지켜보았어요. 할머니가 한 번 눈을 깜빡이셨고요. 가지들이 딸깍딸깍 소리를 내다 멈추었어요.

———

엄마는 살면서 가장 행복했던 날을 기억하세요? 가장 슬펐던 날은요? 혹시 슬픔과 행복이 혼합되어, 진한 보랏빛의 감정을 만들어낼 수 있을지 궁금해해본 적 있으세요? 좋지도 나쁘지도 않고, 그저 놀라운. 왜냐하면 이쪽에도 저쪽에도 꼭 살아야 할 필요는 없기 때문이죠.

트레버와 제가 도로 한가운데를 따라 자전거를 타고 있던 밤, 메인 스트리트는 텅 비어 있었고, 속도를 내는 동안 바퀴들은 두툼한 노란 선을 삼키고 있었어요. 저녁 7시였고, 그건 추수감사절까지 겨우 다섯 시간밖에 남지 않았다는 뜻이었죠. 우리의 입김이 피어올랐어요. 들이쉴 때마다 톡 쏘는 장작불 냄새가 제 폐에 밝은 느낌을 주었고요. 트레버네 아빠는 트레일러로 돌아와 있었고, 풋볼 경기를 켜둔 채로 텔레비전 앞에서 버번과 다이어트콜라를 곁들인 식사를 하고 있었어요.

타고 있는 동안 상점 앞 유리에 비친 제 모습이 일그러졌어요. 정지 신호가 노랗게 깜빡였고, 들리는 소리라고는 우리 밑으로 딸깍이는 바큇살 소리뿐이었죠. 우리는 그렇게 앞서거니 뒤서거니 달렸고, 그 바보 같은 순간 동안, 메인 스트리트라 불리는 콘크리트 띠가 우리가 소유했던 모든 것, 우리를 붙들고 있던 유일한 것처럼 느껴졌어요. 안개가 내리며 가로등 불빛을 거대한 반 고흐풍의 구(球)들로 회절시켰어요. 제 앞의 트레버가 자전거를 탄 채로 일어서더니 양팔을 벌리고 소리쳤어요. "난 날고 있다! 봐, 날고 있다고!" 〈타이타닉〉에서 뱃머리에 서 있던 여주인공을 흉내 내는 그 애의 목소리가 갈라져 있었어요. "난 날고 있어, 잭!" 그 애가 소리쳤어요.

잠시 후 트레버는 페달 밟기를 멈추고, 팔을 양옆에 늘어뜨린 채 자전거가 서서히 멈추도록 내버려두었어요.

"배고프다."

저도 중얼거렸죠. "나도."

"저쪽에 주유소가 있어." 그 애가 우리 앞쪽의 셸 주유소를 가리켰어요. 거대한 밤에 둘러싸인 그곳은 도로변에 좌초된 우주선처럼 보였죠.

안에서 우린 전자레인지 속에서 나란히 돌고 있는 냉동 에그치즈 샌드위치 두 개를 지켜보았어요. 계산대의 나이 많은 백인 아주머니가 어디로 가느냐고 물었어요.

"집에요." 트레버가 대답했어요. "엄마가 차가 좀 밀려서, 와서 저녁 해주시기 전에 간단히 먹을 걸 좀 사러 왔어요." 잔돈을 거슬러주는 부인의 눈길이 저를 흘끗 스쳤어요. 트레버네 엄마는 이미 5년 전 남자친구와 함께 오클라호마로 이사를 갔고요.

우리는 셔터가 내려진 프렌들리스* 건너편 치과의 현관 계단에 앉아 샌드위치 포장을 벗겼어요. 따뜻한 셀로판지가 우리 손 위에서 바스락거렸죠. 먹으면서 식당 창문 안을 들여다봤는데, 안에는 지난 3월에 출시된 창백한 녹색의 '콜로살 레프러콘 민트 보트'**를 알리는 선디 아이스크림 광고 포스터가 붙어 있었어요. 저는 제 샌드위치를 가까이 들어 올려, 눈앞이 김으로 흐려지도록 했어요.

"너는 우리가 100살이 되어도 이렇게 어울려 다닐 거라 생각해?" 제가 아무 생각 없이 물었어요.

그 애는 포장지를 던져버렸는데, 바람에 다시 날려 와 바로 옆의 덤불 위에 떨어졌어요. 저는 즉시, 그렇게 물은 걸 후회했고요. 삼키면서, 그 애가 말했어요. "사람은 100살까지 살지 않아." 그리고 케첩 봉지 한 개를 찢더니 제 샌드위치 위에 가늘고 붉은 한 줄***을 짜주었어요.

"하긴." 저는 끄덕였어요.

- 샌드위치, 햄버거 등을 파는 미국 동부의 식당 체인.
- ● '레프러콘(아일랜드 민담 속 요정)의 거대한 박하맛 보트' 정도의 뜻.
- ●● '소수의 용감한 사람(a thin red line)'을 뜻하는 관용구이기도 하다.

그때 웃음소리가 들렸어요. 소리는 우리 뒤쪽 거리에 있는 어느 집에서 들려왔고요.

아이들의 선명한 목소리, 둘, 아마도 셋, 거기에 아빠로 보이는 남자 어른의 목소리까지. 그들은 뒷마당에서 놀고 있었어요. 정확히 말해 게임은 아니고, 아주 어린 아이들만 아는 어떤 막연하고 들뜬 느낌의 몸짓이었는데, 그럴 때면 단순히 공터를 뛰어다니기만 해도 기쁨이 아이들 사이를 마구 질주하죠. 공터 역시 아직은 시내의 형편없는 구역에 있는 손바닥만 한 뒷마당으로 여겨지지 않는 것 같았고요. 깍깍하는 비명으로 보아 아이들은 여섯 살도 안 되었고, 그저 움직이는 것만으로도 환희에 찰 수 있는 나이 같았어요. 마치 공기 자체에 부딪혀 노래하고 있는 작은 종들 같았죠.

"자 그만. 오늘 밤은 그만." 남자가 말하자 목소리들이 즉시 작아졌어요. 방충문이 쿵하고 닫히는 소리. 정적이 다시 밀려들었어요. 제 옆의 트레버, 얼굴을 감싼 손.

우리는 자전거를 타고 다시 집으로 왔어요. 우리 위 여기저기에 켜져 있던 가로등. 그날이 바로 보랏빛 날이었죠. 좋지도 나쁘지도 않았지만, 우리가 지나온 어떤 날. 저는 더 빠르게 페달을 밟았고, 달리다가 살짝 떠오르기도 했어요. 트레버는 제 옆에서 50센트의 노래를 부르고 있었고요.

그 애의 목소리는 이상할 정도로 앳되게 들리는 것이, 마치 제가 그 애를 만나기 이전의 시간대에서 되돌아온 목소리 같았어요. 마치 고개를 돌리면 엄마가 세탁해준 데님 재킷을 입은 소년 하나를 발견할 수 있을 것처럼요. 아기처럼 통통한 뺨 위로, 아직 금발인 머리칼에서는 세제 냄새가 감돌고, 인도에서 바퀴를 딸랑이며 연습 중인 소년.

저도 그 애에게 합류했어요.

"많이들 아주, 많이, 많이, 많이, 많이들."

우리는, 거의 가사를 내지르듯 불렀고, 바람이 우리의 목소리에 와 부딪혔어요. 사람들은 노래가 다리가 될 수 있다고 해요, 엄마. 그러나 제 생각에는 딛고 설 땅이기도 해요. 그리고 우리는 아마 스스로 추락할까 봐 막으려고 노래를 부르는 것 같아요. 우리는 아마도 자신을 지키려고 부르는 것 같아요.

"내가 죽길 바라지. 주님 전 더 이상 안 울어요, 하늘도 안 보고요. 제게 자비를 베푸소서."

우리가 지나쳐 간 푸르스름한 거실들에서, 풋볼 경기 소리가 잦아들고 있었어요.

"내 눈에 피가, 이봐, 앞이 보이지가 않아."

푸르스름한 거실들에서 어떤 이들은 이겼고 어떤 이들은 졌어요. 이런 식으로, 가을이 지나갔어요.

———

일회용 인생에서 두 번째 기회란 건 없어요. 그런 건 거짓말이지만, 우리는 두 번째 기회를 살죠. 어떻게든 살아요. 그런 건 거짓

말이지만 소년은 자신의 눈을 떠요. 방은 청회색 얼룩. 벽 너머에서 음악이 흘러들고 있어요. 쇼팽, 엄마가 듣는 유일한 음악. 아이는 침대에서 기어 내려오고, 방의 구석들이 배처럼 축에서 기울어져 있어요. 그러나 아이는 이것 역시 자신이 만들어내는 속임수라는 것을 알죠. 복도, 쓰러진 램프가 깨진 45회전 검은 LP 한 더미를 비추고 있는 그곳에서 아이는 엄마를 찾아요. 방에 가보니 침대 위의 이불이 젖혀져 있고, 분홍 레이스가 달린 요도 바닥에 쌓여 있어요. 소켓에 반만 끼워진 야간 조명이 깜빡거리고 있고요. 피아노는 마치 그 자신을 온전히 꿈꾸는 비처럼, 작은 음들을 떨어뜨리고 있어요. 아이는 거실로 가보아요. 소파 옆 턴테이블에 걸린 레코드가 끝까지 돌고 이제 바늘이 튀고 있어, 가까이 다가가니 잡음이 커져요. 그러나 쇼팽은 어딘가 손 닿는 곳의 너머에서 계속 들려와요. 아이는 그곳으로 고개를 기울인 채 소리를 따라가요. 그리고 거기 부엌 탁자 위, 한 귀퉁이의 우유병 옆에, 악몽 속의 식탁보처럼 흰 줄로 액체가 흘러내리고 있어요, 깜빡이는 빨간 눈. 엄마가 굿윌에서 샀던 라디오. 일할 때 앞치마 주머니에 쏙 들어가는 데다, 비바람이 불면 베갯잇 아래 밀어 넣곤 했던 그 라디오에서 우레 같은 박수가 끝날 때마다 녹턴이 점점 더 커지고 있어요. 라디오는 마치 그 음악이 자기 하나를 위해 작곡된 듯, 쏟아진 우유 속에 놓여 있어요. 아이의 일회용 몸속에서는 무엇이든 가능하죠. 그래서 아직 이것이 생시인지 확인하려고 손가락으로 눈을 가린 채 라디오를 집어 들어요. 손에 든 음악에서 우유가 뚝뚝 떨어지고, 아이는 현관문을 열어요. 여름이에요. 철길 너머에서는 들개들이 짖고 있고, 그건 무언가, 토끼나 주머니쥐 한 마리가 방금 그 생에서 빠져나와 세계의 일부가 되었다는 의미죠. 피아노의 음들이 아이의 가슴에서 배어 나오는 가운데 아이는 뒤뜰로 가요. 왜냐하면 아이 안의 무언가가 엄마가 거기 있을 거라는 걸 알고 있기 때문이죠. 엄마가 기다리고 있다는 것을. 왜냐하면 그게 엄마들이 하는 일이니까요. 엄마들은 기다리죠. 엄마들은 그들의 자녀들이 다른 누군가에게 속하게 될 때까지 조용히 서 있어요.

아니나 다를까, 엄마는 거기 서 있어요. 철조망이 쳐 있는 작은 마당의 끝, 바람 빠진 농구공 옆에 등을 돌린 채로요. 엄마의 어깨는 몇 시간 전, 침침하고 충혈된 눈으로 아이를 침대에 밀어 넣던 때보다 좁아 보여. 큰 사이즈의 티셔츠로 만든 잠옷은 등이 찢어져, 반으로 쪼갠 사과 같은 어깨뼈를 하얗게 드러내고 있고요. 머리 왼쪽에 담배 한 개비가 떠 있어요. 아이는 엄마에게 다가가요. 손에 음악을 들고, 흔들며 엄마에게로 걸어가요. 엄마는 마치 공기의 무게만으로 짓눌린 것처럼 등이 굽어 있고, 뒤틀린 데다, 아주 작아요.

"난 엄마가 싫어요." 아이가 말해요.

아이는 언어가 무엇을 할 수 있는지 보려고 엄마를 살펴요. 그러나 엄마는 꿈쩍도 하지 않죠. 그저 반만 고개를 돌려요. 담배, 그 구슬 같은 불씨가 입술 근처까지 떠오르더니, 그다음 턱 근처에서 팔랑거려요.

"엄마가 더 이상 우리 엄마가 아니었으면 좋겠어요." 아이의 목소리가 이상하게 더 깊고, 꽉 차 있어요.

"듣고 있어요? 엄마는 괴물이라고요."

그러자 이 말에 엄마의 고개가 어깨에서 축 늘어져요.

아니, 엄마가 고개를 숙인 것은 발 사이의 무언가를 살펴보느라 그런 거예요. 담배는 공중에 들려 있어요. 아이는 그리로 손을 내밀어요. 예상했던 것과 달리 화상을 입진 않아요. 대신, 손이 느릿하게 움직여요. 손을 편 아이는 반딧불이의 잘린 상반신, 피부 위에서 진해지고 있는 녹색 피를 발견해요. 아이는 올려다봐요. 한여름, 찌그러진 농구공 옆에 서 있는 것은 그저 아이와 라디오뿐이죠. 개들은 이제 조용해요. 그리고 배가 불러요.

"엄마." 혼잣말을 하는 아이의 눈이 그렁거려요. "진심은 아니었어요."

"엄마!" 아이는 뻣뻣하게 걸음을 옮기며 외쳐요. 놓친 라디오가 땅에 입을 댄 채 떨어지고, 아이는 집 쪽으로 몸을 돌려요. "엄마!" 아이는 엄마를 찾으러 안으로 뛰어 들어가요. 그 손은 일회용 삶으로 아직 젖어 있고요.

4

그때 제가 엄마께 진실을 말씀드렸죠.

회색빛이 도는 일요일이었어요. 아침 내내 하늘은 소나기를 내릴 거라고 협박하고 있었고요. 제가 기대했던 그런 날, 두 사람 사이의 유대감이 어쩌면 수월하게 결정될지도 모르는 그런 날. 날씨가 그처럼 창백하면 우리는 서로를, 엄마와 저를 안심하고 볼 수 있을 테고, 친숙한 얼굴도 음울한 조명 아래에서 기억했던 것보다 한결 선명해 보일 테니까요.

환한 던킨도넛 안, 블랙커피 두 잔이 우리 사이에서 김을 내고 있었어요. 엄마는 창밖을 물끄러미 내다보셨고요. 메인 스트리트로 예배를 마친 차들이 돌아오는 동안 도로 위에는 비가 죽죽 내리고 있었어요. "요즘은 사람들이 저런 SUV 같은 것들을 좋아하는 것 같더라." 엄마는 드라이브스루에 댄 차들의 행렬을 주목하셨어요. "다들 더 높이, 높이 앉고 싶어 해." 엄마의 손가락들이 탁자를 규칙적으로 두드렸어요.

"설탕 필요하세요, 엄마?" 제가 물었어요. "크림은요, 아니면 아예, 도넛? 참, 엄마는 크루아상 좋아하시죠."

"말할 게 있다며, 해봐, 리틀독." 엄마의 목소리는 힘없이 가라앉아 있었어요. 컵에서 나는 김 때문에 표정도 계속 변하는 것처럼 보였고요.

"전, 여자애들을 좋아하지 않아요."

저는 퀴어에 해당되는 베트남어 '페데(pêdê)'를 쓰고 싶지는 않았어요. 프랑스어에서 소아성애자의 줄임말인 '페데(pédé)'에서 비롯된 단어. 프랑스의 지배를 받기 전, 우리 베트남어에는 퀴어인 몸을 나타내는 이름이 없었어요. 왜냐하면 그 몸들도 다른 모든 몸처럼 살이 붙어 있고, 근본은 같은 것으로 보였으니까요. 게다가 저는 저의 이런 부분을 범죄자를 부르는 별칭을 써서 소개하고 싶지는 않았어요.

엄마는 몇 번 눈을 깜빡이셨어요.

"여자애들을 안 좋아한다." 고개를 끄덕이며 멍하니 되뇌셨어요. 저는 그 말들이 엄마를 통과하며, 엄마를 의자에 기대앉도록 누르는 것을 볼 수 있었어요. "그럼 대체 뭘 좋아한다는 거니? 넌 열일곱이야. 아무것도 좋아하지 않지. 아무것도 제대로 알 수 없고." 엄마는 탁자를 닦으며 말씀하셨어요.

"남자애들요." 저는 목소리를 조절하며 말씀드렸어요. 그러나 그 단어는 제 입속에서 죽은 것처럼 느껴졌어요. 엄마가 앞으로 기울이자 의자가 삐걱거렸어요.

"초콜릿! 난 초콜릿!" 헐렁한 청록색 티셔츠를 입은 한 무리의 어린이들. 사과가 가득 든 종이봉투로 보아, 사과 따기 체험에서 갓 돌아온 듯한 아이들이 흥분 섞인 비명을 지르며 가게 안으로 밀려 들어왔어요.

"저는 떠나도 돼요, 엄마." 그렇게 제안했어요. "엄마가 원치 않으시면 떠날 수도 있어요. 골칫거리가 되기도 싫고, 아무도 알아야 할 필요도…… 엄마, 무슨 말씀이라도 좀." 컵 속에서는 작고 검은 파도 밑으로 제 모습이 잔물결을 이루고 있었어요.

"제발요."

"말해봐라." 엄마가 뺨을 손으로 가린 채 물으셨어요. "그럼 이제 드레스를 입을 거니?"

"엄마―."

"그들이 널 죽일 거야." 엄마는 고개를 흔드셨어요. "너도 알잖니."

"누가 저를 죽여요?"

"그들은 사람이 드레스를 입는다고 죽여. 뉴스에 나왔어. 넌 사람들을 몰라. 넌 그들을 모른다고."

"안 입을 거예요, 엄마. 약속드려요. 보세요, 전에도 입은 적 없잖아요, 그렇죠? 왜 이제 와서 입겠어요?"

엄마는 제 얼굴에 난 두 개의 구멍을 빤히 바라보셨어요. "넌 어디에도 갈 필요 없어. 너랑 나뿐이야, 리틀독. 나한텐 다른 누가 없어." 엄마의 눈시울이 붉어져 있었어요.

가게 안의 아이들이 동요 〈동물놀이〉를 부르고 있었어요. 그 목소리들, 그 맘 편한 희열, 귀청을 찢을 듯한.

"말해보렴." 엄마는 집중하는 표정으로 허리를 세우셨어요. "이 모든 게 언제 시작된 거니? 나는 건강하고, 평범한 사내아이를 낳았어. 그건 나도 알지. 언제부터니?"

———

1학년 때 저는 여섯 살이었어요. 제가 다니던 학교는 새로 단장한 루터교 교회였고요. 식당이 끝없이 리모델링 중이라 체육관에서 점심을 먹었는데, 교실 책상을 붙여 만든 임시용 식탁에 앉아 있으면, 발밑으로 농구장 라인이 아치 형태로 지나갔어요. 직원들이 매일 냉동된 일회용 도시락이 가득 든 커다란 궤짝들을 밀고 오곤 했죠. 셀로판지로 싼 흰 사각 용기 안에 담긴 불그스레한 갈색 덩어리들이었어요. 줄지어 선 우리 앞쪽의 전자레인지 넉 대가 점심시간 내내 윙윙거리며 연달아 식사를 녹였고, 땡 하면, 물방울이 맺힌 채 김이 나는 음식이 기다리던 손에 건네졌어요.

저는 노란 폴로셔츠를 입고 검은 머리를 빗어 넘긴 어떤 남자애 옆에, 제 옥수수죽을 들고 앉았어요. 그 애의 이름은 그라모즈였고 그 애의 가족은, 나중에 들은 바로는, 소련이 붕괴된 뒤 알바니아에서 하트퍼드로 왔대요. 그러나 그런 건 그날 전혀 문제가 되지 않았어요. 문제가 된 건 그 애가 회색 죽이 든 흰 사각 용기가 아닌, 벨크로 끈이 달린 미끈한 청록색 도시락 가방을 갖고 있었다는 것이었죠. 또, 그 가방에서 하나하나가 커다란 보석 모양인 피자 베이글 한 접시를 꺼내어 선물했다는 것이었어요.

"하나 줄까?" 그 애가 자기 걸 베어 물며, 가볍게 물었어요.

저는 그걸 만지기에는 너무 수줍었어요. 그라모즈가 보더니 제 손을 잡고 뒤집은 다음 그 위에 하나를 올려주었어요. 상상한 것보다 묵직했어요. 그리고 왜 그런지 아직 따뜻했고요. 그 뒤로 휴식시간이면 저는 그라모즈가 가는 곳이라면 어디든 따라다녔어요. 원숭이 철봉에서는 두 단 뒤에서, 노란 회전 미끄럼틀에 달린 사다리를 오를 때는 발치에서, 매 걸음마다 그 애의 하얀 케즈 스니커즈가 번쩍였어요.

제게 첫 피자 베이글을 주었던 아이에게, 그 애의 그림자가 되어주는 것 말고 달리 무엇으로 보답할 수 있었을까요?

문제는 그때는 아직 제 영어가 존재하지 않았다는 거였죠.

그 애와 말을 할 수가 없었어요. 그리고 할 수 있었다 해도 제가 무슨 말을 할 수 있었을까요? 저는 그 애를 따라 어디로 가고 있었던 걸까요? 어떤 끝을 향해? 아마 제가 노렸던 건 목적이 아니라 단순한 지속이었던 것 같아요. 그라모즈의 곁에 머문다는 것은 그 애가 보여줬던 한 번의 친절이 만들어낸 원 안에 머무는 것이자 그때로 돌아가는 것, 점심시간과, 손 안에 묵직하게 들려 있던 그 피자로 돌아가는 것이었어요.

어느 날, 미끄럼틀 위에서 그라모즈가 돌아서더니 그 빨갛게 심통이 난 뺨으로 소리를 질렀어요. "그만 좀 따라와, 이 괴물아! 도 대체 왜 이러는 거야?" 저를 납득시킨 것은 말이 아닌 눈, 마치 정 조준하듯 가늘게 뜬 그 애의 눈이었어요.

원본에서 잘려 나간 그림자. 저는 미끄럼틀의 꼭대기에 멈춘 채, 빗어 넘긴 그 빛나는 머리가 터널을 따라 점점 더 작아지고 작아 지는 것을 지켜보았어요. 아이들의 깔깔 웃는 소리 속으로 아무 흔적 없이 사라질 때까지.

———

제가 다 끝났다고 생각했을 때, 제 짐을 다 내려놓았다고 생각했 을 때, 엄마가 커피를 옆으로 치우며 말씀하셨어요. "이제 내가 너 에게 할 말이 있다."

입을 꽉 다물게 되었어요. 이 자리가 동등한 교환, 거래의 자리 가 될 거라고는 짐작 못 했거든요. 저는 열의가 있는 척하며 엄마 의 말씀에 고개를 끄덕였어요.

"너한테는 형이 있어." 엄마는 눈을 깜빡이지 않은 채 머리칼을 눈 옆으로 쓸어 넘기셨어요. "하지만 죽었지."

아직 아이들이 있었지만 저에게는 그들의 조그맣고 사라지기 쉬운 목소리들이 더 이상 들리지 않았어요.

우리가 진실을 교환하고 있구나, 깨달았죠. 다시 말해, 우리는 서로를 난도질하고 있었어요.

"날 봐. 넌 이걸 알아야 해." 엄마는 진지한 표정을 지으셨어요. 보랏빛 줄 같은 입술.

엄마는 계속 이어가셨어요. 엄마에게는 한때 안에서 자라고 있던 아들, 이름도 지어주었지만 다시는 되뇌지 않는 이름의 아들이 있었어요. 엄마 안의 아들은 움직이기 시작했고, 그 팔다리가 엄마의 배가 만든 원 안을 스치고 있었어요. 그리고 엄마는 제게 해주셨던 것처럼 노래를 불러주거나, 말을 걸어주거나, 남편조차 모르는 비밀들까지 들려주셨죠. 엄마는 열일곱 살로 다시 베트남에 가 계셨고, 같은 나이인 제가 엄마 건너편에 앉아 있었어요.

엄마는 이제 손을 쌍안경처럼 오므리셨어요. 마치 과거가 사냥해야 할 필요가 있는 어떤 것인 것처럼 말이죠. 엄마 밑의 탁자는 젖어 있었고요. 엄마는 탁자를 냅킨으로 훔친 다음, 계속해서 1986년, 저의 형이자 엄마의 아들이 나타났던 해에 대해 얘기하셨어요. 어떻게 임신한 지 4개월에 접어들었고, 아이의 얼굴이 사람의 얼굴이 될 무렵, 엄마의 남편이자 제 아빠가 가족으로부터 유산을 시켜버리라는 압력을 받았었는지를요.

"먹을 게 없었어." 계속 말씀하시는 엄마는 여전히 손으로 뺨을 감싸고 계셨어요. 화장실에 가는 남자 한 명이 지나가겠다며 양해를 구했죠. 엄마는 올려다보지도 않고 옆으로 몸을 비켜주셨고요. "사람들이 밥 양을 늘리려고 톱밥을 넣을 때였어. 잡아먹을 쥐라도 있으면 운이 좋은 거였단다."

엄마는 이야기가, 마치 바람 속에서 손으로 감싼 불이라도 되는 듯 조심스레 말씀하셨어요. 마침내 아이들이 떠났고요. 나이 많은 커플 한 쌍만 남았는데, 그들의 신문 너머에는 부푼 흰머리 두 개만 보였어요.

"네 형과 달리." 엄마가 말씀하셨어요. "넌 우리가, 네가 살 수 있을 거라는 걸 알기 전까지는 태어나지도 않았어."

———

그라모즈가 제게 피자 베이글을 건넨 뒤 몇 주 후, 엄마가 첫 자전거를 사주셨어요. 핫핑크색 슈윈 자전거로 보조바퀴가 달려 있었고, 손잡이에는 작은 폼폼 같은 띠들이 달려 있어, 종종 그랬지만 걷는 속도로 갈 때에도 떨리곤 했어요. 핑크색이었던 이유는 가게에서 제일 싼 자전거였기 때문이었죠.

그날 오후, 공동주택 주차장에서 자전거를 타보는데 뭔가에 가로막혀 멈춰 섰어요. 내려다보니 두 개의 손이 손잡이를 잡고 있었죠. 그 손은 한 아이의 것이었는데, 아마 열 살쯤? 높이 솟은 투실투실한 상반신 위에 땀에 젖은 살찐 얼굴이 끼워져 있었어요. 무슨 일이 일어난 건지 파악하기도 전에 자전거는 뒤로 젖혀졌고, 저는 인도에 엉덩방아를 찧으며 주저앉았어요. 엄마는 란 할머니를 살펴보러 위층에 가 계셨을 때예요. 그 아이 뒤에서 걸어 나온 애는 좀 더 작은 족제비 같은 얼굴의 아이였는데, 소리를 지르자 그 애 앞으로 침이 스프레이처럼 튀며 비스듬한 햇살에 무지개를 이루었어요.

덩치 큰 애가 열쇠고리를 꺼내더니 제 자전거의 칠을 긁어내기 시작했어요. 칠은 장밋빛 불꽃 형태로 쉽게 벗겨졌고요. 저는 그 애가 자전거의 뼈대를 깊이 베는 동안 거기 앉아 분홍색 조각들이 콘크리트 부스러기와 뒤섞이는 걸 지켜보았어요. 소리를 지르고 싶었지만 아직은 영어로 어떻게 소리를 지르는지 몰랐죠. 그래서 아무 말도 못 했어요.

그날이, 제가 색이 어떻게 위험이 될 수 있는지를 배운 날이었어요. 한 명의 소년을 그 색으로부터 밀쳐 떨어뜨릴 수 있고, 자신의 무단 침입에 대해 생각하게 만들 수 있다는 것을. 비록 색이라는 것이 빛에 의해 드러나는 무형의 것에 불과하지만, 무형에도 규칙이 있고, 분홍 자전거를 탄 남자애는 다른 무엇보다도 중력의 법칙을 배워야 한다는 것을.

그날 밤, 전구가 그대로 드러나 있는 부엌에서 저는 엄마 옆에 무릎을 꿇고 지켜봤어요. 엄마의 전문가다운 정밀하고 긴 붓질은 자전거에 난 암청색 상처 위에 빠르게 내려앉았고, 분홍색 네일 매니큐어 병은 엄마의 손에 단단하고 안정되게 들려 있었어요.

———

"병원에서 그들이 나한테 알약 한 병을 줬어. 그걸 한 달 동안 먹었지. 분명히 한 달 뒤, 나는 그걸 놓아주기로 되어 있었단다. 그 애 말야, 내 말은."

저는 그만 일어나고 싶었고, 그만이라고 말하고 싶었어요. 그러나 고백의 대가는, 엄마가 대답을 얻는 거라는 걸 알게 되었죠.

약을 복용한 지 한 달, 이미 사라졌어야 하는데 엄마는 안에서 쿡 찌르는 걸 느꼈어요. 사람들은 엄마를 다시 병원으로 급히 옮겼고, 이번에는 응급실이었죠. "그들이 나를 데리고 벽 여기저기 페인트가 부스러진 회색 방으로 밀고 들어갈 때에도 난 그 애가 발로 차는 걸 느꼈어. 병원에서는 전쟁 때문에 아직도 포연과 휘발유 냄새가 났고."

허벅지 사이에 마취제만 놓은 뒤, 간호사들은 긴 금속 도구들을 갖고 들어와 그냥 "나한테서 아기를 긁어냈어, 파파야 씨처럼 말이야."

저를 견딜 수 없게 한 건 그 이미지였어요. 그 흔하고 현실적인 이미지. 엄마가 과일을 손질하실 때, 제가 수천 번은 봤을 장면. 숟가락이 파파야의 살 같은 오렌지빛 중심을 따라 미끄러지고, 싱크대 안에 툭툭 떨어지는 질척한 검은 씨앗들. 저는 제 흰 스웨터의 후드를 머리 위로 끌어 덮었어요.

"난 그 애를 봤다, 리틀독. 내 아기를 봤어, 아주 살짝. 쓰레기통으로 향하던 갈색의 희끄무레한 것을 봤어."

저는 탁자 너머로 손을 내밀어 엄마의 팔등에 얹었어요.

바로 그때, 저스틴 팀버레이크의 노래 한 곡이 스피커에서 흘러나오며, 그 가녀린 가성이 커피 주문하는 소리, 커피 찌꺼기가 고무 쓰레기통에 텅텅 부딪히는 소리와 엮였어요. 엄마는 저를 빤히 보시다 다른 곳을 보셨고요.

다시 저를 쳐다보셨을 때는 이런 이야기를 하셨어요. "내가 처음 쇼팽을 들은 건 사이공에서였어. 알고 있었니?" 갑자기 엄마의 베트남어가 한결 가벼워진 채 공중에 떠 있었어요. "여섯 살인가 일곱 살 때였을 거야. 건너편에 사는 남자가 파리에서 공부한 콘서트 피아니스트였어. 그 남자가 뜰에다 스타인웨이 피아노를 갖다 놓고 저녁마다 대문을 열어둔 채 연주를 하곤 했지. 그러면 그 사람이 키우던 개, 그 작은 검둥개가, 아마 이만큼 되었을까, 벌떡 일어나 춤을 추기 시작했어. 그 잔가지 같은 다리들이 둥글게 원을 그리며 흙 위를 움직이는데도, 남자는 절대 개 쪽은 쳐다보지 않고 눈을 감은 채로 연주했지. 그게 그 사람의 힘이었어. 자기 손으로 만들어낸 기적에는 신경도 안 쓰는 것. 난 거기 길가에 앉아 내가 마법이라 생각했던 걸 봤단다. 음악이 동물을 사람으로 만드는 것 말이야. 나는 개가 갈비뼈를 드러낸 채 프랑스 음악에 맞춰 춤추는 걸 보며, 무슨 일이든 이루어질 수 있다고 생각했어. 뭐든지." 탁자 위에 손을 포개시는 엄마의 몸짓에 슬픔과 흥분이 뒤섞여 있었어요. "심지어 남자는 연주를 멈추고, 꼬리를 흔드는 개에게 다가가 벌린 입에 먹이를 주면서, 다시 한번 개가 사람의 기술을 보여준 건 음악 때문이 아니라 배고픔, 오직 배고픔 때문이란 걸 증명했단다. 그런데도 나는 여전히 믿었어. 무슨 일이든 이루어질 수 있다고 말이야."

고분고분하던 비가 다시 굵어졌어요. 저는 뒤로 기대어 비가 창문을 일그러뜨리는 걸 지켜보았어요.

———

가끔 느슨해질 때면, 저는 살아남는다는 게 쉽다는 생각을 해요. 갖고 있는 것이나, 받은 것 중에 남은 걸 가지고 그냥 앞으로 계속 움직이는 거예요. 무언가가 변할 때까지. 아니면, 마침내, 사라지지 않고도 저 자신이 변할 수 있다는 것을 깨닫는 거죠. 우리가 해야 할 일의 전부는 폭풍이 우리를 지나갈 때까지 기다리는 거예요. 그러다보면 우리는, 맞아요, 자기 이름이 아직 살아 있는 것에 붙어 있는 걸 발견하게 되는 거죠.

던킨도넛에서 대화를 나누기 몇 달 전, 베트남의 시골 지역에 사는 열네 살 소년이 급우의 사물함에 연애편지를 밀어 넣은 뒤 얼굴에 염산 테러를 당했어요. 지난여름에는 플로리다 토박이인 28세의 오마르 마틴이 올랜도 나이트클럽으로 걸어 들어가 자동소총을 난사했고요. 49명이 살해되었죠. 그곳은 게이 클럽이었고, 소년들은, 왜냐하면 그들도 누군가의 아들이고, 10대들이었기에, 저처럼 생겼었어요. 한 어머니에게서 태어나, 서로의 기쁨을 위해 어둠을 뒤적이던 유색의 존재들.

가끔 느슨해질 때면, 저는 상처 역시, 피부가 저 자신과 다시 만나는 장소라고 믿어요. 양 끝에게, 어디 있었니? 라고 물으면서 말이죠.

우린 어디 있었죠, 엄마?

———

태반의 평균 무게는 약 680그램이에요. 그 안으로 엄마와 태아 사이의 영양분과 호르몬, 찌꺼기가 오가는 일회용 기관이죠. 이런 면에서, 태반은 일종의 언어예요. 아마 우리의 첫 언어, 우리의 진정한 모국어일지도 몰라요. 네 달에서 다섯 달이면, 제 형의 태반은 이미 완전히 자라 있었어요. 엄마와 형은 대화를 나누고 있었고요, 피의 발화들로.

"그 애가 내게 왔었단다, 그러니까."

바깥의 비가 그쳤어요. 하늘은 텅 빈 그릇.

"엄마한테 왔다고요?"

"내 아들, 그 애가 꿈속에서 나한테 왔어. 병원에서 나오고 한 일주일 뒤. 문간에 앉아 있더구나. 우리는 잠깐 서로를 지켜봤고, 그러더니 그 애가 그냥 돌아서서 골목으로 가버렸어. 난 그 애가 내가 어떻게 생겼나 보고 싶어서, 그저 제 어미가 어떻게 생겼나 보고 싶어서 온 거라 생각해. 난 그냥 여자애였지. 오 하느님…… 원 세상에, 난 열일곱이었어."

대학에서 한번은 어느 교수가 《오셀로》에 대한 강의를 하다가 여담으로, 자기는 게이들이 태생적으로 자기애적이라 생각한다며, 공공연한 자기애도 어쩌면 아직 자신들의 '성향'을 받아들이지 않은 남성 안에 있는 동성애의 표시일지 모른다고 주장했어요. 자리에서 화가 나 씩씩거리고 있는 동안에도, 그 생각이 저를 파고드는 것은 멈출 수 없더군요. 그 옛날, 제가 교내에서 그라모즈를 따라다닌 이유가 단순히 그 애가 남자아이이고, 따라서 저 자신의 거울이라 그랬을 수 있다는 걸까요?

　그러나 그렇다고 치면, 왜 아니겠어요? 아마 우리가 거울을 들여다보는 것은, 그저 그것이 환영임에도 아름다움을 추구하려고 그러는 건 아닐 거예요. 사실을 알고 있음에도, 우리가 아직 여기 있다는 걸 확인하려는 거겠죠. 우리가 들어서 있는 사냥된 몸뚱이가 아직 전멸되거나 긁어내어지지는 않았다는 것을 확인하려는 걸 거예요. 자기 자신이 아직은 '자신'이라는 걸 본다는 것은, 아직 거부당해본 적이 없는 이들은 알 수 없는 하나의 피난처죠.

　역사적으로 아름다움은 복제를 요구해왔다는 글을 읽은 적이 있어요. 우리는 그것이 꽃병이든 그림이든, 성배든 시(詩)든, 어떤 것이 미학적으로 만족스럽다는 걸 발견하면 그걸 중요히 여긴대요. 우리는 그것을 유지하기 위해 재생산하고, 시공간을 통해 확장시키죠. 즐거움을 주는 대상—프레스코화나 불그스레한 복숭앗빛의 산맥, 어느 소년의 턱에 난 사마귀―을 바라본다는 것은 그 자체가 복제예요. 소중히 여기기 때문에, 지속되도록 눈 속에서 지연시킨 이미지인 거죠. 거울을 들여다보며, 저는 저 자신을 제가 존재하지 않을지도 모를 미래로 복제시켜요. 그리고 맞아요. 오래전 제가 그라모즈에게 바랐던 것도 피자 베이글이 아니라 복제였어요. 왜냐하면 뭔가를 건넨 그 애의 행위도, 저를 너그럽게 대할 만한 가치가 있는 어떤 것, 그러므로 보여질 만한 무언가로 확장시켰으니까요. 제가 연장시키고, 되돌아가기를 원했던 것은 바로 그 확장된 상태였어요.

그건 우연이 아니에요, 엄마. 쉼표가 태아를 닮은 것 말이에요. 그 지속을 위한 구부러짐. 우리 모두는 한때 각자의 엄마 안에 있었죠. 우리의 고요하고 구부러진 자기 전체로 더, 더, 더라고 말하면서요. 저는 우리의 살아 있음이 복제할 만한 가치가 있을 만큼 충분히 아름답다고 주장하고 싶어요. 그리고 뭐 어때요? 제가 평생 만들어온 것 전부가 삶의 연장이었대도, 뭐 어때요?

"토해야겠다." 엄마가 말씀하셨어요.

"뭐라고요?"

"토해야겠다고." 엄마가 급하게 화장실로 향하세요.

"이런, 많이 안 좋으시군요." 저는 따라가면서 중얼거렸어요. 화장실에서 엄마는 변기 한쪽에 무릎을 꿇자마자 몸을 숙이셨어요. 쪽 찐 머리였지만, 저는 거의 격식을 갖춘 자세로 무릎을 꿇고, 손가락 두 개로 엄마의 흘러내린 머리카락 서너 가닥을 집고 있었어요. "괜찮으세요, 엄마?" 저는 엄마의 뒤통수에 대고 물었어요.

엄마는 다시 구부리셨고, 제 손 밑으로 등이 벌벌 떨렸어요. 엄마 옆, 음모들이 붙어 있는 소변기를 보고서야 저는 우리가 남자 화장실에 있다는 것을 깨달았죠.

"물을 좀 사 올게요." 저는 등을 두드리다 일어섰어요.

"아니." 엄마가 얼굴이 붉어진 채 절 불러 세우셨어요. "레모네이드. 레모네이드가 필요해."

우린 서로에 대해 알게 된 것들로 더 묵직해진 채 던킨도넛을 나섰어요. 그러나 엄마가 모르셨던 것은 사실, 제가 이미 드레스를 입었었다는 것, 그리고 또 입기 될 거라는 것이었어요. 몇 주 전 저의 친구, 퉁퉁 부은 눈에 휘청이는 소년이 멍하니 지켜보는 가운데, 저는 와인색 드레스를 입고 낡은 담배 헛간에서 춤을 추었어요. 그 드레스는 엄마의 옷장에서 챙겨 온 것으로, 엄마가 서른다섯 살 생신 때 입으려고 사놓고 안 입으신 옷이었고요. 저는 속이 비칠 정도로 얇은 천을 입은 채 빙글빙글 돌았고, 쌓아둔 타이어에 걸터앉은 트레버는 대마초를 한 모금씩 빨며 사이사이에 박수를 쳤어요. 죽은 나방들로 지저분한 바닥에 놓인 휴대폰 두 대가 우리의 쇄골을 날카롭게 비추었죠. 그 헛간에서 몇 달 새 처음으로 우린 그 누구도 두렵지가 않았어요. 우리 자신조차도요. 엄마는 집으로 도요타를 몰고, 저는 조수석에 조용히 앉아 있어요. 저녁이면 다시 비가 와 밤새 동네가 헹궈지고, 고속도로에 줄지어선 나무들도 금속성의 어둠 속에서 물을 뚝뚝 흘릴 것처럼 보여요. 저녁식사 때, 저는 제 의자를 당긴 다음 후드를 벗을 것이고, 몇 주 전 그곳 헛간에서 붙어 온 건초 한 가닥이 제 검은 머리칼에서 삐져나올 거예요. 엄마는 다가와 그걸 털어내고, 당신께서 지키기로 한 아들을 받아들이며 고개를 저으실 거고요.

5

거실은 웃음소리로 우울했어요. 전자레인지만 한 텔레비전에서는 아무도 안 믿는 거북한 웃음을 억지로 지어낸 시트콤이 요란하게 흘러나오고 있었어요. 아무도, 트레버네 아빠 말고는 아무도 안 믿는, 정확히 말해 그 애네 아빠도 그다지 믿는 건 아니었지만 레이지보이 의자에 앉아 낄낄거리다 보니, 무릎 위에 단화 속 수정처럼 올려둔 서던컴포트 술병에 항복해버렸던 거죠. 매번 병을 들어 올릴 때마다 그 안의 갈색이 비워졌고 결국, 텔레비전에서 나오는 일그러진 색깔들만 빈 병에 번쩍였어요. 그는 심지어 그 시간에도, 퉁퉁 부은 얼굴에 바짝 깎은 포마드 머리를 하고 있었어요. 뭐랄까 살아 있던 말년의 엘비스처럼 보였죠. 맨발 밑에 깔린 카펫은 수년간 닳아 기름이라도 엎지른 것처럼 반질반질했그요.

우리는 좀 더 뒤쪽의 임시용 소파에 앉아 있었는데, 그 소파는 거의 폐차될 지경으로 망가진 닷지 카라반에서 꺼내 온 것이었어요. 스프라이트 한 병을 서로 주고받으며, 우린 한 번도 만난 적이 없는 윈저에 사는 어떤 애와 낄낄거리며 문자를 주고받고 있었죠. 심지어 소파 있는 곳까지 술과 싸구려 담배의 독한 냄새가 났지만, 우리는 걔네 아빠가 거기에 없는 듯이 행동했어요.

"그래, 계속 웃어봐라." 트레버네 아빠는 거의 꿈쩍도 안 했지만 목소리만은 우렁찼어요. 마룻바닥을 통해 느껴질 정도였죠. "어서, 네 애비를 비웃어보라고. 바다표범처럼 다 같이 웃는 거야."

저는 텔레비전의 불빛이 희끄무레하게 비치는 그의 뒤통수를 살펴보았지만, 움직임은 전혀 눈에 띄지 않았어요.

"그쪽 보고 웃는 거 아니에요, 아빠." 트레버가 움찔하며 휴대폰을 주머니에 넣었어요. 그 애의 손은 마치 누군가가 무릎에서 쓸어낸 것처럼 양옆으로 떨구어졌고요. 트레버는 의자 뒤쪽을 노려보았어요. 우리가 있는 곳에서는 머리의 일부, 즉 머리칼 한 줌과 뺨의 일부만 보였는데 썰어놓은 칠면조처럼 하얬어요.

"지금 날 속이려는 거냐, 응? 다 컸다 이거지? 네가 보기엔 내가 마음을 놓고 있는 거 같겠지만 아니다, 이 꼬마야. 난 네 소리를 다 듣고 있어. 다 보고 있다고." 그러더니 기침을 했어요. 흩뿌려지는 술. "너, 내가 시월드* 최고의 바다표범 조련사였다는 것 잊지 마라. 1985년 올랜도. 네 엄마가 객석에 있었는데, 난 내 쇼로 네 엄마를 자리에서 펄쩍 떠오르게 했다. 나의 네이비실 대원들, 아기 바다표범들. 내가 걔들 대장이었지. 네 엄마가 그렇게 불렀어. 대장

---

* 미국의 해양 테마파크 체인.

이라고. 내가 그 애들에게 웃으라면 웃었다고."

텔레비전에서는 해설식 광고가 윙윙거렸는데, 주머니에 휴대할 수 있는 공기주입식 크리스마스트리에 대한 광고였어요.

"대체 누가 저딴 크리스마스트리를 주머니에 넣고 다닌다는 거야? 참 피곤한 나라다." 그가 목 뒤에 두툼하게 접힌 세 번째 살을 드러내며 고개를 한쪽으로 돌렸어요. "어이, 너랑 있는 친구? 너랑 같이 있는 중국인 친구, 응? 난 안다. 걔 말도 듣고 있어. 그 애가 아무 말 안 하고 있어도 난 들린다고." 그가 손을 치켜들었고, 저는 소파 쿠션을 통해 트레버가 움찔하는 것을 느꼈어요. 그 애 아빠는 또 한 잔을 들이켰고, 병은 빈 지 오래였지만, 어쨌든 입까지 훔쳤어요.

"네 삼촌 제임스. 너 제임스 기억하지, 그치?"

"네, 아빠." 트레버가 마지못해 대답했어요.

"아빠라고?"

"네, 대장."

"그렇지." 그 애 아빠가 의자 안으로 더 깊숙이 잠기자 머리칼이 빛났어요. 몸에서 나오는 열기가 공기를 채우며 빛을 발하고 있는 것 같았어요. "멋진 사내지, 네 통뼈 삼촌 말이야. 뼈와 소금이랄까. 네 삼촌이 그 정글에서 놈들을 박살 내버렸어. 우리를 위해 잘한 거야. 놈들을 태워버렸다그. 그거 아냐, 트레버? 바로 그런 거야." 그는 다시 미동도 않는 상태로 돌아갔고, 입술만 얼굴의 다른 부위에 전혀 영향을 주지 않은 채 움직였어요. "삼촌이 너한텐 아직 얘기 안 했냐? 구덩이에 있던 네 사람을 휘발유로 어떻게 태워버렸는지? 자기 결혼식 날 밤에 나한테 털어놓더라. 어디, 네가 들어도 믿기냐?"

저는 트레버를 흘끔 쳐다보았지만 무릎 사이에 얼굴을 묻고 있어 목덜미만 보였어요. 공격적으로 부츠 끈을 매느라, 어깨가 휙 움직일 때마다 플라스틱으로 마감된 줄끝이 구멍으로 탁 소리를 내며 들어갔죠.

"하지만 이제는 다 변했고, 나도 그건 안다. 난 바보가 아니란다, 얘야. 나도 네가 날 미워하는 것 알아. 알다마다."

[텔레비전 웃음소리]

"두 주 전에 네 엄마를 봤다. 윈저록스에 있는 창고 열쇠를 줬지. 그놈의 가구 하나 보내주는 데 뭐가 그리 오래 걸리는지 원. 오클라호마는 그런 건 그닥 좋아 보이지가 않아." 그리고 멈추었어요. 또다시 존재하지 않는 한 모금을 들이켰고요. "난 너를 잘 키웠다, 트레브. 내 그랬다는 건 알지."

"아주 똥내가 나요." 트레버의 얼굴이 돌처럼 굳었어요.

"뭐라고? 너 지금 —."

"똥내가 난다고 말했다, 인간아." 텔레비전의 불빛이 트레버의 회색 얼굴을 비출 때 목에 난 상처만은 예외였는데, 그 불그스레하고 진한 색조만은 변하지가 않았어요. 그 상처는 아홉 살 때 난 거래요. 그 애네 아빠가 뭔가 화가 나 현관에다 타카를 쐈는데 그게 튄 거죠. 시뻘건 피가 온 누리에, 그야말로 6월의 크리스마스였지, 하고 그 애가 말해줬어요.

"내 말 다 듣는다면서요." 트레버가 카펫에 스프라이트를 내려놓고, 나가자는 의미로 제 가슴팍을 툭 쳤어요.

"너 지금, 그따위로 말할 거냐?" 그는 화면에 시선을 고정한 채 말을 더듬었어요.

"씨발 어디 해보겠다 이거죠?" 트레버가 말했어요. "뭐라도 해보든가, 날 태워버리든가." 트레버는 의자 쪽으로 한 발짝을 내디뎠어요. 그 애는 제가 모르던 무언가를 알고 있었던 거죠. "됐나요?"

그 애의 아빠는 그 자리에서 숨을 내쉬었어요. 집 안의 다른 부분은 온통 어둡고 적막한 게 한밤중의 병동 같았고요. 잠시 후 그가 이상하게 높은 음의 징징대는 소리로 말했어요. "난 나름 잘했다, 얘야." 그의 손가락이 팔걸이를 만지작거렸어요. 시트콤 속의 사람들은 그의 미끈한 머리칼 살짝 떨어진 곳에서 춤을 추고 있었고요.

저는 트레버가 한두 번 끄덕이는 걸 본 것 같다고 생각했지만, 텔레비전 때문에 생긴 착각이었는지도 몰라요.

"넌 딱 제임스를 닮았어. 맞아. 난 알지. 네겐 분노가 있어. 너도 그렇게 싹 태워버릴 거야." 그 애 아빠의 목소리가 흔들렸어요. "저거 보이냐? 저건 닐 영이야. 전설. 전사지. 너 저 사람 좋아하잖아, 트레브." 문이 소리 없이 닫히는 동안에도 그는 복도 옆의 포스터를 몸짓으로 가리키고 있었어요. 우리는 차가운 공기 속으로 빠져나와 자전거 있는 쪽으로 걸어갔고, 우리 뒤에서 계속 웅얼거리던 그 애 아빠의 목소리도 이제 들리지 않게 되었어요.

바큇살 밑으로 인도가 흘러갔어요. 우리는 말이 없었고, 나트륨 등이 밝힌 단풍나무들은 우리 위로 붉게 물든 채 잔잔했어요. 그 애네 아빠라는 존재로부터 자유로워진 것은 좋은 느낌이었어요.

우리는 코네티컷 강을 따라 달렸고, 강에는 밤이 밀려들고 있었어요. 떡갈나무 위쪽, 높이 갓 뜬 달의 테두리가 계절답지 않게 온화한 가을 날씨로 뿌옇게 흐려져 있었죠. 급류가 우리 오른쪽에서 흰 거품을 일으키며 휘돌았어요. 가끔, 비가 안 온 지 2, 3주가 지나면 밑바닥에서 몸뚱이 하나가 떠오르기도 했는데, 표백된 어깨의 피부가 언뜻 수면에 닿으면 강둑에 나와 요리를 하던 가족들이 동작을 멈추고, 아이들에게 쉿 소리가 전달되었어요. 누군가는 "오 하느님, 오 하느님"을 외쳤고, 누군가는 911에 신고를 했어요. 그리고 가끔 그건 잘못 들어온 신고였죠. 이끼가 끼고 녹슬어 앞면이 갈색이 된 냉장고. 그리고 때로는 아무 이유 없이 죽어버린 천 마리의 물고기. 하룻밤 새 달라 보이는 강의 얼굴.

저는 엄마가 일하느라 너무 바빠 잘 모르셨을 우리 도심의 블록들, 온갖 일이 일어나는 블록들을 보았어요. 심지어 트레버도 평생 강의 이쪽, 제가 지금 자전거를 타고 가고 있는 백인 구역에 살아서 본 적이 없는 일들을요. 저는 어사일럼 애비뉴의 불빛들을 보았어요. 본래는 수용시설(실제로는 농아학교였대요)이 있었다는데, 저 천팔백몇년인가 불이 나서 병상의 절반이 사망했고, 오늘날까지도 아무도 그 원인을 모른대요. 그러나 제게 있어 그 거리는, 제 친구 시드가 1995년 인도에서 건너온 뒤 가족과 함께 살던 곳이죠. 뉴델리에서 교사였던 그 애의 엄마는 주당 97달러를 현금으로 버느라 당뇨로 부은 발을 끌고 어찌나 집집이 컷코* 사냥칼을 팔러 다니셨던지요. 그곳엔 카니노 형제도 살았어요. 그들의 아버지는 2회 종신형**인가를 받고 수감 중이었죠. 제한 속도가 105킬로미터인 91번 도로에서 주 경찰이 보는 가운데 113을 밟았대요. 게다가 조수석 시트 밑에서는 헤로인 주머니 25개와 글록 권총도 나왔다고 하고요. 아직도 감옥에 있냐고요? 네. 아직도. 직장인 파밍턴 시의 시어스 백화점까지 편도 45분이나 걸리는 버스를 타고 통근하던 마린도 있었어요. 목과 귀 주위를 언제나 금으로 치장했고, 구멍가게에 담배나 핫치토스를 사러 갈 때면 가장 느릿하고 신중한 박수처럼 하이힐이 딸각거렸어요. 울대가 튀어나와 있었고, 자신을 '패것'이나 '자웅동체'라 부르는 남자들에게 가운뎃손가락을 날렸죠. 자신의 딸이나 아들의 손을 잡고 이렇게 떠들어대던 이들 말이에요. "야 이년, 너 내가 죽여버린다, 그어버릴 거라고, 에이즈가 널 데려갈걸. 넌 오늘 밤 잠 다 잔 거야, 오늘 밤 잘 생각하지도 말라고, 오늘 밤 자지 마. 자지 말라고."

우리는 우리 가족이 3년간 살던 뉴브리튼 애비뉴의 공동주택 빌딩도 지났어요. 저는 리놀륨이 깔린 그곳의 복도를 오르내리며 보조바퀴가 달린 분홍 자전거를 탔죠. 분홍색을 좋아한다는

---

* 미국의 주방용품 브랜드.
** 중범죄를 지은 피고인에게 감형이나 사면 가능성을 막기 위해 선고하는 것.

이유로 블록에 사는 아이들이 절 때리지 못하게 하기 위해서였어요. 틀림없이 하루에 백번은 그 복도를 오르내렸을 텐데, 양쪽 끝의 벽에 가 부딪히면 조그만 벨이 딸랑거렸어요. 맨 끝 동 아파트에 살던 칼턴 씨가 매일 나와서 저에게 어찌나 소리를 질렀던지요. "너 누구냐? 여기서 뭐 하는 거지? 왜 밖에서 안 타고? 너 누구야? 넌 내 딸이 아니야! 넌 데스티니가 아니라고! 넌 누구지?" 그러나 그 모든 것, 건물 전체가 이젠 사라졌고 YMCA 건물로 바뀌었어요. 거의 120센티미터나 되는 잡초들 때문에 폐허 같았던 (아무도 차가 없어 아무도 주차를 안 했던) 공동주택 주차장도 없어졌고요. 모든 걸 불도저가 밀어버렸고, 대신 부시넬 스트리트 근처의 염가 판매점에서 버린 마네킹으로 허수아비를 세운 공동체 텃밭이 생겼어요. 우리가 자던 곳에서 일가족 전체가 수영을 하거나 핸드볼을 하고 있어요. 칼턴 씨가 결국 침대에서 홀로 죽었던 곳에서는 사람들이 접영을 하고 있고요. 어쩌면 그렇게 바닥 전체가 악취를 풍기고 (왜였는지는 모르겠지만) 특수경찰팀이 총을 들고 와 문을 부수도록 몇 주씩이나 아무도 몰랐던지요. 꼬박 한 달 동안 칼턴 씨의 집기들은 건물 뒤쪽의 대형 철제 수거함에 남아 있었어요. 손으로 색칠한 나무 조랑말의 혀 빼문 얼굴이 수거함 꼭대기에서 비를 맞으며 내다보았고요.

트레버와 저는 계속 달렸어요. 빅 조의 자매가 중독된 처치 스트리트를 지나, 사샤가 중독된 '메가 XXX러브 디팟' 뒤의 주차장을 지나 제이크와 비랩이 중독된 공원으로. 비랩은 살아남았지만 결국 몇 년 뒤 트리니티 대학에서 랩톱을 훔치다 걸려 카운티 교도소에서 가석방 없는 4년 형을 받았어요. 무거운 벌이었죠. 특히나 교외에 사는 백인 아이에게는. 그 동네에는 걸프전에서 오른쪽 다리를 잃은 나초도 살았어요. 엄마도 주말이면 메이벨 자동차 수리점에서 잭으로 끌어올린 차량 밑을 스케이트보드로 오가며 일하던 나초를 보셨을지도 몰라요. 그는 언젠가 눈보라가 치던 날, 그곳 가게 뒤편에 남겨져 있던 닛산 차 트렁크에서 빨간 얼굴로 비명을 지르고 있는 아름다운 아기를 꺼낸 적도 있어요. 쓰러진 목발을 내버려둔 채 양손으로 아이를 안아 올렸을 때, 그는 몇 년 만에 처음으로 허공에 서 있었죠. 그때 하늘에서 내려와 땅에서 다시 날아오르던 눈이 어찌나 환했던지, 그 흐릿하고 자비로운 시간 동안, 도시의 모두가 왜 자신들이 그곳을 벗어나려고 애썼는지를 잊었어요.

프랭클린 애비뉴에는 제가 처음 카눌레를 먹어본 모치카토 제과점이 있어요. 그곳에서는 제가 아는 그 무엇도 죽지 않았고요. 그 거리에서 어느 여름 밤 우리 건물 5층에 앉아 창밖을 내다보고 있었는데, 공기는 지금처럼 따뜻하고 상쾌했고 젊은 커플들의 낮은 목소리가 들려왔어요. 비상계단 위에서 그들의 컨버스와 나이키 에어포스원이 서로를 툭툭 치는 동안, 커플들은 몸으로 하여금 또 다른 혀로 말하게 하려고 작업을 하고 있었어요. 성냥불 소리, 9밀리미터나 콜트 45구경과 모양과 빛깔이 똑같은 라이터들에서 튀던 불꽃, 우리가 죽음을 농담으로 바꾸는 방식이자 화염을 만화

속 빗방울 크기로 줄이는 방법. 커플들은 그 불꽃을 시가릴로 끝으로 빨아들였어요, 마치 신화처럼. 왜냐하면 결국 강이 이곳까지 범람하니까요. 강은 항상 그랬던 것처럼, 범람해서 그 모든 걸 앗아 가버리고 우리가 무엇을 잃어버렸는지를 보여주죠.

자전거의 바퀴살들이 차르르 소리를 냈어요. 수생식물들에서 나는 하수 냄새에 잠시 눈이 따가웠지만, 곧 바람이, 죽은 이들의 이름을 그렇게 하듯, 제 뒤로 냄새들을 쓸어 갔어요.

우리는 강을 건넜고, 그 모든 것을 잊었어요. 바퀴살들은 째깍째깍 우리를 교외 더 깊숙한 곳으로 보냈고요. 이스트하트퍼드의 인도 위를 달릴 때에는, 언덕에서 불어온 나무 태운 냄새가 마음을 씻어주었어요. 달리는 동안 저는 트레버의 등을 빤히 보았어요. 갈색 UPS 재킷, 그건 걔네 아빠가 그곳에서 일하다 해고되기 일주일 전에 얻어 온 옷이었는데, 쉬는 시간에 맥주 여섯 개들이 팩을 들이켜고 거의 자정이 다 되어 박스 더미에서 깨어나보니 이미 보랏빛 달밤이었대요.

이제 우리는 메인 스트리트를 따라 달렸어요. 우연히 코카콜라 주입공장을 발견했는데, 건물 위로 거대한 네온사인이 타오르고 있었어요. 트레버가 소리쳤죠. "좆까라, 코카콜라! 인생은 스프라이트야, 씨발!" 그 애가 흘끗 돌아보더니 킥킥 웃었어요. 저도 "그래, 좆까" 하며 거들었지요. 그러나 그 애에게는 들리지 않았어요.

가로등들이 사라지며 갓길이 풀 덮인 노변으로 이어졌고, 그건 우리가 언덕 쪽, 고급 주택가로 향하고 있다는 뜻이었어요. 우리는 어느새 교외 깊숙이, 사우스글래스톤베리에 와 있었죠. 주택의 불빛들이 나타나기 시작했어요. 처음에 나무 사이로 스치던 오렌지색 불꽃들은 가까워지며 차츰 넓고 두툼한 금빛 덩어리들로 커졌어요. 이곳 창문들은 안을 들여다볼 수도 있었는데, 쇠창살이 없는 데다 커튼이 넓게 열린 채로 드리워져 있어, 심지어 길에서도 번쩍이는 샹들리에와 다이닝 테이블, 장식 유리로 갓을 단 형형색색의 티파니 램프들이 보였어요. 집들이 무척 커서 사방의 창을 통해 들여다볼 수 있었지만 사람은 단 한 명도 보이지 않았어요.

길을 따라 가파른 언덕을 오르자, 별 없는 하늘이 활짝 열리며 나무들이 천천히 뒤로 사라졌어요. 집들의 간격은 점점 더 벌어졌고요. 한 무리의 집들이 과수원을 사이에 두고 따로 떨어져 있었는데, 들판 전체에 아무도 따지 않은 사과들이 벌써 막 썩어가고 있었어요. 길까지 굴러 온 과일들의 과육이 오가는 차에 터지고 짓이겨져 갈색이 되어 있었고요.

우리는 기진맥진한 채 언덕 한 곳의 꼭대기에 멈추었어요. 달빛이 우리 오른쪽으로 과수원을 자세히 살펴보고 있었죠. 가지마다 희미하게 빛나는 사과들이 여기저기에서 빠르게 툭툭 소리를 내며 떨어졌고, 그 달콤하게 발효된 악취가 폐에 스몄어요. 길 건너 떡갈나무 숲 깊숙이에서는 보이지 않는 청개구리들이 귀에 거슬리는 울음 소리를 냈고요. 우리는 자전거를 바닥에 눕혀놓고 길가의 나무 울타리에 앉았어요. 트레버가 담뱃불을 붙여 빨더니, 눈을 감고 제 손가락들에 그 루비색 구슬을 건네줬어요. 빨아들였지만 기침이 났는데, 자전거를 타느라 침이 말라 목이 뻑뻑했거든요. 연기에 폐 속이 따뜻해졌고, 제 눈길은 우리 앞쪽 작은 골짜기에 있는 한 무더기의 주택들에 멈추었어요.

"레이 앨런이 여기 어디 산다던데." 트레버가 중얼거렸어요.

"농구 선수, 맞지?"

"코네티컷 대학에서 뛰었지. 그 친구 아마 여기 두 채쯤 갖고 있을걸."

"아마 그 사람이면 저 집에 살 거야." 저는 골짜기 가장자리에서 유일하게 불이 꺼진 집을 담배로 가리키며 말했어요.

가장자리에 흰 테두리만 없었다면 거의 보이지 않았을 그 집은 선사시대 생물의 뼈대 같았어요. 아마 레이 앨런은 집에 없겠지, 하고 생각했어요. NBA에서 뛰고 있거나 그 집에 살기에는 너무 바쁠 테니까. 저는 담배를 도로 건넸어요.

"만일 레이 앨런이 우리 아빠였다면." 트레버가 계속 그 뼈대 같은 집에 눈길을 고정한 채 말했어요. "저 집은 내 거였을 테고, 너도 언제라도 와서 자고 가도 됐을 텐데."

"넌 이미 아빠가 있잖아."

그 애는 꽁초를 길에 툭툭 친 다음 먼 곳을 바라봤어요. 떨어진 재가 흩어져 인도 위에 오렌지빛 먼지로 변하더니 지글대며 꺼졌어요.

"그 인간은 잊어, 꼬맹아." 트레버가 저를 쳐다봤어요. 부드럽게. "그 인간은 그럴 가치가 없어."

"어떤 가치?"

"그냥 좀 넘겨, 인마. 아하! 꽉 막혔댔지!" 그러더니 외투 주머니에서 미니 스니커즈 초코바를 꺼냈어요. "틀림없이 지난 핼러윈 때부터 여기 있었을 거야."

"누가 그래? 내가 꽉 막혔다고."

"그 인간에게는 그만의 것이 있어, 알지?" 그 애가 스니커즈로 자기 머리를 가리켰어요. "술독에 빠졌다고."

"그래, 그런 것 같아." 청개구리들은 더 멀어지고, 작아진 것처럼 느껴졌어요.

모종의 침묵이 우리 사이에서 날카로워졌어요.

"야, 제발 그놈의 조용히 있는 것 좀 하지 마, 좀! 패그 짓 같잖아. 내 말은—" 좌절 섞인 한숨이 그 애에게서 빠져나왔어요. 그 애는 스니커즈를 베어 물었어요. "반 줄까?"

저는 대답의 의미로 입을 벌렸어요. 그 애가 제 혀 위에 엄지손가락 크기의 조각을 놓더니 손등으로 자기 입술을 훔치고 다른 곳을 보았어요.

"그만 내려가자." 제가 씹으면서 말했어요.

그 애는 뭔가 다른 얘기를 하려고 했어요. 치아가 달빛을 받아 회색 알약들 같았죠. 그러나 일어서더니 터덕터덕 자전거로 걸어갔어요. 저도 벌써 이슬에 젖어 있는 제 자전거를 일으켜 세웠는데, 그걸 본 게 그때였어요. 사실은 트레버가 먼저 보았고, 거의 무의식적으로 신음을 내뱉었죠. 저는 주위를 둘러보았고 우리 둘은 그저 각자의 자전거에 기댄 채 거기 서 있었어요.

그것은 하트퍼드였어요. 그것은 제가 그 도시가 소유하고 있으리라고는 한 번도 깨닫지 못한 힘으로 요동치고 있는 한 무리의 빛이었어요. 아마 그 모든 건 그 애의 숨결이 그때의 저에게 너무도 선명했기 때문이었던 것 같아요. 제가 그 애의 목과 폐, 기관지, 혈관에 있는 산소가 팽창한다고 상상했던 것, 그 산소가 나로서는 보지 못할 그 모든 곳을 통과해 왔을 거라 상상했던 것. 심지어 그 애가 가버린 지 오랜 뒤에도, 제가 계속 이 삶의 가장 기본적인 측정 기준으로 되돌아오는 건 그때의 느낌 때문인 것 같아요.

어쨌든 지금, 도시는 우리 앞에서 이상하고 희귀한 광채로 넘실대고 있어요. 마치 전혀 하나의 도시가 아니라, 우리 위에서 자신의 무기들을 날카롭게 갈아대고 있는 어떤 신이 만든 불꽃이었던 것처럼.

"씨발." 트레버가 낮게 중얼거렸어요. 주머니에 손을 넣더니 땅에다 침을 뱉었어요.

"씨발."

도시는 고동치며 희미하게 반짝거렸어요. 그때, 그로부터 번뜩 깨어나려고, 그 애가 말했어요. "좆까라, 코카콜라."

"그럼, 인생은 스프라이트지, 좆밥들아." 제가 덧붙였어요. 지금은 알고 있는 걸 모르고서 말이에요. 코카콜라와 스프라이트가 그놈의 똑같은 회사에서 만들어진다는 것. 우리가 누구든, 무엇을 사랑하든, 어디에 서 있든, 그 끝은 언제나 코카콜라라는 것.

6

트레버, 녹슨 픽업트럭과 무면허.

트레버 열여섯, 사슴 피로 얼룩진 블루진.

트레버, 너무 빠르고 성엔 안 차는.

트레버, 네가 끽끽대는 슈윈 자전거를 타고 지나갈 때면 진입로
에서 자신의 존 디어 캡을 흔들던.

트레버, 신입생 여자애를 손가락으로 애무한 다음 재미로 속옷
을 호수에 던져버리던.

여름을 위해. 너의 두 손은

젖어 있었고, 트레버란 이름은 밤에 시동을 거는 엔진 같은 이름이었기에. 누렇고 그곳에서는 희귀하던, 너와 같은 소년을 만나러 몰래 빠져나오던 아이. 트레버, 제 아빠의 밀밭을 80킬로미터로 내달리던. 감자튀김을 모조리 와퍼에 우겨넣고 두 발로 액셀을 밟으며 씹어 먹던 아이. 너는 눈을 감고, 산탄총을 탄 채, 밀은 노란 종이 꽃가루.

그 애의 코 위에 있던 주근깨 세 개.

소년이라는 문장에 찍힌 마침표 세 개.

트레버, 맥도날드보다는 버거킹. 왜냐하면 소고기의 스모크향이 **진짜 같은 느낌을 주니까.**

트레버, 눈을 감고 빨아들일 때면 흡입기 위에서 딸각이던 뻐드렁니.

트레버, **나는 해바라기가 제일 좋아. 저렇게 높이 자라니까.**

트레버, 목에 쉼표를 닮은 상처를 지닌, 다음의 다음의 다음에 오는 것에 대한 문법.

그렇게 높이 자라는데도 여전히 활짝 피어 있는 걸 상상해봐.

트레버, 한 번에 두 발씩 산탄총에 붉은 총알을 장전하던.

그건 어떤 면에서 용감한 모습 같다고 생각해. 이렇게 씨로 가득 찬 커다랗고 근사한 머리를 지녔는데 자신을 방어할 무기도 없잖아.

빗속을 겨누던 그 애의 단단하고 군살 없던 팔들.

그 애는 방아쇠의 검은 혀를 만지고 너는 그 손가락을 입으로 맛보았다고 맹세하지

그것이 당겨질 때. 트레버, 검은 흙 속에서 몸부림치던 날개 하나짜리 참새를 겨누고 그것을 거두던

무언가 새로운 것을 위해. 므언가, 단어처럼 타들어가는 어떤 것. 마치 새벽 3시

너의 창문을 두드리던 트레버처럼, 입에 칼날이 물려 있는 것을 보기 전까지는 미소를 짓고 있는 줄 알았던 아이. **이거 내가 만들었어, 너 주려고 말이야.** 그 애는 그렇게 말했지, 갑자기 네 손에 쥐

여준 칼. 트레버, 나중에는

회색빛 새벽, 너의 발치에. 팔에 얼굴을 묻고. 난 정말 싫어, 하고 말하던. 그 애의 헐떡임. 그 애의 흔들리던 머리칼. 그 흐릿함. 제발 난 아니라고 말해줘, 그 애는 주먹의 소리를 통해 말했지, **벗**(but) **벗 벗,** 이라는 단어처럼 퍽퍽 치면서. 그래서 너는 한 발짝 물러났지. **제발 나는 아니라고 말해줘, 하고 그 애는 말하고, 나는 패것이**

아니라고. 맞아? 내가? 너도?

사냥꾼 트레버. 육식동물 트레버, 레드넥,[*] 그러나

팬지도, 산탄총 사수도, 명사수도 아니고, 프루트나 페어리[**]도 아니었던. 트레버, 고기를 먹지만

송아지 고기는 안 먹던. **송아지는 절대. 좆나 싫어, 절대 다시는,** 그 애의 아빠가 일곱 살 때 그 이야기를 들려준 이후로, 식탁 위, 로즈메리를 곁들여 구운 송아지. 그것들이 어떻게 만들어졌는지. 어떻게 송아지 고기와 소고기의 차이가 어린아이인지. 송아지 고기는 소의

---

[*] 시골의 가난하고 보수적인 백인 계층을 멸시하는 표현.
[**] 팬지, 프루트, 페어리 모두 여성스러운 남자나 동성애자를 비하해 부르는 말.

아이들, 송아지들이지. 그것들은 몸만 한 크기의 상자에 갇혀 있어. 몸 상자, 관 같은, 그렇지만 집에서처럼 살아 있지. 아이들, 송아지 고기들, 그것들은 아주 조용히 서 있지, 왜냐하면 부드러움은, 세상이 얼마나 덜 건드리는지에 좌우되니까. 부드러움을 유지하려면, 네 인생의 무게를 뼈로 버티면 안 되니까.

우리는 부드러운 걸 먹는 걸 좋아하거든, 그 애의 아빠는 말했지, 똑바로

트레버의 눈을 들여다보며. 어린이는 절대 먹지 않게 된 트레버. 목에 쉼표 같은 상처가 있던 아이, 트레버. 지금 네가

입을 가져다 대는 그 쉼표. 두 개의 완전한 생각들과 주어 없는 두 개의 완벽한 몸뚱이들이 걸려 있는 보라색 갈고리. 오직 동사들만. 네가 "트레버"라고 말할 때, 그건 행동을 뜻하지, 소나무 가시가 박힌 빅 라이터 위의 엄지손가락, 햇빛에 탈색된 셰비의

후드에 닿던 그 애의 부츠 소리. 그 애 뒤쪽 트럭의 짐칸으로 끌려간 축축하게 살아 있는 것.

너의 트레버, 너의 검은 머리, 그러나 너를 트럭 안으로 끌어당기는 금빛 털에, 먼지 묻은 팔의 '남자아이'. 네가 "트레버"라고 말

할 때, 그건 네가 사냥감이라는 뜻이지, 그 애가 거부할 수 없는 하나의 상처, 왜냐하면 **그게 핵심이니까, 베이비. 그게 진짜니까.**

그리고 너는 진짜이기를 원했지, 그저 떠오르기 위해 너를 **빠트**리는 무언가에 의해 삼켜지기를, 입을 가득 채우며. 그것이 바로 입맞춤.

그건 아무것도 아니지

네가 잊는다면.

네 목구멍에 자기 혀를 넣고, 트레버는 너를 대신해 말하지. 그 애는 말하고 너는 어두워지고, 그 애의 손에서 꺼져가는 손전등. 그래서 그 애는 밝기를 유지하려고 네 머리를 두드리지. 어두운 숲에서 자기 길을 찾으려고 너를 이리저리 돌려보지.

어두운 단어들—

그것들은 한계를 지니고 있지, 몸처럼. 관 같은 집에서

기다리고 있는 송아지처럼. 창문은 없고, 그저 산소가 통하는 틈만. 숨을 들이쉬며 가을밤에 대고 누른 분홍색 코. 베인 풀들의

비릿한 악취, 타르와 자갈길, 모닥불 속 잎들의 거친 단내, 그 몇 분, 그 거리, 저 들판 너머 그 어미의 세속적인 똥거름.

클로버. 사사프라스. 미송. 스코틀랜드 머틀.

소년. 윤활유. 몸, 몸은 가득 채우지. 그리고 네 갈증은 그것을 담고 있던 것에서 흘러넘치고. 그리고 너의 폐허, 너는 그것이 그 애에게 영양분을 줄 거라 생각했지. 그 애가 마음껏 먹고, 네가 그 안에 숨을 수 있는 짐승으로 자라날 거라고.

그러나 모든 상자는 제때에 열리리, 언어 안에서. 끊어진 행

마치 트레버처럼, 너의 얼굴을 너무 길게 들여다보던 아이, 이렇게 말하면서, **나는 어디 있지? 나는 지금 어디 있지?**

왜냐하면 그때는 네 입안에 피가 있었으니까.

그때는 트럭이 석양 무렵의 떡갈나무에 박살이 났고, 후드에선 연기가 났지. 트레버, 보드카 입김에 얇은 두개골의 그 애는 이렇게 말했고. **기분 좋은데.** 또 이렇게 말했지. **아무 데도 가지 마**

해가 나무들 속으로 미끄러질 때. 이거 느낌 좋지 않아? 창문들

이, 감은 눈을 통해 보고 있는 누군가처럼 붉어질 때.

트레버, 두 달의 침묵 끝에 네게 문자를 보냈던 아이—

'부탁' 대신 '부탁할게'라고 쓰여 있었지.

트레버, 집과 그 미친 꼰대로부터 달아나고 있던 아이. **저리 꺼져 버리고 있던 아이.** 푹 젖은 리바이스. 그 애는 공원으로 달아났고, 왜냐하면 열여섯 살에는 달리 갈 데가 없으니까.

빗속, 하마 모양의 철 미끄럼틀 아래에 있는 것을 네가 찾아냈던 아이. 넌 그 애의 꽁꽁 언 부츠를 벗긴 다음 덮어주었지, 하나하나, 더러워지고 차가워진 발가락을, 너의 입으로. 네가 작고, 떨고 있었을 때 너희 엄마가 해주셨던 것처럼.

왜냐하면 그 애는 떨고 있었으니까. 너의 트레버. 너의 무척이나 미국적인 소고기, 하지만 송아지 고기는 아닌. 너의 존 디어. 그 턱의 비취색 정맥. 네가 네 이로 더듬곤 하는 잠잠해진 번개.

왜냐하면 그 애에게서는 강 같은 맛이 났고 아마 너는 가라앉기 일보 직전이었으니까.

왜냐하면 송아지는 자신의 우리에서 아주 조용히 기다리니까

송아지 고기가 되려고.

왜냐하면 너는 기억했고

기억이란 두 번째 기회니까.

미끄럼틀 밑에 누워 있는 너희 둘. 말 없는 두 개의 쉼표, 마침내, 둘을 떼어놓았던.

너, 엄마의 몸을 떠나는 아들들처럼 여름의 전복된 차에서 기어 나왔던 너.

상자 속에서 기다리는 송아지. 자궁보다 비좁은 상자. 비가 내리고, 몹시 흥분한 엔진처럼 금속 위를 두드리는 그 소리. 보랏빛 공기 속에 서 있는 밤, 송아지는

안에서 발을 끌고, 지우개처럼 부드러운 발굽들, 목에서 계속 딸랑이는

종. 그것을 향해 커져오는 한 사람의 그림자. 그가 쥔 열쇠들, 문

의 쉼표들. 트레버의 가슴에 놓인 너의 머리. 줄에 끌려가고 있는 송아지, 그것이 어떻게 들이쉬기를

멈추었는지, 혼미한 사사프라스에 고동치는 코. 트레버는 네 곁에

잠들어 있고. 안정된 숨결. 비. 온기가 그 애의 격자무늬 셔츠를 통해 송아지의 널빤지들에서 피어오르는 김처럼 부풀 때, 너는 별이 흐드러진 들판 너머의 종소리에 귀를 기울이지, 칼처럼 번뜩이는

그 소리에. 트레버의 가슴 깊이 묻혀 있었고 네가 귀를 기울이는 그 소리.

그 종소리. 너는 귀를 기울이지

말하는 법을 배우는 동물처럼.

3부

1

저는 뉴욕발 열차를 타고 있어요. 창문에는 제 얼굴이, 절 놓아주지 않은 채 바람 부는 동네들 위로 떠 있고요. 암트랙 열차는 풍경들을 휙 긋듯이 지나쳐요. 칠이 벗어진 자동차와 잔뜩 녹이 슨 농업용 트랙터들로 들어찬 부지들, 뒷마당마다 썩은 장작더미들이 반복적으로 보여요, 곤죽이 되어 얼기설기 쳐진 철조망 틈으로 밀려들다 그 자리에서 굳어버린 기름투성이 둔덕들. 창고를 지나 그래피티가 그려진 창고를 지나면, 하얗게 칠한 창고, 그리고 다시 그래피티가 그려진 창고, 창들은 박살 난 지 너무 오래되어 더 이상 유리로 땅바닥을 어지를 일도 없고, 그 안을 들여다볼 수 있어, 흘끗 보면 안쪽의 텅 빈 어둠 너머로 벽이 있던 자리에 하늘이 보이기도 해요. 또 그곳, 브리지포트를 지나자마자 나오는 곳에는 널빤지 한 장짜리 건물이 축구장 두 개 넓이의 주차장 한가운데에 놓인 채, 닳고 닳은 현관으로 노란 선들이 곧장 이어져 있어요.

기차는 그 모든 것을 지나 마구 달려요. 제가 이 동네들을 알게 된 것은 저를 포함해, 오직 그 동네를 떠나온 것들을 통해서죠. 온통 구름으로 뒤덮인 오후, 코네티컷강 위의 빛이 가장 밝은 빛이에요. 제가 이 열차를 타고 있는 것은 하트퍼드로 돌아가고 있기 때문이에요.

저는 휴대폰을 꺼내요. 그리고 딱 예상했던 대로, 일제사격 같은 문자들이 화면을 가득 채워요.

트레브 소식 들었어?

페북 봐봐

트레버에 대한 거니까 전화 좀 받아봐

젠장 이거 끔찍하다 원하면 연락해

방금 봤어 젠장

확인 겸 애슐리에게 연락해볼게

너 괜찮은지나 좀 알려줘

조문은 일요일에 가능하대

이번엔 트레브야? 내 이럴 줄 알았어

아무 이유 없이, 그 애에게 문자를 보내요. **트레버 미안해 돌아와.** 그리고 그 애가 대답이라도 할까 봐 두려워 휴대폰을 꺼요.

하트퍼드 유니온 역에 내렸을 때는 이미 밤이에요. 사람들이 가랑비를 뚫고 허겁지겁 택시에 올라타는 동안, 저는 번들번들한 주차장에 서 있어요. 트레버를 처음 만났던 때, 그러니까 헛간과 라디오 잡음이 섞인 패트리어츠 경기와 먼지 낀 나무 바닥 위의 군용 철모로부터 5년 3개월이 흐른 것이죠. 저는 혼자 정류장 지붕 밑에서, 강 건너편, 트레버 자신을 뺀 트레버의 모든 것을 품고 있을 동네로 저를 데려다줄 버스를 기다려요.

아무에게도 온다고 얘기하지 않았어요. 휴대폰으로 트레버의 페이스북 계정에 업데이트된, 그 애의 아빠가 올린 내용을 보았을 때 저는 브루클린의 시립대학에서 이탈리아계 미국 문학 수업을 듣고 있었어요. 트레버가 숨진 것은 전날 밤이었고요. 메시지에는 '나는 둘로 갈라졌다'라고 쓰여 있었어요. 갈라졌다, 그것이 자리에 앉아 유지할 수 있던 유일한 생각이었어요. 한 사람을 잃는 것이 우리를, 살아 있는 이들을 더 늘어나도록, 두 사람으로 만들 수 있다는 것.

저는 가방을 챙겨 수업을 빠져나왔어요. 피에트로 디 도나토가 쓴 《콘크리트 속 예수》의 한 단락을 다루고 있던 교수는 강의를 멈추고, 설명을 기다리며 저를 쳐다보았어요. 아무 설명이 없자 강의는 이어졌고, 교수의 목소리가 건물을 빠져나오는 내내 저의 뒤를 따라왔어요. 저는 이스트사이드를 따라 내내 시 외곽을 걸었고 6호선을 따라 그랜드센트럴까지 갔어요.

갈라섰다. 그래요, 그쪽이 더 어울리겠네요. **이제 우린 둘로 갈라섰다,** 처럼.

———

불빛들 때문인지 버스가 비에 젖은 거리를 활공하는 치과 진료실 같은 느낌이 들어요. 제 뒤의 여자 승객은 아이티 방언이 섞인 프랑스어로 왁자지껄 떠들며 간간이 기침을 하고 있고, 남편인지 형제인지 옆에 있는 남자는 가끔씩 "응, 응"이나 "그렇지, 그렇지" 말고는 거의 말이 없어요. 고속도로 위로 10월의 나무들이 흐릿하게 지나가고, 그 가지들이 보랏빛 하늘을 갈퀴처럼 긁고 있어요. 그 사이사이에는, 소리 없는 동네의 가로등들이 안개 속에 걸려 있고요. 우리는 다리 하나를 건너고, 도로변의 주유소 한 곳이 제 머리에 네온의 강렬함을 남겨요.

버스 안이 다시 어두워지자, 저는 무릎을 내려다보고 그 애의 목소리를 들어요. **가면 안 돼.** 위를 흘끗 보니 그 애의 트럭 천장을 덮고 있던 천이 벗겨져 있는 것과 찢어진 틈으로 노란 스티로폼이 삐져나와 있는 게 보여요. 저는 다시 보조석으로 돌아와 있어요. 8월 중순이고, 우리는 웨더스필드에 있는 간이식당, 타운라인다이너 바깥에 차를 대고 있어요. 주위의 분위기는 검붉은빛인데, 어쩌면 그건 그 애에 대한 제 기억 속에 재현된 모든 저녁이 등장하는 방식인지도 모르죠. 강요된 방식.

"가면 안 돼." 그 애가 주차장 건너편을 보면서 말해요. 얼굴에는 히브런의 펜조일 주유소에서 교대 근무를 하느라 묻은 윤활유가 얼룩져 있어요. 그러나 우리는 둘 다 제가 떠날 거라는 것을 알죠. 제가 뉴욕으로 가, 대학에 갈 거라는 것을요. 만남의 전체적인 취지는 작별 인사를 하는 것이었지만, 사실은 사람들이 으레 그렇게 하듯 그냥 직접 만나, 가까이에서 인사를 하려던 것이었어요.

그 애는 "오랜 추억을 위해" 식당에 와플을 먹으러 가야 한다고 했어요. 그러나 그곳에 도착하자 둘 중 아무도 움직이지 않아요. 식당 안쪽에는 트럭 운전사 한 명이 혼자 계란 한 접시를 놓고 앉아 있어요. 다른 쪽에는 중년 커플이 부스 안에서 특대 샌드위치 위로 팔을 움직이며 웃고 있고요. 그 두 테이블 사이로 웨이터 한 명이 굽어보고 있어요. 비가 오기 시작하자, 유리창이 사람들을 일그러뜨리고, 인상주의 그림처럼 그들의 색조와 색깔만이 남아요.

"겁내지 말고." 그 애의 목소리가 들려요. 트레버는 식당 안에서 빛나고 있는 사람들을 보고 있어요. 그 목소리에 담긴 다정함이 저를 좌석과, 비에 씻겨 내려간 동네에 붙들어두어요. "넌 똑똑하잖아. 너라면 뉴욕에 가도 싹 다 해치워버릴 거야." 그 애의 목소리는 다 마치지 않은 것처럼 들려요. 그리고 그제야 저는 트레버가 약에 취해 있다는 걸 알아차려요. 팔뚝에 나 있는 멍들을 본 것도 그때예요. 바늘이 찾아다닌 혈관들 근처가 둥글게 부은 채 시커멓게 변해 있어요.

"알았어." 저는 웨이트리스가 트럭 운전사의 커피를 데워주려고 일어설 때, 그렇게 대답해요. "알았어, 트레버." 마치 어떤 임무에 동의하듯.

"저 사람들은 좆나 나이가 들었는데도 아직 노력하고 있네." 트레버가 피식 웃어요.

"누구?" 저는 그 애를 쳐다봐요.

"저기 저 결혼한 커플. 아직도 행복하려고 애를 쓰잖아." 그 애의 말투는 풀려 있고, 눈은 싱크대의 물처럼 잿빛이에요.

"이렇게 지옥같이 비가 오는데, 저기서 뭘 좀 해보겠다고 눅눅한 루벤 샌드위치를 먹고 있는 것 좀 봐." 트레버는 빈 컵에 침을 뱉더니, 지친 듯이 짧게 빙그레 웃어요. "내 저 인간들, 계속 같은 샌드위치만 먹어왔다는 데 건다."

저는 미소를 지어요. 아무 이유 없이.

그 애가 자리에 풀썩 기대더니, 머리를 한쪽으로 기울도록 내버려둔 채, 이리 와, 하는 웃음을 씩 지어 보여요. 그리고 자기 리바이스 위로 버클을 더듬기 시작해요.

"이봐, 트레브. 너 취했어. 하지 말자, 응?"

"난 네가 트레브라고 부르는 게 싫었어." 그 애가 손을 내려놓자, 손들은 뿌리내리지 못한 뿌리들처럼 무릎 위에 놓여 있어요. "너 내가 아주 맛이 갔다고 생각하는 거지?"

"아니." 저는 딴 곳을 보며 중얼거려요. 창에 이마를 대고 누르고 있으니, 거기 비친 제 모습이 주차장 위에 떠 있고, 그 사이로 비가 내리고 있어요. "난, 넌 그냥 너라고 생각해."

그것이 그 애를 보는 마지막이 되리라는 것은 몰랐어요. 트레버의 목에 난 상처는 식당의 네온 간판 때문에 푸르스름하게 빛나고 있었죠. 그 작은 쉼표를 다시 본다는 것, 제 입을 거기에 대고, 제 그림자로 상처를 넓힌다는 것. 결국엔 어떠한 상처도 보이지 않고, 그저 제 입술로 봉한 커다랗고 똑같은 크기의 어둠만 남을 때까지. 입이 꽤 자연스럽게 만들어낸 마침표에 의해 포개어진, 쉼표 하나. 그거야말로 세상에서 가장 슬픈 것 같지 않아요, 엄마? 억지로 마침표가 된 쉼표 말이에요.

"헬로." 그 애가 고개를 돌리지 않은 채로 말해요. 우리는 우리가 만난 직후에 그렇게 인사하기로 했었어요. 이미 친구들이 약물과용으로 죽어가고 있으니, 서로에게 절대 '잘 가' 혹은 '잘 자'라고 인사하지 않기로 말이죠.

"헬로, 트레버." 저는 그 인사를 간직하려고 손목에 대고 중얼거려요. 엔진이 거칠게 소리를 내며 시동이 걸리자, 뒤에서 그 여자가 기침을 해요. 저는 다시 버스 안에서, 제 앞좌석의 파란 그물 시트를 바라보고 있어요.

———

메인 스트리트에 내리자마자 저는 곧장 트레버네 집으로 향해요. 저는 마치 저 자신에게 늦은 듯, 저 자신을 따라잡고 있는 듯이 움직여요. 그러나 트레버는, 더 이상 목적지가 아니죠.

죽은 친구의 집에 말도 안 하고 나타나는 것이 불필요한 일이라는 것, 비통함에 넋이 나간 부모의 인사를 받을 뿐이라는 걸 너무 늦게 깨달은 저는 계속 걸어요. 해리스 스트리트와 매그놀리아 스트리트가 만나는 모퉁이에 도착해서는 습관적으로, 아니면 뭔가에 홀려서, 공원 안으로 방향을 틀고요. 세 곳의 야구장을 가로지르는 동안 부츠 밑으로 땅이 퀴퀴하고 싱싱하게 솟아 있어요. 제 머리와 얼굴, 셔츠의 옷깃에 젖는 비. 저는 서둘러 공원 반대편으로 가, 그쪽 길을 따라 막다른 골목으로 가요. 거기에는 집이 있는데 어찌나 회색빛인지, 비가 그 테두리를 지워 날씨에 섞어들게 하며, 거의 차지하다시피 하고 있어요.

저는 현관 계단에서 가방 속 열쇠를 꺼내어 거칠게 문을 열어요. 자정이 다 된 시간. 집이, 옷들에서 나는 달콤한 머스크 향과 뒤섞인 온기 한 자락을 저에게 보내와요. 모든 게 고요해요. 거실 텔레비전은 소리를 죽인 채로 켜져 있고, 그 푸른빛이 텅 빈 소파와 그 위의 반쯤 먹고 남은 땅콩 봉투 위에 흐르고 있어요. 텔레비전을 끄고 계단을 올라가 방으로 향해요. 문이 살짝 열려 있고, 조개 모양 갓이 달린 취침등의 불빛이 보여요. 문을 밀어요. 엄마가 누워 계시는데, 침대가 아니라 담요들을 접어 만든 바닥의 매트 위에 누워 계셔요. 네일숍 일을 하는 동안 너무 악화된 채로 등을 방치한 바람에, 이제 부드러운 침대로는 밤에 엄마의 관절들을 제자리에 잡아둘 수 없게 된 거예요.

매트 위의 엄마에게로 기어가요. 머리칼에 모인 비가 엄마의 흰 시트에 떨어져 얼룩져요. 침대를 본 채, 등을 엄마의 등과 마주 보게 하고 누워요. 엄마가 깜짝 놀라 일어나세요.

"뭐야? 뭐 하는 거니? 세상에, 다 젖었잖아…… 옷이. 리틀 독…… 뭐야? 무슨 일이니?" 엄마는 일어나 앉아 품 안으로 제 얼굴을 당기세요. "무슨 일이 있었던 거니?" 저는 고개를 저으며 바보처럼 씩 웃어요.

엄마는 대답을 얻으려고, 상처라도 없나 보려고, 주머니 안과 셔츠 밑을 뒤지며 제 몸을 수색하세요.

그러다 천천히, 도로 자리에 누우세요. 우리 사이의 공간이 창유리처럼 얇고 추워요. 저는 시선을 피해요. 비록 제가 가장 원하는 것이 엄마에게 모든 것을 털어놓는 것이라 해도요.

바로 이때예요. 엄마 옆에서, 우리가 절대 할 수 없는 일을 해내는 단어들에게 질투가 난 것이. 단어들은 어떻게 그렇게 그냥 조용히 서서, 단순히 '존재함으로써' 자신의 전부를 말할 수 있는 걸까요. 상상해보세요. 제가 엄마 옆에 눕는 것만으로 제 몸 전체, 세포 하나하나가 명쾌한 단 하나의 뜻을 방출할 수 있다고요. 작가로서가 아니라 엄마 옆에 인쇄된 한 단어로서 말이죠.

언젠가 트레버가 얘기해주었던 단어가 하나 있는데, 한국전쟁 동안 하와이에서 해군으로 복무한 버포드 씨에게서 배웠던 단어래요. '키푸카.' 용암이 산비탈을 흘러내린 뒤에도 해를 입지 않고 살아남은 땅 한 조각, 가장 작은 묵시록에서 살아남은 것들로 형성된 섬 하나. 용암이 산비탈의 이끼를 그을리며 내려오기 전까지만 해도 그 땅 한 조각은 별로 중요하지도 않았고, 그저 끝없는 녹색 덩어리의 한 단편에 불과했대요. 오로지 견뎌냄으로써 그 땅은 그 이름을 얻게 된 거죠. 엄마와 매트에 누워 있으면 저는 우리가 우리 자신의 키푸카, 우리 자신의 결과물로, 눈에 보여지길 바랄 수밖에 없어요. 그러나 저는 더 잘 알죠.

엄마가 제 목에 끈끈한 손을 얹으세요. 라벤더 로션. 밖에서는 비가 집 둘레의 홈통을 두드리고 있고요. "뭐니, 리틀독? 나한테 말해도 돼. 자, 어서, 괜히 겁이 나는구나."

"그 애가 미워요, 엄마." 저는 영어로 속삭여요. 영어가 엄마를 저에게서 차단해버린다는 것을 알면서도요. "그 애가 미워요. 그 애가 밉다고요." 그리고 울기 시작해요.

"제발, 난 네 말을 모르잖니. 뭐라는 거니?"

저는 손을 뒤로 내밀어, 엄마의 손가락 두 개를 꼭 쥔 다음, 제 얼굴을 침대 밑의 어두운 틈에다 눌러요. 저쪽 끝, 벽 근처, 너무 깊숙해 누구의 손도 닿지 않는 빈 물병 옆에, 구겨지고 먼지를 뒤집어쓴 양말 한 짝이 있어요. 헬로.

2

사랑하는 엄마,

다시 써볼게요.

제가 이 글을 쓰는 이유는 늦은 시간이어서예요.

왜냐하면 지금은 목요일 밤 9시 52분이고, 엄마는 분명 마감 근무 후 집으로 걸어오고 계실 테니까요.

저는 전쟁 중이라, 엄마와 함께 있지 않아요. 그건, 벌써 2월이고 "대통령이 제 친구들을 강제 추방하고 싶어 해요"라고 말하는 한 가지 방법이죠. 설명하기가 힘들어요.

오랜만에 처음으로, 저는 천국을 믿어보려고 하고 있어요. 우리가 이 모든 게 지나간 폭발한 뒤 함께할 수 있는 곳 말이죠.

사람들은 말해요, 눈송이 하나하나가 다르다고. 그러나 눈보라는 우리를 똑같이 뒤덮어버려요. 노르웨이에 있는 친구 한 명이 어느 화가 이야기를 해주었는데, 그는 딱 맞는 녹색을 찾으러 폭풍 속으로 나갔다가 돌아오지 않았대요.

제가 이 글을 쓰고 있는 이유는 떠나고 있는 사람이 아니라, 돌아오고 있는 사람이기 때문이에요. 빈손으로.

———

언젠가 엄마가 작가가 된다는 게 무슨 의미인지 물으셨지요. 그래서 시작해볼게요.

제 친구 일곱 명이 죽었어요. 그중 네 명이 약물과용이었고요. 아니 다섯 명, 불량 펜타닐 1호분 때문에 시속 145킬로미터까지 밟다 닛산을 뒤집어버린 사비에르까지 센다면요.

저는 더 이상 제 생일을 기념하지 않아요.

저와 함께 우리 집까지 먼 길을 가보아요. 월넛에서 왼쪽으로 돌면, 제가 (담배 농장 일을 끝낸 뒤인) 열일곱 살 때 1년간 일했던 보스턴 마켓이 보이실 거예요. 그곳의 복음주의자 사장—콧구멍이 어찌나 크던지 점심으로 나온 비스킷 부스러기들이 그 속에 끼어 있던 사람—은 우리에게 전혀 휴식시간을 주지 않았어요. 일곱 시간의 교대 근무로 배가 고팠던 나머지 저는 청소함을 닫아걸고, 검은 표준규격 앞치마에 슬쩍해 온 옥수수빵으로 제 입을 채우곤 했죠.

트레버는 저를 만나기 1년 전, 숲에서 경주용 바이크를 타고 점프를 하다 발목을 부러뜨려 옥시콘틴을 처방받았어요. 그 애는 열다섯 살이었어요.

옥시콘틴. 1996년 퍼듀파마 사에서 처음으로 대량 생산한 이 약은 마약성 진통제로, 본질적으로 알약 형태의 헤로인이라고 할 만해요.

저는 '방대한 작품'을 쌓아올리고 싶은 적은 없었지만, 이것들, 숨을 쉬고 있고 잘 설명되지 않는 우리의 몸들이, 작품 안에 보존되길 원했어요.

받아들이든지 말든지. 몸, 말이에요.

해리스 스트리트에서 왼쪽으로 돌면, 그해 여름에 번개로 타버린 집이 있는데, 남은 거라고는 철조망이 쳐진 맨땅밖에 없어요.

가장 진정한 폐허는 기록되지 않죠. 할머니가 고꽁에서 알고 지냈던 소녀, 타버린 군용 지프의 타이어를 잘라 샌들을 만들어 신었다는 그 소녀는 전쟁이 끝나기 3주 전, 공습으로 지워져버렸어요. 그 소녀는 아무도 손으로 가리킬 수 없는 폐허예요. 위치가 없는 폐허, 마치 언어처럼.

한 달간 옥시를 복용한 뒤 트레버의 발목은 회복되었지만, 그애는 완전히 중독된 상태였어요.

———

우리의 세계처럼 무수한 하나의 세계에서, 본다는 것은 꽤나 이상한 행위예요. 무언가를 바라본다는 것은 인생 전체를 짧게나마 그것으로 채우는 일이죠. 열네 번째 생일이 지난 어느 날 저는 숲에 버려진 스쿨버스 좌석 틈에 웅크린 채, 제 인생을 한 줄의 코카인으로 채웠어요. '나(I)'라는 흰 글자가 좌석의 벗어진 가죽 위에서 빛났어요. 제 안에서 그 '나'는 잭나이프로 변했고요. 그리고 무언가가 찢어졌어요. 토할 것 같았지만 너무 늦었죠. 몇 분 안에, 저는 더 확장된 저 자신이 되어 있었어요. 다시 말해 저의 괴물 같은 부분이 몹시 커지고 친숙해져, 그것을 원할 수도 있었어요. 그것에 입 맞출 수 있었고요.

진실은, 우리 누구도 충분히 충분치 않다는 거예요. 그러나 엄마는 이미 알고 계시죠.

진실은, 제가 이곳에, 머물 만한 어떤 이유를 기대하며 왔다는 거예요.

가끔 그 이유들은 작은 것들이에요. 엄마가 스파게티를 "바게디"라 발음하는 방식처럼.

계절의 후반부예요. 그 말은 국립은행을 따라 활짝 핀 겨울 장미들이, 자살 노트들이라는 뜻이고요.

그걸 받아 적으세요.

사람들은 그 무엇도 영원히 지속되는 건 없다지만, 사람들은 그저 그 무엇이, 자신들이 그것들을 사랑할 수 있는 시간보다 더 오래 지속될까 봐 두려워하는 거예요.

거기 계세요? 아직 걷고 계세요?

그 무엇도 영원히 지속되는 건 없다고 사람들은 말하지만, 저는 멸종 위기에 처한 한 종의 목소리로 엄마에게 쓰고 있어요.

진실은, 저는 그들이 우리를 '이해'하기 전에 해할까 걱정된다는 것이에요.

어디가 아픈지 말씀해주세요. 제 말을 믿으셔도 돼요.

———

오래전 하트퍼드에서 저는 혼자 밤거리를 돌아다니곤 했어요. 잠이 안 오면, 옷을 입고 창문을 통해 빠져나왔죠. 그리고 그냥 걸어 다녔어요.

가끔 어떤 밤이면, 쓰레기봉투 뒤쪽의 보이지 않는 동물이 발을 끄는 소리라든지 머리 위로 강풍이 불며 예기치 않게 잎들이 우수수 떨어지는 소리, 어딘가에서 보이지 않는 단풍나무의 가지들이 긁히는 소리가 들리기도 했어요. 그러나 대부분은 그저 방금 내린 비에 김이 피어오르는 인도 위의 제 발소리나 10년은 된 타르의 냄새, 별 몇 개가 뜬 밤하늘 밑 야구장의 흙과 고속도로 중앙분리대 위에서 제 반스 밑창에 부드럽게 스치던 풀들뿐이었죠.

그러나 어느 날 밤에는 뭔가 다른 소리를 들었어요.

거리와 같은 높이인 어느 아파트 1층의 불 꺼진 창에서 들려오던 남자의 아라비아어 목소리. 저는 '알라'라는 단어를 알아들었어요. 목소리가 높이 울리도록 내는 음으로 그게 기도라는 것을 알았는데, 마치 혀라는 것이 그런 한 단어를 바칠 수 있는 가장 작은 팔인 것 같았어요. 저는 모퉁이에 앉아 곧 다가올 거라는 걸 아는 부드러운 덜컹 소리를 기다리며, 그 단어가 그의 머리 위에 떠 있는 상상을 했죠. 저는 그 단어가 기요틴의 나사처럼 떨어지길 바랐지만, 떨어지지 않았어요. 목소리는 점점 더 높이 올라갔고, 제 손은 음조가 변할 때마다 점점 더 분홍빛으로 변했어요. 저는 제 피부색이 강렬해지는 걸 지켜보다가 마침내 위를 올려다보았어요. 해가 뜨고 있었죠. 기도는 끝났고요. 저는 피처럼 흥건한 빛 속에서 환하게 밝아졌어요.

살라트 알-파즈르. 동트기 전의 기도. 예언자 마호메트가 그랬대요. "누구든 신자 중에 새벽 기도를 올린다면, 그것은 밤새 기도한 것이나 마찬가지다."

저는 그렇게 목적 없이 걷던 밤마다 제가 기도를 하고 있던 거라고 믿고 싶어요. 무엇을 위해서였는지는 지금도 잘 모르겠지만요. 그러나 저는 언제나 그것이 제 바로 앞에 있다고 느꼈어요. 제가 충분히 멀리, 충분히 오래 걷는다면, 그것을 발견하게 될 거라고, 어쩌면 그것을 떠받들게 될 거라고. 그 말 끝에 있는 혀처럼.

애초에 화학요법을 받는 암 환자용 진통제로 개발되었던 옥시콘 틴은 그 복제약들과 더불어 곧 모든 종류의 통증에 처방되었어요. 관절염, 근육 경련, 편두통.

트레버는 〈쇼생크 탈출〉과 즐리랜처 캔디, 게임 '콜 오브 듀티', 그의 외눈박이 보더콜리인 맨디를 좋아했어요. 트레버는 천식 발작 후 웅크리고 신음 소리를 내며 "내 생각에, 그냥 안 보이는 자지가 내 목구멍을 깊이 쑤시는 것 같아"라고 말했어요. 우리는 마치 12월이 아닌 듯, 주삿바늘 교체 후 집으로 오다 비를 만나 고속도로 고가 밑에서 기다리고 있는 사람들이 아닌 듯 웃음을 터뜨렸죠. 트레버는 이름을 지니고 있었고, 의학요법을 공부하러 지방대학에 가고 싶어 했던 소년이었어요. 트레버는 죽을 때 자기 방에 혼자 있었고, 레드 제플린 포스터들에 둘러싸여 있었어요. 트레버는 스물둘이었어요. 트레버는.

공식적인 사인은, 나중에 알게 되었는데, 소량의 펜타닐을 섞은 헤로인 과용이었대요.

언젠가 글쓰기 모임에서, 한 백인 남자가 예술을 위해 파괴가 필요한지를 물었어요. 그 질문은 진심 어린 것이었고요. 앞으로 몸을 내민 그의 파란 눈은 금실로 "Nam Vet 4 Life"*라고 새긴 모자 밑에서 씰룩거렸고, 옆에는 산소 탱크가 쉬이 소리를 내며 그의 코와 연결되어 있었어요. 저는 베트남전쟁 참전 용사인 백인들을 볼 때면 항상 그랬듯이, 어쩌면 그가 제 할아버지일지도 모른다고 잠시 생각하다가, 아니라고 대답했어요. "아니요, 선생님, 파괴가 예술에 꼭 필요한 것은 아니에요." 제가 그렇게 대답한 것은 확신이 있어서가 아니라, 그렇게 대답해야 제가 그걸 믿는 데 도움이 될 거라고 생각해서였어요.

그런데 왜 창조성을 위한 언어는 재생의 언어가 될 수 없는 거죠?

자네가 그 시를 아주 죽여놨어, 하고 우리는 말해요. 자네는 킬러야. 자네가 그 소설에 총을 연발로 쏴대며 들어왔어. 나는 이 문장들을 망치질하는 중이야, 문장들을 타다닥 쳐 넣고 있어, 하고 말해요. 그 워크숍을 내 걸로 만들어버렸어. 내가 문을 내려버렸지. 내가 그들을 박살 내버렸다고. 우리가 그 대회를 산산조각 냈지. 저는 뮤즈와 레슬링을 하는 중입니다.

주(州), 사람들이 사는 그곳은 초접전 주**라고 불리죠. 주요 고객은 표적 고객이고요. "잘했어, 친구." 언젠가 파티에서 한 사람이 저에게 그렇게 말하더군요. "자네는 시로 살인을 저지르고 있어.

---

* 베트남전쟁 참전 용사의 복지를 돕는 구호.
** 미국 선거 때 민주당과 공화당의 득표율이 막상막하인 주.

아주 죽도록 때려눕히고 있다고.'

———

어느 날 오후, 란 할머니와 텔레비전을 보던 중, 우리는 버펄로 한 떼가 일렬종대로 달려가 절벽에서 뛰어내리는 것을 봤어요. 돌진하는 소들 전체가 총천연색으로 산에서 굉음을 내며 떨어지는 장면. "왜 저 소들이 저렇게 자살하는 거니?" 할머니가 입을 멍하니 벌리고 물어보셨어요. 여느 때처럼 저는 즉석에서 뭔가를 지어냈고요. "소들이 일부러 그러는 건 아니에요, 할머니. 그냥 가족을 따라가고 있는 거죠. 그래서 그래요. 소들은 저게 절벽이라는 걸 모르거든요."

"그럼 아마 정지 표지판이라도 있어야겠구나."

우리 블록에는 정지 표지판이 많았어요. 그것들이 거기 항상 있었던 건 아니에요. 같은 거리에 마샤라는 이름의 여자가 있었죠. 조금 비만이었고, 죽은 목장주의 부인 같은 머리 스타일을 하고 있었는데, 부풀린 뱅헤어에 일종의 멀릿 스타일이었어요. 아픈 다리를 끌고 집집이 돌아다니며 동네에 정지 표지판들을 세우자는 탄원서에 서명을 받곤 했어요. 그분이 현관에서 엄마에게 그랬었어요. 자신은 아들이 둘 있다며, 모든 아이가 안전하게 놀 수 있길 바란다고요.

그 아들들이 케빈과 카일이었어요. 저보다 두 살 위였던 케빈은 헤로인에 중독되었어요. 5년 뒤 동생 카일도 중독되었고요. 그 일들이 있은 후 마샤는 그분의 자매와 코번트리에 있는 이동식 주택 단지로 이사했어요. 정지 표지판들은 남아 있고요.

진실은, 우리가 죽고 싶어 하지 않으면 죽을 필요가 없다는 거예요.

그냥 농담이에요.

———

그날 아침 기억나세요? 밤새 눈이 온 다음 날 우리 집 현관문에 빨간 스프레이로 "FAG4LIFE"●라고 낙서가 된 걸 발견했었잖아요.

고드름에 햇살이 비쳤고, 모든 게 근사해 보였지만 막 깨지려 하고 있었어요.

● '평생 게이로 살아라' 정도의 의미.

"뭐라고 쓴 거니?" 엄마가 겉옷도 안 입은 채 덜덜 떨며 물으셨어요. "'메리크리스마스'라네요, 엄마." 저는 손으로 가리키며 그랬어요. "보이세요? 그래서 빨갛게 쓴 거예요. 행운을 빌려고요."

사람들은 중독이 조울증과 연결되어 있을지 모른다고 해요. 뇌에서 일어나는 화학작용이라고요. 제게도 안 좋은 화학물질이 있어요, 엄마. 정확히 말하면 그런 화학물질이 충분히 없는 상태지요. 그들에게는 이런 경우를 위한 알약이 있어요. 그들에게는 산업이 있죠. 그들은 수백만 개를 생산해내요. 슬픔으로 부를 쌓는 이들을 아세요? 저는 미국적인 슬픔의 백만장자를 만나고 싶어요. 직접 눈을 들여다보고 악수를 하며, 그렇게 말하고 싶어요. "조국을 위해 복무하게 되어 영광이었습니다."

문제는 뭐냐 하면, 제가 저의 행복이 타자화되기를 원치 않는 만큼이나 제 슬픔 역시 타자화되기를 원치 않는다는 거예요. 그것들은 둘 다 제 것이에요. 제가 그 둘을 만들었죠, 젠장. 만일 제가 느끼는 희열이 또 다른 '조울증 삽화'가 아니라 제가 그걸 위해 열심히 싸워온 무언가라면요? 아마 집에 오는 길에 오늘 밤은 피자라는 걸 알게 되면 저는 위아래로 펄펄 뛰며 엄마의 목에 지나치게 세게 키스를 할 거예요. 왜냐하면 때때로 피자의 밤은 아주 충분하고, 제게 가장 충실하고 희미한 표지등이니까요. 만일 제가 오늘 밤, 달이 어린이 책에 나오는 것처럼 소나무 위로 거대하게, 마법처럼 떠 있다고 밖으로 달려 나가는데, 그 광경이 약이 만든 낯선 세계라면요?

그건 마치, 지금껏 앞에 보이는 거라고는 절벽뿐이었는데 난데없이 웬 환한 다리가 나타나는 것과 같아요. 조만간, 여전히 반대쪽에 또 다른 절벽이 있을 거라는 걸 알면서도 빨리 뛰어서 건너는 거죠. 만일 제 슬픔이 실제로 저의 가장 혹독한 스승이면 어쩌죠? 그리고 가르침은 언제나 이런 거죠. '너는 버펄로들처럼 될 필요가 없다. 넌 멈출 수 있다.'

오래전 전쟁이 있었다고, 텔레비전 속 남자가 말했어요. 그러나 지금은 소리를 줄여두었고요.
저는 우와, 하고 생각해요, 알약들을 삼키며.

———

진실은 제 무모함의 크기가 딱 몸 넓이라는 거예요.

언젠가, 물속에 있던 금발 소년의 발목뼈.

그 윤곽에는 초록에 가까운 빛이 있었고, 엄마는 그것을 보셨죠.

진실은, 우리가 우리의 삶으로부터 살아남을 수는 있어도, 피부로부터는 그러지 못한다는 거예요. 하지만 엄마는 이미 알고 계시죠.

———

저는 헤로인을 한 적이 없는데, 이유는 주삿바늘에 겁이 많아서예요. 제가 맞아보라는 제안을 거부했을 때, 트레버는 이로 팔 둘레에 휴대폰 충전선을 조이며 저 발치를 향해 고개를 끄덕였어요. "너 무슨 탐폰이라도 떨어뜨린 표정이다." 그러더니 윙크를 하고, 미소를 지었어요. 그리고 그 애는 스스로 만들어낸 꿈속으로 다시 희미하게 사라졌죠.

광고 캠페인에 수백만 달러를 쓰며, 퍼듀파마 사는 의사들에게 옥시콘틴이 통증을 관리할 수 있는 안전하고도 "남용을 방지할 수 있는" 수단이라고 판매했어요. 지속적인 중독 증세를 보인 사용자는 1퍼센트 미만이라고 그 회사는 주장했지만, 그건 거짓말이었어요. 2002년이 되자, 암 이외의 통증에 대한 옥시콘틴 처방 횟수는 거의 열 배로 증가했고, 총 판매액은 30억 달러를 넘어섰어요.

만일 예술이, 양이 아닌 총알의 수로 측정되면 어쩌죠?

만일 예술이 측정되지 않으면 어쩌죠?

국가(國歌)들과 관련된 한 가지 장점은 우리가 이미 발로 서 있고, 그러므로 달릴 준비가 되어 있다는 거예요.

진실은 약물 아래, 드론 아래에 있는 한 하나의 국가(國家)죠.

제가 맨 처음 벌거벗은 한 남자를 보았을 때 그는 영원해 보였어요.

그는 저의 아버지였고, 일을 마치고 돌아와 옷을 벗은 상태였어요. 저는 그 기억을 끝내려고 애쓰고 있어요. 그러나 영원의 핵심은 그것을 되돌릴 수 없다는 거예요.

저를 끝까지 여기 머물게 해주세요, 하고 신께 말씀드렸어요. 그러면 우리 비긴 거라고 할 수 있을 거예요.

내 그림자를 너의 발에 묶고 그것을 우정이라고 부르게 해줘, 하고 저는 저 자신에게 말했어요.

저는 방 안의 날갯짓 소리에 잠이 깼고, 마치 비둘기 한 마리가 열린 창으로 들어와 천장 이곳저곳에 부딪히고 있는 것 같았어요. 전등을 켰죠. 눈이 좀 적응되자, 트레버가 바닥에 큰대자로 누워 스니커즈로 서랍장을 걷어차며 벌벌 떨고 있는 게 보였어요. 그곳은 지하방이었어요. 우리는 전쟁 중이었고요. 그 애의 머리를 들어 올리자 입가의 거품이 제 팔에 번졌어요. 전 비명을 질러 그 애의 아빠를 불렀어요. 그날 밤 병원에서, 그 애는 살아났죠. 그런 일이 벌써 두 번째였어요.

섬뜩한 이야기. 그 애가 죽은 지 4년이 지난 어느 밤, 눈을 감자 트레버의 목소리가 들렸다는 것.

그 애는 〈이 작은 나의 빛〉을 다시 부르고 있었어요. 예전에 부르던 방식으로요. 그 애는 난데없이 우리의 대화가 뚝 끊길 때면, 셰비의 창밖에 팔을 늘어뜨리고, 그 바래져가는 붉은 외장 위에 비트를 두드리곤 했죠. 저는 거기 어둠 속에 누워, 그 애가 다시 나타날 때까지 그 말들을 중얼거렸어요. 젊음, 따뜻함, 충분함.

오늘 아침 제 창턱 위의 검은 굴뚝새. 구운 배 한 알.

그건 엄마에게 지금 그 배가 있다는 것 말고는 아무 의미도 아니었어요.

오른쪽으로 도세요, 엄마. 미끼와 낚싯도구를 보관하는 창고 뒤로 공터가 있는데, 그곳에서 어느 여름 트레버가 버포드 씨의 스미스앤드웨슨 권총으로 잡은 너구리의 가죽을 벗기는 걸 보았었어요. 그 애는 속을 꺼내는 작업을 하며 인상을 찌푸렸는데, 약 때문에 초록색이 된 치아가 밝은 대낮인데도 어둠 속의 이글대는 별들 같았어요. 트럭 짐칸 위에는 검은 가죽이 미풍에 흩날리고 있었고요. 몇 피트 떨어진 곳에 눈알 한 쌍이, 먼지로 거칠어진 채, 그들의 새로운 신들의 계시에 깜짝 놀라 멈춰 있었어요.

들리세요? 윌리스 스트리트의 성공회 교회 뒤쪽, 강물에 몰아치는 바람 소리가요.

제가 신에게 가장 가까이 다가가본 것은 오르가슴 뒤에 저를 채웠던 정적 속에서였어요. 그날 밤 트레버가 제 옆에서 잠든 동안, 저는 계속해서 너구리의 눈알들을 보았어요. 두개골도 없이 감지 못한 그 눈들을. 저는 심지어 우리가, 우리 자신이 없어도 여전히 볼 수 있을지 모른다고 생각하고 싶었어요. 우리는 결코 눈을 감지 않을 거라고 생각하고 싶었어요.

엄마와 저, 우리는 우리가 눈을 떴던 그때까지 미국인이었어요.

추우세요? 자신을 따뜻하게 덥히는 것은 기본적으로, 몸을 그 골수의 온도로 만지는 거래요. 이상하지 않나요?

———

사람들은 엄마가 성공하길 바라겠지만, 그들 이상은 아닐 거예요. 그들은 자신의 이름을 엄마의 목줄 위에 쓴 다음 엄마를 '필요한 사람', '중요한 사람'으로 부를 거예요.

저는 바람에게서 배웠어요. 뻔뻔함의 문법, 저 자신으로 장애물을 감쌈으로써 그것들을 뚫고 나가는 방법을요. 엄마도 이렇게 집까지 가실 수 있을 거예요. 저를 믿어보세요, 엄마는 밀밭을 흔들고도, 여전히 시골 소년이 쥔 주먹의 부드러운 쪽에 묻은 코카인 가루처럼 설명하기 힘든 존재일 수 있어요.

어떻게 제 손이 저에게 상처를 줄 때마다, 제 손은 더욱 제 것이 되는 걸까요?

하우스 스트리트에 있는 공동묘지를 지나서 가세요. 비석들이 너무도 닳아 이름들이 물어뜯은 자국처럼 보이는 곳요. 가장 오래된 무덤에는 메리-앤 코더(1784~1784)가 묻혀 있어요.

결국, 우리는 딱 한 번만 이곳에 있는 거예요.

트레버가 죽고 3주가 지나, 도기 화분에 심어둔 튤립 세 송이가
문득 마음에 걸렸어요. 저는 갑자기 잠에서 깼고, 아직 정신이 혼
미해서, 꽃잎들에 와 닿던 새벽빛을 꽃들이 스스로 만들어내는 발
광현상으로 착각했어요. 저는 기적을 보고 있다고, 저만의 타오
르는 덤불을 보고 있다고 착각하며 빛나는 컵 모양을 향해 기어
갔죠. 그러나 가까이 가자 제 머리가 빛을 가리며 튤립들의 불도
꺼졌어요. 이것 역시 아무런 의미가 아니라는 걸, 저도 알아요.
하지만 어떤 아무것도 아닌 것들은 그 뒤에 오는 모든 것을 바꿔
버리죠.

베트남어에서 누군가를 그리워한다는 뜻의 단어와 기억한다는
뜻의 단어는 '뇨(nhớ)'로 같아요. 가끔 엄마가 전화로 제게 물으시
잖아요. **꼰 뇨 메 콩**(Con nhớ mẹ không)? 저는 움찔해요. 엄마가 **나**
기억하니? 하고 물으시나 싶어서요.

저는 엄마를 기억한다기보다는, 엄마가 그립죠.

사람들은 엄마에게 정치적이 된다는 것은 단순히 화를 내는 것이라고, 그러므로 서툴고, 깊이 없고, "날것에", 텅 빈 행위라고 말할 거예요. 그들은 정치적인 것이 대해 말하며 마치 산타클로스나 이스터 버니*에 대해 말하는 것처럼 부끄러워할 거예요.

사람들은 엄마에게 위대한 글쓰기란 정치적인 것으로부터 "자유로우며", 그 결과 차이의 장벽들을 "초월해", 사람들을 우주적인 진리를 향해 하나로 묶는다고 말할 거예요. 사람들은 이것이 무엇보다도 "기술"을 통해 성취된다고 말할 거고요. 그것이 어떻게 만들어지는지 봅시다, 하고 그들은 말할 거예요. 마치 무언가가 조립되는 방식이 그것을 창조한 그 충동에게는 낯선 일인 것처럼요. 마치 최초의 의자가 인간의 형태를 고려하지도 않고, 망치로 두드려 존재하게 된 것인 양 말이죠.

저는 알아요. '웃음(laughter)'이라는 단어가 '도살(slaughter)' 안에 붙잡혀 있는 건 공정하지 않죠.

우리, 엄마와 저는 그걸 갈라서 열어야 할 거예요. 마치 방금 쏴

---

* 아이들에게 부활절 바구니를 가져다준다는 상상 속의 토끼.

죽인 동물의 암컷에서 빨갛게 떨고 있는 새끼를 들어 올리듯이요.

———

옥시코돈*이 첨가된 코카인은 모든 걸 일시에 빠르고 고요하게 만들어버려요. 마치 기차를 탄 채, 안개 낀 뉴잉글랜드 벌판 저 너머 사촌 빅터가 일하는 콜트 공장의 벽돌 건물을 보고 있는 것 같죠. 검게 변한 굴뚝이 기차와 수평을 유지한 채 우리를 따라오고 있는 것처럼 보이고, 떠나온 곳이 그 고리로부터 우리를 놓아주지 않을 것처럼 보이는 거예요. 과도한 기쁨은, 맹세하건대, 우리가 그걸 유지하려고 절박해할 때 상실되어버려요.

어느 날 밤, 트레버와 윈저 외곽에서 마약을 손에 넣느라 두 시간쯤 자전거로 달린 뒤, 우리는 초등학교 운동장의 하마 모양 미끄럼틀 건너편 그네에 앉아 있었어요. 밑으로 고무가 차갑게 느껴졌어요. 그 애는 방금 주사를 놓은 상태였고요. 저는 그 애가 피부에 붙이는 비닐 패치 아래에 불꽃을 들고 있고, 마침내 펜타닐이 보글거리며 중앙에 끈적한 타르 형태로 고이는 걸 지켜보고 있었어요. 비닐의 가장자리가 우그러들며 갈색으로 변하자, 그 애는 가열을 멈추고 바늘을 꺼내어 실린더 위의 검은 눈금 너머로 맑은

● 옥시콘틴의 성분명.

액체를 빨아들였어요.

그 애의 스니커즈가 바닥에 깔아둔 나무 부스러기들에 스쳤어
요. 열린 입을 통해 안으로 기어 들어갈 수도 있는 보라색 하마는
어둠 속에서 마치 망가진 자동차처럼 보였고요. "이봐, 리틀독." 그
애의 불분명한 말투로, 눈을 감고 있다는 걸 알 수 있었어요.

"응?"

"그게 그래도 사실일까?" 그 애의 그네가 계속 삐걱거렸어요.
"너는 네가 진짜 게이가 될 거라 생각하냐고, 그러니까, 영영? 말이
야." 그네가 멈췄어요. "나는 내 생각에…… 몇 년 후면 괜찮아질
것 같거든?"

저는 그 애가 '진짜'라는 말로 '게이적인 성향'을 가리킨 건지 '완
전한 게이'를 가리킨 것인지 알 수 없었어요.

"그럴 거라 생각해." 저는 무슨 말을 하고 있는 것인지도 모른 채
대답했어요.

"대체 뭔 소리야." 그 애가 웃었어요. 침묵의 두께를 시험해보려
고 구사하는 가짜 웃음. 약기운이 꾸준히 스며들며 그 애의 어깨

가 축 처졌어요.

그러더니 뭔가가 제 입에 스쳤어요. 저는 깜짝 놀라 어떻게든 그것을 꽉 쥐었고요. 트레버가 제 입술 사이에 보기 라이터를 밀어넣고 켠 거예요. 화염이, 게슴츠레하게 충혈된 그 애의 눈 속에서 번쩍였어요. 저는 달콤하고 뜨거운 연기를 삼켰어요. 눈물이 나오는 걸 안간힘을 쓰면서, 겨우 참았죠. 저는 별들을 생각했어요. 푸르스름한 흰색으로 빛나는 소량의 인광을 보며 어떻게 밤을 어둡다고 할 수 있는 건지 궁금해했어요.

———

신호등 불빛이 노랗게 깜빡이는 곳에서 모퉁이를 도세요. 왜냐하면 우리 동네에서는 자정이 지나면 불빛들이 그렇게 작동하니까요. 불빛들은 자신들이 왜 여기 있는지를 잊죠.

엄마가 작가가 된다는 것이 어떤 것인지를 물으셨는데, 제가 어수선한 것만 늘어놓고 있다는 것 알아요. 하지만 어수선한 것 맞아요, 엄마, 저는 이걸 지어내고 있는 게 아니에요. 저는 내려놓았어요. 그게 바로 글쓰기예요. 온갖 무의미를 지나 밑으로 아주 낮게 내려가면, 세상이 자비롭고 새로운 시각을 가져다주죠. 작은 것들로 만들어진 더 큰 시야, 보푸라기가 갑자기 정확히 안구 크기인 거대한 안개가 되는 거예요. 그리고 그것을 통해 들여다보면, 플러싱의 심야 목욕탕을 채운 빼곡한 수증기가 보여요. 그곳에서 언젠가 누군가 제게 손을 내밀어 제 쇄골에 갇혀 있는 플루트를 짚어봤죠. 한 번도 그 사람의 얼굴을 본 적은 없어요, 그저 안개 속에 떠 있는 금테 안경뿐. 그리고 그때의 그 느낌, 그 벨벳 열기, 제 안의 모든 곳에.

그것이 예술의 정체일까요? 우리가 느끼는 것이 우리의 것이라고 생각하며 감동하는 것. 결국에는 그것이, 갈망 속에서 우리를 발견하는 다른 누군가일 때에도.

마술사 후디니가 런던 히포드롬에서 수갑을 푸는 데 실패했을 때, 그의 아내 베스는 그에게 길고 진한 키스를 해주었어요. 그렇게 하며 베스는 그를 구해줄 열쇠를 건넸고요.

천국이란 게 있다면 저는 이렇게 생겼을 거라고 생각해요.

어느 날은 아무 이유 없이, 구글에 트레버의 이름을 쳐보았어요. 흰 페이지들에는 그 애가 아직 살아 있다고, 30세이고, 제가 있는 곳에서 겨우 5.8킬로미터 거리에 산다고 나와요.
진실은, 기억은 우리를 잊은 적이 없다는 거죠.

256

넘어가는 한 장의 페이지는 짝 없이 펼치는 날개라서, 날아오르지는 않죠. 그런데도 우리는 이동했어요.

———

어느 오후에 옷장을 정리하다가 오래된 칼하트 재킷 주머니에서 졸리랜처 캔디 하나를 발견했어요. 트레버의 트럭에 있던 거예요. 그 애는 항상 컵 홀더에다 그 캔디를 넣어뒀거든요. 포장지를 벗겨 손가락으로 집어보았어요. 그 속에, 우리 목소리들의 기억이 있어요. "네가 아는 걸 얘기해줘." 저는 속삭였죠. 창으로 스미는 빛이 사탕에 비쳐 오래된 보석 같았어요. 저는 옷장 안으로 들어가 문을 닫고, 비좁은 어둠 속에 앉아 부드럽고 상큼한 캔디를 입 안에 넣었어요. 그린애플.

제가 엄마와 있지 않는 것은 엄마 이외의 모든 것과 전쟁을 벌이고 있기 때문이에요.

삶 속에서 한 사람 옆 한 사람. 이런 걸 문장에서 병렬 구조라 불러요. 이런 것을 미래라 부르죠.

우리는 그곳에 거의 와 있어요.

저는 엄마께 난파선에 대한 이야기조차 안 하고 있어요. 조각들이 둥둥 떠다니고, 마지막에서야 판독이 가능한.

굽은 길을 돌아, 아래쪽에 흰색 스프레이로 "H8"이라고 써놓은 두 번째 정지 신호를 지나가세요. 회색 집을 향해 걸어가세요. 왼쪽 벽이 고속도로 건너편의 고철 하치장에서 불어온 배기가스로 숯처럼 회색이 된 집 말이에요.

위층에 창이 있어요. 제가 아직 어렸을 때, 어느 밤 그 창가에서 바깥에 부는 눈보라 때문에 깼어요. 저는 다섯 살인가 여섯 살이었고 모든 것에 끝이 있다는 것을 몰랐죠. 눈이 하늘의 가장자리까지 계속 이어질 거라고 생각했어요. 그리고 그 너머에는 서재 바닥 여기저기에 산적한 문제들을 늘어놓은 신이 졸고 있어, 눈보라가 그 신의 손가락 끝을 건드릴 거라고요. 아침이면 우리는 모두 파르스름한 흰색의 고요 안에 봉해진 채 아무도 떠날 필요가 없을 거라고요. 언제까지나.

잠시 후, 란 할머니가 저를 발견하셨어요. 그보다는 제 귓가에 할머니의 목소리가 나타났죠. "리틀독." 제가 내리는 눈을 보고 있으니 할머니가 말씀하셨어요. "이야기 듣고 싶니? 이야기 하나 해줄게." 저는 끄덕였어요. "좋아." 할머니는 계속하셨어요. "오래전에, 어떤 여자가 자기 딸을 안고 있었단다, 이렇게." 그러면서 제 어깨를 쥐셨어요. "흙길이었지. 여자아이의 이름은 로즈, 그래, 꽃처럼 말이야. 그래, 이 여자아이의 이름은 로즈, 우리 아기였지…… 그래, 난 그 애를 안고 있었단다, 내 딸을. 리틀독." 할머니는 저를 흔드셨어요. "그 애 이름을 아니? 로즈야, 꽃처럼 말이지. 그래, 이 여자아이를 내가 흙길에서 안고 있었단다. 근사한 아이였지, 우리 아기, 빨간 머리칼에. 그 애의 이름은……" 그리고 우리는 계속 그렇게, 저 아래의 거리가 하얗게 빛나고, 이름을 지닌 모든 것이 지워질 때까지 계속했어요.

———

우리가 우리이기 이전에 우리는 뭐였을까요? 우리는 분명 도시가 불타는 동안 비포장도로의 갓길 옆에 서 있었을 거예요. 우리는 분명 사라지고 있었을 거예요, 지금 그런 것처럼.

아마 다음 생에서 우리는 처음으로 만날 거예요. 누군가에게 해를 입히는 것만 빼면, 우리가 할 수 있는 모든 것을 믿을 거고요. 아마 우리는 버펄로들과는 반대일 거예요. 우리는 날개를 기르고 한 세대의 제왕나비로서 절벽 너머로 흘러넘쳐 집으로 향할 거예요. 그린애플.

도시의 세세한 것들을 뒤덮은 눈처럼, 사람들은 우리라는 사건이 일어난 적이 없다고, 우리의 생존이 신화였다고 말할 테죠. 그러나 그들은 틀렸어요. 엄마와 저, 우리는 진짜였지요. 우리는 기쁨이, 우리 입술의 꿰맨 부분을 찢어버릴 거라는 걸 알고 웃었어요.

기억하세요. 규칙은, 거리들처럼 엄마를 '알려진' 장소로만 데려갈 수 있을 뿐이에요. 격자 밑에는 들판이 있어요. 늘 그곳에 있었죠. 그 들판에서 길을 잃는 건 결코 틀린 것이 아니라, 단순히 더 가는 거예요.

하나의 규칙으로서, 더 가세요.

하나의 규칙으로서, 엄마가 그리워요.

하나의 규칙으로서, '리틀(little)'은 항상 '스몰(small)'보다 작죠. 왜인지는 묻지 마세요.

충분히 전화드리지 못해 죄송해요.

그린애플.

사실, '행복하세요?'라는 뜻으로 물은 건데 계속 '어떻게 지내세요?'라고 물어 죄송해요.

만일 엄마가 어둑해지는 세계 안에 사로잡혔다는 걸 알게 되면, 그것이 늘 몸속에 있던 이 어둠이었다는 것을 기억하세요. 그곳에서 심장은, 모든 법칙처럼, 오직 생명을 위해 멈추죠.

만일 엄마 자신을 찾으셨다면, 그럼 축하드려요. 엄마의 손은 간직해야 할 엄마의 것이에요.

리슬리에서 오른쪽으로 도세요. 저를 잊어버리셨다면, 너무 멀리 가신 거예요. 뒤로 도세요.

행운을 빌어요.

안녕히 주무세요.

하느님 맙소사, 그린애플.

3

방 안은 사진처럼 고요해요. 란 할머니는 바닥 매트리스 위에 팔다리를 뻗은 채 누워 계시고, 곁에는 할머니의 딸들인 엄마와 마이 이모, 그리고 제가 있어요. 땀에 젖은 수건이 머리와 목에 감겨 있어 앙상한 얼굴을 감싼 두건처럼 보여요. 피부는 움직이기를 그쳤고, 눈은 두개골 안으로 푹 꺼져 마치 뇌 안에서 내다보고 있는 것 같아요. 할머니는 깊은 주름들로 쪼글쪼글하게 줄무늬가 져 꼭 나무 조각상 같아요. 이제 살아 계시다는 유일한 지표라고는 회색으로 변해 가슴 위에서 오르락내리락하는, 가장 좋아하시던 노란 담요뿐이에요.

엄마가 이름을 네 번째로 부르자 할머니의 눈이 떠지며 우리를 일일이 두리번거리세요. 바로 옆 탁자 위, 우리가 마시려다 잊어버린 차 한 주전자. 제가 그 공기를 탁하게 하는 매캐한 부식성 냄새를 알아차린 건, 바로 그 대조적인 꽃향, 향기로운 재스민 냄새 때문이에요.

할머니는 같은 자리에 두 주째 누워 계시는 중이에요. 아주 가벼운 움직임도 가냘픈 몸에 통증을 일으킬 수 있어, 허벅지와 등이 욕창으로 감염된 상태예요. 대장의 조절력도 떨어져 밑에 있는 요강이 수시로 반쯤 차는데, 말 그대로 안에 있는 것들이 그대로 나와버리는 상황이죠. 앉아서 부채질을 해드리고 있으려니 속은 울렁거리고, 할머니의 관자놀이에서는 남은 머리카락들이 흩날리고 있어요. 할머니는 마치 우리가 변화하기를 기다리시는 것처럼 한 명 한 명을 다시, 또다시 바라보세요.

"내가 불타고 있어." 마침내 입을 연 할머니가 말씀하세요.

"난 불타고 있어. 오두막 안처럼." 그에 응답하는 엄마의 목소리는 제가 들어본 것 중 가장 부드러워요. "우리가 위에다 물을 뿌릴게요, 엄마. 알았죠? 우리가 불을 끌 거예요."

———

할머니가 진단을 받으시던 날, 저는 아무것도 없이 그저 하얀 진료실에 서 있었어요. 의사는 백라이트 화면 위에 핀으로 고정해둔 할머니의 골격 사진을 가리키며 다양한 부위들을 설명했고, 그 목소리는 물속에 있는 것처럼 들렸어요.

그러나 제가 보았던 것은 텅 빈 공백이었죠.

저는 엑스레이 사진으로 다리와 엉덩이 사이의 공간을 보았어요. 암이 넓적다리뼈 윗부분의 3분의 1과 관골구의 일부를 먹어

들어가 대퇴골두는 완전히 사라졌고, 오른쪽 엉덩이는 구멍이 많은 데다 반점이 퍼져 있었어요. 그 사진을 보고 있으니 녹슬고 부식되어 얇아진 쓰레기장의 금속 조각이 떠올랐어요. 할머니의 몸 일부가 어디로 사라져버렸는지에 대한 증거는 없었어요. 더 가까이 들여다보았어요. 한때 뼈를 이루었던 반투명한 연골과 골수, 미네랄과 염분, 근육, 칼슘은 다 어디로 간 거죠?

순간 저는, 제 주위로 간호사들이 단조롭고 길게 이야기하고 있는 가운데, 낯설고 희한한 분노를 느꼈어요. 턱과 주먹에 긴장이 감돌았죠. 누가 이런 짓을 한 것인지 알고 싶었어요.

한 명의 저자, 명확히 규정되어 처벌이 가능한 공간에 담겨 있는 하나의 의식을 찾으려면 이런 행동이 필요했어요. 이번만은, 적을 원했고, 적이 '필요'했죠.

골암 4기가 공식 진단명이었어요. 엄마가 휠체어를 탄 할머니와 복도에서 기다리시는 동안, 의사는 제 시선을 피한 채 엑스레이 사진이 든 파일 봉투를 건네며, 간단히, 할머니를 집으로 모시고 가 아무거나 드시고 싶은 것을 드시게 하라고 했어요. 2주, 어쩌면 3주가 남아 있었어요.

우리는 할머니를 집으로 모시고 와 시원한 타일 바닥 쪽의 매트 위에 눕혔고, 다리가 제자리에 유지되도록 할머니 옆에 베개를 받쳤어요. 더욱 최악이었던 것은, 엄마도 기억하시겠지만, 할머니가 한 번도, 심지어 돌아가시는 순간까지도 불치병에 걸린 사실을 믿지 않으셨다는 것이었어요. 우리는 할머니께 진단 결과를 설명해드렸고, 종양과 세포, 전이에 대해서 말씀드렸지만 단어들이 너무 추상적이어서 어쩌면 마녀에 대해 묘사하는 게 나았을지도 몰라요.

우리는 할머니께 당신이 죽어가고 있다고, 두 주 정도가 남아 있다고 말씀드렸는데, 그것이 한 주가 되고, 이제 어느 날이 될지 모르는 시점이 되어 있었어요. "준비하세요. 준비하셔야 한다고요. 원하시는 것 있으세요? 뭐가 필요하세요? 하고 싶으신 말씀 있으세요?" 우리는 권했어요. 그러나 할머니는 그렇게 하도록 허락하지 않으셨죠. 할머니는 우리가 어린애들에 불과하다며, 아직 우리가 모르는 게 있다고, 우리가 크면 세상이 어떻게 돌아가는지 알게 될 거라고 하셨어요. 더구나 부인하는 것과 꾸며내는 것, 즉 이야기야말로 할머니가 자신의 삶보다 한발 앞선 곳에 머무는 방식이었죠. 그러니 우리 중 누가 할머니께 틀렸다고 말씀드릴 수 있었겠어요?

그러나 고통 그 자체는, 이야기가 아니에요. 그리고 이 마지막 며칠간, 엄마가 밖에 나가 장례를 준비하고 관을 고르는 동안, 할머니는 길고 날카로운 울부짖음과 비명을 질러대셨어요. "제가 뭘 한 거죠?" 천장을 보며 소리치셨어요. "하느님, 이렇게 저를 밟아대시다니 제가 뭘 한 겁니까?" 우리는 의사가 처방해준 합성 진통제인 비코딘과 옥시콘틴, 그리고 모르핀, 더 많은 모르핀을 드렸어요.

저는 할머니가 의식의 안팎을 떠다니는 동안 종이 접시로 부채질을 해드렸어요. 플로리다에서 밤새 차를 몰고 온 마이 이모는 좀비처럼 멍한 상태로 방들을 오가며 음식을 만들거나 차를 끓였고요. 뭔가를 씹기에는 너무 쇠약해져서, 이모가 겨우 연 할머니의 입에다 오트밀을 떠 넣어드리곤 했어요. 그동안 제가 계속 부채질을 하면, 두 여인, 엄마와 딸의 검은 머리칼이 동시에 흔들리며, 서로의 앞이마가 거의 닿을 듯했지요. 몇 시간 뒤, 엄마와 이모는 할머니를 한쪽 옆으로 돌려 눕히고, 고무장갑 낀 손으로 그들 엄마의 몸, 스스로의 오염물을 제거하기에는 너무 오염된 몸에서 변을 제거했어요. 저는 땀이 보석처럼 맺힌 얼굴에 계속 부채질을 해드렸고, 엄마가 작업하시는 동안 그 눈은 감겨 있었죠. 일이 끝나면 그냥 가만히 누워 끔뻑끔뻑하셨고요.

저는 할머니께 무슨 생각을 하시는지 여쭤보았어요. 마치 잠 없는 꿈에서 깬 것처럼 처참하게 단조로운 어조로 대답하셨죠. "나는 소녀였단다, 리틀독. 알고 있니?"

"예, 할머니, 알고 있어요." 그러나 할머니는 듣고 계시지 않았어요.

"나는 머리에 꽃을 꽂고 햇볕을 돌아다녔지. 큰비가 온 다음, 햇볕을 돌아다녔어. 귀에다 꽃을 꽂고. 촉촉하고 시원했어." 할머니의 눈길이 제 눈을 벗어나 떠다녔어요. "바보 같은 일이야." 고개를 흔드셨어요. "멍청한 일이지. 소녀가 된다는 것 말야." 잠시 후, 할머니는 마치 제가 거기 있다는 것을 기억하신다는 듯 돌아보셨어요. "밥 아직 안 먹었니?"

우리는 생명을 보존하려고 애써요. 그 몸을 지속시킬 가능성이 없다는 것을 알고 있을 때조차도요. 우리는 몸을 먹이고, 편안하게 유지하고, 씻기고, 약을 주고, 어루만지고, 심지어 노래까지 불러줘요. 우리에게 이런 기초적인 기능을 유지하는 경향이 있는 것은 용감하거나 이타적이어서가 아니라, 숨 쉬는 것처럼, 그것이 우리 종의 가장 근본적인 행위이기 때문이죠. 뒤에 남겨두고 떠나는 순간까지 그 몸을 보존하는 것.

저는 지금 뒤샹과 그의 악명 높은 '조각'에 대해 생각하고 있어요. 어떻게 변기처럼 안정적이고 영구적인 공공서비스의 대상을 뒤집어놓음으로써 그 반응을 급진적으로 만들었는지에 대해서요. 게다가 그는 〈샘〉이라는 이름까지 붙임으로써 대상에서 의도된 정체성을 빼앗고, 알아보기 힘든 새로운 형식으로 표현해냈어요.

이런 점 때문에 저는 그가 미워요.

저는 그가 단순히 하나의 사물을 뒤집고, 그 이름에 새로운 각도를 드러냄으로써, 그 존재 전체가 바뀔 수 있다는 것을 증명한 그 방식이 미워요. 다른 어떤 것도 아닌 중력, 우리를 지구에 붙잡아두는 그 힘으로 완성된 하나의 행위.

무엇보다 미운 건, 그가 옳았기 때문이에요.

왜냐하면 그것이 할머니께 벌어지고 있던 일이었으니까요. 암은 할머니의 겉모습뿐 아니라 존재의 궤적에까지 새로운 의미를 부여

했어요. 란 할머니가 뒤집힌다뜬, 심지어 '죽어가는(dying)'이란 단어가 '죽은(dead)'이란 단어와 닮은 점이 없는 것처럼, 먼지가 될 예정이었죠. 할머니가 아직 아프시기 전에, 저는 이 유연한 행위, 하나의 사물이든 사람이든 일단 뒤집으면, 전에 하나뿐이었던 그 자신을 넘어선다는 점이 아름답다는 것을 발견했었어요. 이러한 진화를 위한 작용, 그것은 한때 저로 하여금 과거의 저이자 지금의 저인, 퀴어 황인종 '패것'을 자랑스레 여기게 했었죠. 그런데 지금은, 저를 배신하는군요.

———

란 할머니와 앉아 있으니 마음이 예기치 않게 트레버에게로 미끄러져 가요. 트레버는 그때 막 죽은 지 7개월이 되었어요. 저는 우리가 첫 섹스를 나누었던 때를 생각해요. 우리가 보통 하던 대로 제 손에 그 애의 성기를 쥐던 것 말고 진짜 섹스요. 그때는 농장에서의 제 두 번째 시즌이 끝난 뒤인 9월이었어요.

작물들은 전부 가로대에서 가로대로, 들보 있는 곳까지 빼곡히 매달려 있었어요. 잎들은 벌써 쭈글쭈글해졌고, 한때 들판에서 깊고 푸르게 우거졌던 녹색도 이제 낡은 유니폼의 색깔처럼 흐릿해져 있었죠. 석탄을 때서 건조 단계의 속도를 높일 때였어요. 그러려면 누군가가 밤새 헛간에 머물며, 먼지투성이의 마루 곳곳에 2.5에서 3미터 간격으로 놓인 양철 파이접시에 쌓인 조개탄들을 태워야 했어요. 트레버는 자기가 석탄을 땔 테니 와서 같이 밤을 새우 겠냐고 이미 제게 물어본 상태였고요. 판자의 틈으로 외풍이 불어 들 때마다 우리 주위의 석탄 더미들은 온통 빨갛게 빛나며 깜빡였 어요. 열기가 지붕을 향해 피어오르다 방향이 일그러지면서 달콤 한 냄새가 부풀어 올랐죠.

우리가 헛간 바닥에 있다는 것을 알아차렸을 때는 자정이 지나 있었고, 오일램프의 금빛 후광이 주위로 어둠을 밀어내고 있었어 요. 트레버가 기대어 왔어요. 저는 예상했다는 듯 입술을 벌렸지 만 이번에는 건드리지 않고 더 아래로, 치아 때문에 제 목 밑의 피 부에 살짝 찰과상이 날 때까지 내려갔어요. 이 모든 건 제가 그 이 들이 그해 깊숙이 얼마나 더 가라앉을지 알기 전, 그 애의 골수 속 열기와 주먹을 꽉 쥔 미국식 분노에 대해 알기 전, 라디오에서 패 트리어츠 팀이 지직 소리를 내는 가운데, 옆에 딘 쿤츠의 《아무것 도 두려워 말 것》 하드커버 한 권을 놓고 코로나 세 병을 마시며 현관에서 흐느끼는 그 애 아빠의 성향에 대해 알기 전이었죠. 그 애 아빠가 폭풍이 몰아치는 가운데 셰비의 짐칸에서 의식을 잃은 트레버를 발견해, 귓가에 물이 찰랑이는 아이를 진흙탕과 앰뷸런 스, 병실로 겨우 끌고 가, 혈관에 헤로인이 가득한 것을 알게 되기 이전, 그 애가 병원에서 퇴원하고 다시 발작을 일으키기까지 꼬박 3개월을 말끔하게 보내기 이전이었어요.

여름의 마지막 열기에 후덥지근하고 뻑뻑해진 공기가 헛간 안으 로 낮게 훅 소리를 내며 들어왔어요. 햇볕에 그을린 그 애의 피부에 몸을 누르자, 낮 동안 데워진 들판의 열기로 몸이 아직 따뜻했어요. 썩은 곳이 없는 그 애의 상아색 치아가 제 가슴팍과 젖꼭지, 배에서 오물거렸죠. 저는 그러도록 내버려두었어요. 저 자신이 이미 그것을 줘버렸다면, 제게서 아무것도 가져갈 수 없다고 생각했거든요. 우리의 옷들이 우리에게서 붕대처럼 떨어져 나갔어요.

"한번 해보자." 제 위에 올라가 사각팬티를 벗느라 애쓰는 그 애의 목소리가 긴장되어 있었어요.

저는 끄덕였고요.

"천천히 할게, 알았지?" 그 애의 입, 젊음의 벌어진 틈. "살살 할게."

저는 망설임과 약간의 흥분으로, 먼지 앉은 바닥에 엎드려 팔에 앞이마를 대고 기다렸어요.

제 발목에 걸쳐진 바지, 제 뒤에서 자세를 잡은 트레버, 제 몸에 스치던 털. 그 애는 손에 몇 번 침을 뱉더니, 모든 게 뻑뻑하고, 미끈하고, 거부할 수 없게 될 때까지 제 다리 사이에 문질렀어요.

저는 다시 고개를 숙였어요. 헛간 바닥 밑의 흙냄새, 쏟아진 맥주와 철분이 풍부한 흙의 냄새, 저는 그 애가 자기 성기에 침을 문지를 때 나는 축축한 짤깍 소리를 듣고 있었어요.

밀어붙였을 때, 속으로는 비명을 느꼈지만, 내지르지는 않았어요. 대신 팔을 물고 있느라 입안이 제 짭짤한 피부와 그 밑의 뼈로 가득 찼죠. 아직 안에까지는 들어가지 않은 트레버가 멈추고 일어나 앉더니 괜찮은지 물어보았어요.

"모르겠어." 저는 헐떡이며 바닥에 대고 대답했어요.

"또 징징대지 마. 이제 징징대지 말라고." 그 애는 침을 뱉더니 자기 성기 위에 떨어지게 했어요. "다시 해보자. 이상하면 아예 그 만두는 거야."

"알았어."

그 애가 밀었어요. 이번에는 몸의 무게를 실어 세게 밀었고, 제 안으로 미끄러져 들어왔어요. 통증 때문에 뒤통수에 하얗게 불꽃이 튀었죠. 저는 제 팔을 꽉 물었고, 손목뼈에 앞니의 윤곽이 느껴졌어요.

"들어갔어. 들어갔다고, 꼬맹아." 그 애의 목소리가 갈라지며, 딱 원했던 것을 얻은 소년의 숨죽여 외치는 두려움으로 변했어요. "들어갔어." 그 애가 놀라서 말했어요. "느껴져. 씨발. 오 씨발."

저는 마룻바닥을 버티고 몸을 추스리며 그 애에게 조용히 있어보라고 했어요. 다리 사이에서 찌르는 듯이 통증이 밀려나왔거든요.

"계속하자." 그 애가 말했어요. "난 계속할 거야. 멈추기 싫다고."

대답하기도 전에 그 애는 다시 펌프질을 하고 있었는데, 양팔을 제 얼굴 양쪽에 딱 버티고 있어 움직이는 동안 팔뚝에서 열기가 요동쳤어요. 그 애는 한 번도 벗어둔 적이 없는 금 십자가를 목에 걸고 있었고, 그게 제 뺨을 계속 찔렀어요. 그래서 전 좀 가만히 있도록 제 입에다 물었죠. 십자가에서 녹과 소금, 그리고 트레버의 맛이 났어요. 매번 밀어붙일 때마다 제 머릿속에서 불꽃이 피어올랐어요. 잠시 후 고통은 낯선 아픔으로 변했고, 저는 새로운 계절, 한결 더 따뜻한 계절처럼 휩쓸고 지나가는 무게 없는 멍멍함으로 녹아들었어요. 그 느낌은 애무를 할 때처럼 부드러움에서 비롯된 것이 아니라, 곤란하게 뻗어 나오는 쾌락에 스스로를 무뎌지게 함으로써 고통을 수용하는 것 갈고는 선택의 여지가 없는, 몸에서 비롯된 것이었어요. 우리가 자신의 상처보다 오래 버틸 때, 엉덩이에 박히는 것이 좋은 느낌이라는 것을, 저는 배웠죠.

시몬 베유*가 얘기했던 것. "완벽한 기쁨은 기쁘다는 그 느낌마저 배제시키는데, 그 대상으로 가득 찬 영혼에는 '나'라고 할 만한 구석이 남아 있지 않기 때문이다."

그 애가 제 위에서 들썩이는 동안, 저는 무의식적으로 저 자신을 만지려고, 제가 아직 거기 있고, 여전히 저인지 확인하려고 뒤로 손을 뻗었어요. 그러나 손은, 대신 트레버를 발견했죠. 마치 제 안에 있음으로 해서, 그 애는 저 자신의 어떤 새로운 확장물이 된 듯했어요. 그리스인들은 섹스가 오래전 분리되었던 두 개의 몸이 하나의 삶으로 되돌아오려는 시도라고 생각했대요. 글쎄, 지금은 잘 모르겠지만, 그때 제가 느꼈던 게 바로 그런 것이었어요. 마치 우리가 하나의 몸을 캐내고 있는 두 사람이고, 그렇게 함으로써, '나'라고 할 만한 구석이 전혀 남지 않을 때까지 하나로 합쳐졌다고 느꼈어요.

그러다 약 10분도 안 되어 트레버가 속도를 높여가고, 우리의 피부가 습한 땀으로 엉망이 되어 있을 무렵, 어떤 일이 일어났어요.

* 프랑스의 사상가. 인용 부분은 저서 《중력과 은총》에 나오는 구절.

냄새가 제 얼굴 근처까지 피어올랐는데, 흙냄새처럼 강하고 진했지만, 이상한 톡 쏘는 냄새였죠. 저는 즉각 그게 무엇인지 알아차리고 충격에 휩싸였어요. 한창 하느라 저는 저 스스로를 어떻게 대비시켜야 하는지 생각지도 않았고, 아직 알고 있지도 못했어요. 제가 봤던 짧은 포르노 영상들은 우리가 와 있는 단계에 이르기까지 무엇을 감수했었는지는 보여준 적이 없었거든요. 그들은 그냥 했어요. 빠르게, 즉각적으로, 확신을 지니고, 청결하게. 아무도 우리에게 이런 일이 어떻게 진행되기 마련인지 보여준 적이 없었죠. 이것이 어떻게 깊어질 수 있고, 깊숙히 상처를 입힐 수 있는지 아무도 가르쳐준 적이 없었던 거예요.

수치스러운 나머지 저는 제 이마를 손목에 누르고, 욱신거리도록 두었어요. 트레버는 느려지다가 멈추었고요.

모든 게 고요했어요.

우리 위로 나방들이 담배 사이를 팔랑팔랑 날아다녔어요. 작물에 알을 낳으러 온 것이었지만, 들판에서 묻어 온 살충제 성분 때문에 이파리에 입을 댄 나방들은 곧 죽어버렸어요. 나방들은 전부 우리 주위에 떨어졌고, 단말마의 고통에 찬 날개들이 헛간 바닥 여기저기에서 윙윙거렸어요.

"젠장." 트레버는 일어섰고, 믿을 수 없다는 얼굴이었어요.

저는 고개를 돌렸어요. "미안"이란 말이 본능적으로 나왔어요.

끝부분으로 제 안의 어두운 것을 건드렸던 그 애의 성기는 다시 부드러워지며 등불 밑에서 움찔거리고 있었어요. 그 순간, 저는 옷을 벗을 때보다 더 발가벗은 느낌이었죠. 속을 훤히 드러냈던 거예요. 우리는 우리가 가장 두려워하던 것이 되어 있었죠.

그 애가 제 위에서 거칠게 숨을 몰아쉬었어요. 과거의 트레버는 미국적 남성성의 구조와 근육 속에서 길러진 애였기에, 저는 무슨 일이 일어날지 두려웠어요. 그건 저의 잘못이었어요. 제가 제 '패것' 성향으로 그 애를 더럽혔고, 제 몸이 스스로를 담아내는 데 실패하는 바람에 우리의 추잡한 행위가 노출된 거였죠.

그 애가 제 쪽으로 다가섰어요. 저는 얼굴을 반쯤 가린 채 무릎으로 버티고 일어났고요.

"빨아."

저는 움찔했어요.

그 애의 이마에서 땀이 빛났어요.

질식한 나방 한 마리가 제 오른쪽 무릎에 부딪히며 몸부림을 쳤어요. 그 거대한 마지막 죽음도 제 피부 위에서는 그저 하나의 떨림에 불과했죠. 미풍이 바깥의 어둠을 살짝 움직였고, 차 한 대가 들 건너편의 도로에서 웅웅거렸어요.

그 애가 제 어깨를 쥐었어요. 저는 어떻게, 이미 그 애가 그렇게 반응할 거라는 것을 알았을까요?

저는 그 애를 쳐다보려고 얼굴을 틀었어요.

"일어나라니까."

"뭐?" 저는 그 애의 눈을 살폈어요.

제가 잘못 들었던 거였어요.

"빨리." 그 애가 다시 말했어요. "젠장, 좀 일어나라고."

트레버는 제 팔을 당겨 일으켜 세웠어요. 우리는 오일램프가 만든 금빛 원을 다시 완벽하게 비워둔 채 걸어 나왔어요. 헛간 안을 따라 그 애가 저를 꼭 붙들고 이끌었어요. 나방들이 우리 사이로 들락거렸고요. 도중 한 마리가 이마에 부딪혀 제가 걸음을 멈추자, 그 애가 왝 잡아당겨 다시 비틀대며 그 뒤를 따라갔어요. 반대편에 이른 우리는 문을 통해 밤 풍경 속으로 나왔어요. 공기는 차고 별은 없었죠. 갑작스러운 어둠 속에서 저는 그 애의 창백한 등, 빛이 없어 회청색으로 보이는 그 등만을 알아보았어요. 몇 미터 걸어가자 물소리가 들렸어요. 강의 흐름은 잔잔했지만 그 애의 허벅지 주위로 거품이 일고 있었죠. 귀뚜라미 소리는 점점 더 크고 왕성해졌고요. 나무들이 강 건너의 빼곡히 모여 있는 그림자들 속에서 모습을 감춘 채 바스락거렸어요. 이윽고 트레버가 물 밑으로 깊이 잠기더니 빠르게 올라왔어요. 물방울들이 턱을 타고 흘러 그 애의 주위에서 툭툭 소리를 냈어요.

"너도 씻어"라고 말하는데, 그 애의 목소리가 이상하게 다정한 것이, 거의 쇠약하게 들렸어요. 저는 코를 쥐고, 냉기에 숨을 헐떡이며 살짝 담갔어요. 한 시간 뒤면 저는 우리 집의 침침한 부엌에서 머리칼에 축축하게 강물을 묻힌 채로 서 있을 거예요. 란 할머니가 난로 위 야간등의 빛 속으로 발을 끌며 걸어오실 거고요. **네가 바다에 있었다는 걸 아무에게도 말 안 하마, 리틀독.** 할머니는 입에 손가락을 대고 끄덕이실 거예요. **이렇게 하면, 해적의 영혼이**

너를 따라오지 않을 게야. 할머니는 행주를 가져와 제 머리와 목을 말려주시다가, 그때는 아직 여드름이었지만 훗날 제 턱 밑의 마른 피 색깔로 변할 부위에서 잠시 멈추실 거예요. 너는 멀리 갔었지. 이제는 집에 왔고. 이제 몸도 말렸어. 할머니는 우리의 몸무게로 마룻바닥들이 삐걱거리는 동안 그렇게 말씀하실 거예요.

이제 강물은 제 가슴까지 왔고, 저는 균형을 유지하려고 팔을 휘청였어요. 트레버가 제 목 위에 손을 얹고, 우리는 잠시 조용히 강의 검은 거울 위로 고개를 숙이고 서 있었어요.

그 애가 말했어요. "그 일은 신경 쓰지 마. 알았어?"

물이 제 주위와 다리 사이로 움직였어요.

"야." 그 애가 제 턱 밑에 주먹을 대, 고개를 들어 눈을 마주 보게 했는데, 보통 때 저로 하여금 미소를 짓게 했던 몸짓이죠. "내 말 들었어?"

저는 그냥 끄덕이며 물가 쪽으로 돌아섰어요. 저는 그 애보다 겨우 몇 발짝 앞에 있었고, 순간 그 애의 손바닥이 제 등을 강하게 밀치는 느낌과 함께 앞으로 기울어져 본능적으로 무릎을 짚고 말았어요. 몸을 돌리기도 전에, 그 애의 까끌까끌한 수염이 처음에는 제 허벅지 사이에, 그다음 더 위쪽에서 느껴졌어요. 그 애는 얕은 곳에 무릎을 꿇고 있었고, 무릎은 강의 진흙에 잠겨 있었어요. 저는 몸을 떨었어요. 그 애의 혀는 찬물과 비교하면 말도 안 되게 따뜻했고, 그 갑작스럽고 말없는 행위는 헛간에서의 제 실패에 대한 연고처럼 작용했죠. 이런 식으로, 다시 원해진다는 것, 그것은 오싹한 두 번째 기회처럼 느껴졌어요.

멀리 들판 너머, 한 줄로 늘어선 플라타너스 바로 위에는, 낡은 농가의 위층 방 한 칸이 불을 켠 채 어둠 속에 깜빡이고 있었어요. 더 위에는 제멋대로 흩뿌려진 한 줌의 별들이 하늘의 우윳빛 연무를 물어뜯고 있었고요. 그 애는 양손으로 제 허벅지를 잡고, 자기 안으로 더, 좀 더 핵심을 증명하려고 눌렀어요. 저는 숨을 헐떡이며 물이 경련을 일으키는 형태를 바라보았고요. 저는 제 다리 사이를 보았고, 그 애의 턱이 그 행위를 그것이 과거에 지녔던 의미, 그리고 언제나 지녔던 의미, 일종의 자비로 만들기 위해 움직이고 있는 것을 보았어요. 다시 정화하기 위해. 다시 좋아지기 위해. 우리가 서로에게 '해왔던' 것이 아니었다면 우리는 서로에게 무엇이 '되어' 있었을까요? 그 애가 그렇게 했던 것은 처음이 아니었지만, 그 행위가 새로운 힘, 뇌진탕을 일으킬 것 같은 힘을 얻은 것은 그때가 유일했어요. 저는 사로잡힌 것처럼 보였어요. 트레버라는 한 사람이 아닌, 욕망 그 자체에. 그 결핍에 의해 재사용되기 위해, 결핍의 순수한 욕구로부터 세례를 받기 위해.

일을 끝내고 나자 그 애는 팔등으로 입을 닦았고, 물가로 헤치고 나가기 전에 제 머리칼을 헝클어뜨렸어요. "언제나처럼 좋군." 그 애가 자기 어깨 너머로 말했어요.

"언제나처럼." 저는 마치 질문에 대답하듯 되뇌었고요. 그런 다음 우린 헛간으로, 약해지는 오일램프의 불빛 아래, 나방들이 계속 죽어가는 그곳으로 향했어요.

아침을 먹고 10시쯤, 현관에 앉아 책을 읽고 있는데 마이 이모가 제 팔을 잡으며 말씀하세요. "때가 됐다." 저는 눈을 깜빡여요. "가실 것 같아." 우리는 이미 엄마가 할머니의 곁에 무릎을 꿇고 계시는 거실로 달려 들어가요. 할머니는 깬 채로 웅얼거리시며, 반쯤 감긴 눈꺼풀 밑으로 눈을 두리번거리세요. 엄마는 쟁반에 담긴 아스피린과 애드빌 병을 가지러 뛰어가세요. 마치 이 상황에서 이부프로펜이 뭐라도 해줄 것처럼요. 엄마에게는 그것들이 약의 전부죠. 전에 효과가 있었던 치료법들. 왜 지금도 효과가 있으면 안 되는 걸까요?

엄마는 당신의 엄마 곁에 앉고, 결국 텅 빈 두 손을 무릎에 올려두세요. 마이 이모가 할머니의 발가락을 가리켜요. "보라색으로 변하고 있어." 이모는 으스스할 정도로 조용히 중얼거리세요. "발, 발에 먼저 나타나. 그런데 보라색이야. 길어야 30분 정도 남았어." 저는 할머니의 생명이 스스로에게서 서서히 물러나는 것을 지켜봐요. 이모는 보라색이라고 했지만 할머니의 발은 제게 보라색으로 보이지 않아요. 발가락들은 검은색이에요. 그 끝은 번들거리는 갈색이고, 다른 곳은 전부 돌처럼 시커먼 색이죠. 뼈 자체처럼 불투명하고 누런 발톱들만 빼면요. 그러나 제게로 밀려든 것은 '보라색'이라는 단어와 그 다채롭고 깊은 색조예요. 제가 란 할머니의 검은 발에서 피가 빠져나가는 것을 지켜볼 때 보이는 것은 그거예요. 마음속, 보랏빛의 무리에 둘러싸여 있는 녹색, 그리고 그 단어가 저를 한 가지 기억 속으로 이끌고 있다는 것을 깨닫죠. 몇 년 전, 제가 여섯 살인가 일곱 살이었을 때, 처치 스트리트 외곽의 고속도로와 맞닿아 있는 비포장도로를 따라 걷고 있는데 갑자기 할머니가 걸음을 멈추더니 비명을 지르셨어요. 차 소리 때문에 무슨 소리인지 들리지가 않았죠. 할머니는 동공이 커진 채, 주간고속도로와 갓길을 구분하고 있는 철조망 울타리를 가리키셨어요. "봐라, 리틀독!" 저는 몸을 굽히고 담을 살펴보았죠.

"모르겠어요, 할머니. 뭐가 이상한데요?"

"그거 말고." 할머니는 언짢은 듯이 말씀하셨어요. "일어서서 울타리 너머를 봐. 저기, 저 보라색 꽃들 말야."

울타리 바로 너머의 고속도로변에는, 엄지손톱만 한 꽃송이에, 중심에는 노랑과 흰색이 담긴 보라색 야생화들이 쏟아놓은 듯 놓여 있었어요. 할머니는 몸을 굽혀 제 어깨를 잡더니 진지하게 눈높이를 맞추셨어요. "네가 올라갈래, 리틀독?" 할머니는 의심하는 척 눈을 가늘게 뜬 채 대답을 기다리셨어요.

물론 저는 열심히 끄덕였고요. 할머니는 제가 그러리라는 것을 아셨어요.

"내가 받쳐줄 테니, 그냥 잽싸게 움켜쥐는 거야, 알겠지?" 할머니가 엉덩이를 받쳐주셔서 저는 울타리에 달라붙었어요. 조금 움찔하다 꼭대기로 올라가 걸터앉았고요. 밑을 내려다보니 곧바로 속이 울렁거렸는데, 꽃들은 어딘지 아주 작은 것이, 휘몰아치는 녹색 위에 칠해놓은 희미한 붓 자국들 같았어요. 차들이 일으킨 바람이 머리칼을 후려쳤고요. "할 수 있을지 모르겠어요!" 저는 거의 울먹이며 소리쳤죠. 할머니가 제 장딴지를 붙드셨어요. "내가 여기 있을게. 아무 일도 일어나지 않게 하마." 할머니는 차 소리 너머로 말씀하셨어요. "만약 떨어지면, 내 이 이빨로 울타리를 뜯고서라도 너를 구하마."

저는 할머니를 믿었어요. 그래서 풀쩍 뛰어내렸고, 구부린 자세로 착지한 뒤 일어나 몸을 털었어요. "두 손으로 뿌리째 뽑는 거야." 할머니는 울타리에 매달려 얼굴을 찡그리고 계셨어요. "서둘러야지 안 그러면 우린 곤란해진다." 저는 풀을 하나하나 연이어 당겼고, 뿌리들은 재처럼 흙먼지를 날리며 뜯겨 나왔어요. 그것들을 울타리 너머로 넘겨주는데, 차들이 지나갈 때마다 일으키는 돌풍이 어찌나 거센지 거의 넘어질 뻔했어요. 저는 뽑고 또 뽑았고, 란 할머니는 그것들 전부를 세븐일레븐 봉지에 담으셨어요.

"그래. 그래! 이거면 됐다." 너머에서 할머니가 제게 손을 흔드셨어요. 저는 울타리를 뛰어 올라갔고요. 할머니는 팔을 뻗어 저를 품 안으로 당긴 다음 꼭 끌어안으셨어요. 할머니의 몸이 떨리기 시작했는데, 내려줄 때까지는 킥킥 웃고 계셨다는 걸 몰랐어요. "해냈구나, 리틀독! 너는 내 꽃 사냥꾼이야. 미국 최고의 꽃 사냥꾼이라고!" 할머니는 흐릿한 황토색 불빛에 한 다발을 들어 보이셨어요. "우리 집 창틀에 놓으면 완벽할 거다."

저는, 우리가 위험을 감수했던 그 대상이 바로 아름다움이었다는 것을 배웠어요. 그날 밤, 집에 온 엄마는 우리의 수확물이 먼지로 더럽혀진 갈색 창틀에 빼곡히 피어 있는 것과 그 덩굴손이 식탁을 따라 늘어져 있는 것을 가리키며, 감동한 듯 어디서 난 것인지 물어보셨어요. 할머니는 무시하듯 손사래를 치며, 꽃집 옆의 도로변에 버려진 것을 우리가 발견했다고 말씀하셨고요. 저는 장난감 병사들 틈으로 할머니를 흘끗 보았는데, 엄마가 코트를 벗느라 우리에게 등을 돌린 사이 손가락 하나를 입술에 얹고 윙크를 하셨죠. 할머니의 눈이 웃고 있었어요.

저는 결국 그 꽃들의 이름을 몰라요. 할머니가 그 꽃들을 이름으로 부르신 적이 없었거든요. 오늘날까지, 저는 작은 보라색 꽃들을 볼 때마다 제가 그날 꺾었던 꽃이라고 맹세를 해요. 그러나 이름이 없으면, 무엇이든 상실되죠. 그래도 이미지만큼은 선명해요. 선명한 보랏빛, 지금 우리가 앉아서 할머니에게 퍼져나가길 기다리고 있는 색깔, 란 할머니의 정강이를 따라 올라오고 있는 그 색깔. 엄마는 할머니 곁에 바짝 붙어, 뼈만 남아 수척한 얼굴에 엉겨붙은 머리칼을 쓸어 넘기세요.

"뭘 원하세요, 엄마?" 엄마는 귓가에 입을 대고 속삭이세요. "우리가 뭘 도와드릴까요? 뭐든 말씀하세요."

창밖에는, 하늘이 비웃듯이 파래요.

"쌀밥." 저는 할머니의 그 말씀을 기억해요. 목소리가 저 깊은 곳 어딘가에서 울려 나왔어요. "쌀밥 한 숟갈." 할머니는 침을 삼키고, 숨을 한 번 더 들이쉬세요. "고꽁에서 난 쌀."

우리는 서로를 빤히 쳐다봐요. 불가능한 요구. 조용히 이모가 일어나더니 구슬 달린 부엌 커튼 뒤로 사라지세요.

30분 뒤, 할머니 옆에 무릎을 꿇은 이모의 손에는 김이 나는 쌀밥 한 그릇이 놓여 있어요. 숟가락을 할머니의 이 없는 이에 대드려요. "여기 있어요, 엄마." 이모는 냉정을 유지한 채 말씀하세요. "고꽁 쌀이에요, 지난주에 갓 수확한 거요."

할머니는 씹고, 삼키시더니, 입술을 따라 안도감 같은 것이 퍼져나가요. "아주 좋아." 한 번 유일하게 씹은 뒤 말씀하세요. "아주 달아. 이게 우리 쌀이지, 아주 달아." 할머니는 뺨으로 먼 곳의 무언가를 가리키시고는 잠에 빠져드세요.

두 시간 뒤, 움찔하며 깨어나세요. 우리는 주위로 모여 귀를 기울이고요. 단 한 번의 깊은 들숨이 마치 물속으로 다이빙하기 직전처럼 폐를 깊이 당기고, 그런 다음, 그게 다예요. 날숨은 없어요. 할머니는 마치 누군가 영화의 정지 버튼을 누른 것처럼 그냥 조용하세요.

엄마와 이모가 지체 없이 모친의 뻣뻣해진 골격 위에 손을 드리운 채 이리저리 움직이는 동안, 저는 그냥 앉아 있어요. 제가 아는 유일한 일을 해요. 무릎을 가슴팍에 대고 웅크린 채 할머니의 보라색 발가락들을 세기 시작하는 것. 1 2 3 4 5 1 2 3 4 5 1 2 3 4 5. 저는 엄마의 손이 할머니의 몸 위에서, 회진 도는 간호사들처럼 체계적으로 움직이는 동안 숫자들에 몸을 흔들고 있어요. 제가 지닌 어휘, 책, 지식에도 불구하고, 저 자신이 방 저쪽 벽 앞에 구겨진 채, 망연자실해 있는 것을 발견해요. 저는 두 딸들이 자신들의 것을 중력과 같은 관성으로 돌보는 것을 지켜봐요. 저는 제 모든 이론들과 앉아 있고요. 은유, 방정식, 셰익스피어와 밀턴, 바르트, 두보, 그리고 호메로스. 제가 저의 고인을 어떻게 만지면 되는지 결국 가르쳐주지 못한 죽음의 대가들과 함께요.

할머니의 옷을 갈아입히고 깨끗이 정돈한 뒤 시트를 치우고, 바닥과 시체—그것이 이제 언어가 규정하는 것이었죠, 할머니 대신 시체—에서 체액을 문질러 씻어낸 다음, 우리는 다시 할머니 곁으로 모여요. 엄마가 손가락 전체를 이용해 꿈쩍도 하지 않는 턱을 비틀어 여시는 동안, 이모는 반대편에서 입안으로 할머니의 틀니를 밀어 넣으려 하고 계세요. 그러나 이미 사후강직이 진행된 바람에, 한 조의 앞니를 고정하기도 전에 턱이 꽉 물리며 틀니들이 튀어나와 바닥에 탁 하고 떨어져요. 엄마는 비명을 내뱉지만, 재빨리 손으로 입을 막으세요. "젠장." 몇 안 되는 영어로 말씀하세요. "젠장 젠장 젠장." 두 번째 시도에 틀니는 제자리에 끼워지고, 엄마는 당신의 돌아가신 엄마 옆쪽의 벽으로 물러나 앉으세요.

바깥에는 덤프트럭 한 대가 블록을 따라 덜컹이고 빵빵거리며 지나가요. 비둘기 몇 마리가 흩어진 나무들 사이에서 목을 울려 소리를 내고 있고요. 그 모든 것의 밑바닥에 엄마가 앉아 계세요. 이모는 머리를 엄마의 어깨에 기대고 계시고, 당신의 엄마의 몸은 몇 피트 떨어진 곳에서 식어가고 있어요. 그다음, 엄마의 턱이 복숭아씨처럼 변하며, 두 손 안으로 얼굴을 떨구세요.

이제 할머니는 돌아가신 지 5개월이 되었고, 그 다섯 달 동안 엄마 침대 옆 탁자 위의 유골 항아리에 담겨 있었어요. 그러나 오늘 우리는 베트남에 있죠. 고꽁 지구가 있는 띠엔장 성. 여름이에요. 우리 주위로는 논이 마치 바다처럼 끝없는 녹색으로 완만하게 펼쳐져 있어요.

장례식 내내, 짙은 황색 옷을 걸친 승려들이 할머니의 잘 닦인 화강암 비석 주위에서 경을 읽고 노래를 부르고 나자, 머리 위에 음식 쟁반을 얹은 이웃들, 하얗게 센 머리로 거의 30년 전 이곳에서의 할머니의 삶을 회고하는 이웃들이, 기억나는 일화와 애도의 말을 들려줘요. 논 밑으로 해가 살짝 잠기고 나자, 남은 것은 묏자리뿐이에요. 묘지 가장자리는 흙을 갓 덮어 아직 축축하고, 흰 국화들이 흩뿌려져 있어요. 저는 버지니아에 있는 폴 할아버지께 전화를 드려요.

할아버지는 예기치 않게, 할머니를 좀 보여달라는 부탁을 하세요. 저는 랩톱을 챙겨 묘지 쪽으로 몇 미터 들고 간 다음, 와이파이 줄이 3개가 뜨도록 주택에 충분히 가까이 다가가요.

앞에 랩톱을 든 채로 서서 할아버지의 얼굴이 무덤 쪽을 향하게 해요. 비석에 돋을새김된 할머니의 사진은 28세 때의 모습으로, 대략 두 분이 처음 만났을 무렵이에요. 저는 이 미군 참전 용사가 방금 묻힌, 그의 별거한 베트남인 전부인과 스카이프를 하는 동안 화면 뒤에서 기다려요. 도중에 신호가 끊겼나 싶지만, 할아버지가 코를 푸시는 소리가 들려요. 힘겨운 작별 인사를 하느라 말은 계속 끊기고요. 할아버지는 미안한 게 많으세요. 무덤 위의 웃는 얼굴에 인사를 해야 하는 것. 모친이 위독하다는 소식을 받고 1971년에 버지니아로 돌아갔던 것. 그때 자신을 집으로 불렀던 게 죄다 식구들의 계략이었던 것. 어머니가 결핵인 척하셨던 기간이 몇 주에서 몇 달로 늘어나자, 전쟁이 막바지로 치달으며 닉슨이 부대 배치를 멈추고 미국인들이 빠져나오기 시작했던 것. 란 할머니가 보냈던 편지를 할아버지의 형이 가로챘던 것. 사이공이 함락되기 몇 달 전의 어느 날에서야 갓 귀향한 병사 한 명이 집 문을 두드리고 란의 쪽지를 전해주었던 것. 란과 딸들이 함락 후 어떻게 수도를 떠나야 했으며, 어떻게 두 사람이 다시 편지로 연락을 하게 되었는지. 할아버지는 연락에 그렇게 오랜 시간이 걸려 미안하다고 고백하세요. 구세군에서 귀하의 이름이 적힌 혼인증명서를 지닌 어떤 여자가 필리핀 난민캠프에서 찾고 있다는 전화가 왔을 때, 이미 1990년이었던 게 미안하다고 고백하세요. 그때는 이미 다른 여자와 결혼한 지 8년째였으니까요. 할아버지는 이 모든 이야기를 파병 근무 중 익혀 결혼 생활 동안 썼던 더듬거리는 베트남어로 고백하세요. 들썩이느라 말이 거의 앞뒤가 맞지 않을 때까지 쏟아놓으세요.

묘지 주위에 와 있던 마을 아이들 몇 명이 당황하고 호기심 어린 눈으로 멈칫거리며 주변을 떠나지 않아요. 틀림없이 제가 이상해 보일 거예요. 한 줄로 늘어선 무덤 앞에 백인 남자의 픽셀화된 얼굴을 들고 있으니까요.

화면 속 폴의 얼굴, 이 부드러운 말투의 남성, 할아버지로, 또 가족으로 변한 이 낯선 이를 보며 제가 우리에 대해, 우리 나라와 모든 나라에 대해 얼마나 아는 기 없는지를 깨달아요. 비포장도로 옆, 거의 40년 전 엄마를 안고 서 계시던 할머니의 코앞에 M16이 겨누어졌던 그 도로와 다를 게 없을 그곳에서, 저는 은퇴한 가정교사이자 채식주의자, 대마초 재배자이자 지도책과 카뮈의 애호가인 저의 할아버지가 자신의 첫사랑에게 남기는 마지막 말을 다 마치시도록 기다려요. 그러고는 랩톱을 닫아요.

———

제가 자라고 엄마가 세월을 보내신 하트퍼드에서, 우리는 서로에게 인사할 때 "안녕하세요"나 "어떻게 지내세요"가 아니라 뺨으로 허공을 툭 치며 "뭐 좋은 일 없어?"라고 물어보죠. 다른 지역에서도 이렇게 하는 걸 본 적이 있지만, 하트퍼드에서는 만연해 있었어요. 움푹 파여 판자를 대놓은 건물들과, 어찌나 녹슬고 꼬였던지 마치 덩굴 같은 자연물이나 유기체로 만든 듯한 철조망 울타리가 있는 놀이터에서, 우리는 우리 자신을 위한 어휘를 만들어냈어요. 경제적 패배자들이 쓰는 이 문장은 이스트하트퍼드와 뉴브리튼에서도 들을 수 있었죠. 그런 곳에서는 으레 '트레일러 쓰레기'

라고도 불리는 백인 가족 전체가 이동식 주택 단지나 주택도시개발부에서 공급한 집들의 반쯤 무너진 현관들마다 꽉꽉 들어차 있어요. 담배 연기 속으로, 현관 조명 대신 낚싯줄에 걸어놓은 손전등이, 옥시콘틴으로 수척해진 얼굴들을 환하게 비추고 있고 누군가 지나가면 "뭐 좋은 일 없어?"라고 소리치는 거죠.

우리 하트퍼드에서 아버지란 존재는 우리 아빠가 그랬듯이 아이들의 삶에 살짝 들어왔다 나가는 유령이었어요. 이곳에서는 할머니들─아부엘라스, 아바스, 나나스, 카바스, 방와이*─이 왕이었죠. 오로지 즉석에서 지어내거나 겨우 지켜낸 자존심, 혀에 담긴 완고한 증거를 왕관으로 쓴 그들은, 삐걱대는 무릎과 부은 발로 밖에 나와 값싼 향수와 박하사탕 냄새를 풍기며 난방 원조를 위한 사회복지 서비스를 기다렸어요. 한겨울의 블록을 웅크리고 서둘러 갈 때면, 굿윌에서 산 큰 사이즈의 갈색 외투가 방금 내린 눈으로 더럽혀져 있었고요. 그들의 자녀들은 일하러 갔거나 감옥에 있거나 약물중독이거나 얼마 전에 죽었고, 나쁜 습관을 끊고 새로 시작하려는 꿈에, 그레이하운드를 타고 대륙을 가로지르다 가족의 전설 속 유령이 되어버렸죠.

우리 하트퍼드에서는, 일단 인터넷이 들어오고 나자 우리를 대도시로 만들어놓았던 보험사들이 모두 빠져나갔고, 인재들은 뉴욕이나 보스턴에서 빨아갔어요. 하트퍼드에서는 모두의 육촌이

* 스페인, 베트남, 슬라브계 국가 등에서 부르는 할머니의 애칭.

라틴 킹스*에 몸담고 있었죠. 우리는, 웨일러스**가 우리를 버리고 캐롤라이나 허리케인스가 되어버린 지 20년이 지났는데도 여전히 버스 정류장에서 웨일러스 셔츠를 팔고 있어요. 마크 트웨인과 월리스 스티븐스, 해리엇 비처 스토***의 하트퍼드, 작가들의 광활한 상상력도 육체로든 잉크로든 우리 같은 몸들을 담아내는 데에는 실패했죠. 이곳의 부시넬 극장과 워즈워스 학당미술관(미국에서 처음으로 피카소 회고전이 열린 곳이죠)을 방문하는 건 대개가 교외에서 온 낯선 이들인데, 그들은 피어원임포츠와 홀푸드****로 들뜬 채 나른한 동네의 집으로 차를 몰기 전에, 발레파킹을 맡기고 따뜻한 객석의 할로겐 속으로 서둘러 들어가곤 해요. 하트퍼드, 다른 베트남 이민자들이 캘리포니아나 휴스턴으로 도망칠 때 우리는 이곳에 머물렀죠. 우린 이곳에서 한 해 한 해 잔인한 겨울을 파고 드나들며 나름의 삶을 꾸려갔고, 이곳에서는 밤사이 북동풍이 우리의 차들을 삼켜버렸어요. 새벽 2시의 총소리, 오후 2시의 총소리, 시커멓게 멍든 눈에 입술이 찢어진 C타운 계산대의 아내들과 여자 친구들은 우리의 시선을 씰룩대는 뺨으로 되돌려주며, 마치 '네 일이나 신경 쓰시ㅈ'라고 말하는 것 같았어요.

녹초가 되었다는 사실은 이미 이해하고 있는 데다, '기정사실'

● 시카고가 본거지인 히스패닉계 갱단.
●● 하트퍼드를 연고지로 했던 아이스하키 팀.
●●● 모두 하트퍼드에 살았고, 그곳에 기념관이 있는 유명 작가들.
●●●● 각각 미국의 인테리어 잡화점과 대형 슈퍼마켓 체인.

이었기 때문에 몸에 걸친 피부나 마찬가지였어요. "뭐 좋은 일 없어?"라고 묻는 것은 즉시 기쁨으로 옮겨 가는 방법이었죠. 예외적인 것에 도달하려고 불가피한 것을 잊어버리는 방법이었어요. 대단하거나 잘되었거나 훌륭한 게 아니라 그냥 '좋음'. 왜냐하면 좋음이 훨씬 더 흔하고, 우리가 서로에게서 구하거나 얻을 수 있는 값진 활력이었기 때문이에요.

여기서 좋음이란 하수구에 걸린 1달러를 찾은 것, 엄마에게, 생일날 영화를 빌려줄 만한 충분한 돈이 있는 것, 더 나아가면, 이지프랭크스에서 산 5달러짜리 피자의 녹은 치즈와 페퍼로니 위에 초 여덟 개를 꽂는 거예요. 좋음이란 충격 사건이 있었다고 들었는데, 형제가 무사히 집에 와 있거나, 이미 옆에 앉아 맥앤치즈 한 그릇을 게걸스럽게 먹고 있는 것이죠.

좋음은 그날 밤 강가에서 올라오며, 머리칼과 손끝에서 검은 물방울들이 떨어지는 가운데 트레버가 제게 했던 말이기도 해요. 그 애는 떨고 있는 제 어깨에 팔을 걸친 다음, 귀에 입을 대고 말했어요. "넌 좋아. 들었어, 리틀독? 넌 좋다고, 맹세해. 넌 좋아."

———

할머니의 유골 단지를 땅에 묻고, 마지막으로 한 번 더 왁스와 피마자유로 비석에 윤을 낸 뒤, 엄마와 저는 사이공의 호텔로 돌아와요. 숨 막힐 듯이 에어컨을 틀어놓은 우중충한 방으로 들어서

자마자 엄마는 모든 불을 끄세요. 저는 갑작스러운 어둠을 어떻게 받아들여야 할지 몰라 성큼성큼 걷다 멈추고요. 이른 오후, 아래쪽 거리에서는 아직 오토바이들이 빵빵거리고 털털거리는 소리가 들려요. 침대가 삐걱이고, 엄마는 앉아 계세요.

"난 어디에 있지?" 엄마가 물으세요. "여기는 어디니?"

달리 뭐라고 말해야 할지 몰라, 저는 엄마의 이름을 말해요.

"로즈"라고요. 꽃, 그 색깔, 색조. 저는 "홍"이라고 한 번 더 반복해요. 우리가 꽃을 보는 것은 그것이 생의 마지막을 향하고 있을 때, 피어나서 이미 갈색 종이로 변하고 있을 때뿐이에요. 아마도 그렇게 모든 이름은 환영일 거예요. 얼마나 자주, 우린 무언가의 가장 짧은 순간의 형상을 보며 이름을 붙일까요? 장미 덤불, 비, 나비, 늑대거북, 총살형 집행대, 어린 시절, 죽음, 모국어, 저, 엄마.

그 단어를 제 입 밖에 내고서야 저는 '로즈(rose)'가 '일어나다(rise)'의 과거형이기도 하다는 것을 깨달아요. 제가 엄마의 이름을 부를 때, 저는 엄마에게 일어나라고도 말하는 셈이죠. 저는 그 이름이 마치 엄마의 질문에 대한 유일한 답인 듯이 말해요. 마치 이름이란 게 그 안에서 우리를 발견할 수 있는 소리이기라도 한 것처럼요. 나는 어디 있지? 나는 어디에 있지? 당신은 로즈예요, 엄마. 엄마는 일어나셨어요.

저는 트레버가 강에서 보여주었던 다정함으로 엄마의 어깨를 만져드려요. 트레버, 예전처럼 와일드하고, 송아지 고기, 소의 아이들은 먹지 않으려고 할 트레버. 저는 지금, 엄마에게서 떨어져 나와,

그들의 생명만 한 크기의 상자 안에서 부드러운 고기가 되도록 먹이고 살찌워지는 아이들에 대해 생각해요. 저는 또다시 자유에 대해 생각하고 있어요. 어떻게 상자가 열리고 도살을 위해 트럭으로 끌려갈 때 그 송아지가 가장 자유로울 수 있는지에 대해. 모든 자유는 상대적이고—엄마도 잘 아시죠—때로는 전혀 자유가 아니죠. 그저 감옥을 우리에게서 멀찍이 넓혀놓은 것에 불과해요. 그 창살은 거리 때문에 추상적으로 변하지만 여전히 거기에 있어요. 마치 사람이 야생동물을 자연보호구역에 '자유롭게' 풀어주는 것이 오직 더 큰 경계 안에 또 담아두는 것과 다름없는 것처럼요. 그러나 어쨌든 저는 받아들여요, 그 넓이를. 왜냐하면 가끔은 창살을 안 보는 것만으로도 충분하니까요.

그 헛간에서의 몇몇 혼미했던 순간들, 트레버와 제가 섹스를 나누던 그 짧은 순간 동안, 제 주위의 창살은 보이지 않게 되었어요. 비록 그것이 결코 사라지지 않았다는 것은 알고 있었지만요. 어떻게 제가 저의 안쪽에 대한 통제를 잃었을 때, 저의 득의양양한 기쁨은 덫으로 변했던지요. 어떻게 쓰레기와 똥, 과잉은 생명을 하나로 묶는 것이면서, 여전히 죽음 안에서 항상 현존하고 끊임없이 반복되는 것이던지요. 송아지들이 마지막으로 도살될 때, 안의 것들을 내어놓는 것은 종종 그들의 마지막 행동이에요. 창자들이 종말의 갑작스러운 속도에 충격을 받는 거죠.

저는 엄마의 손목을 꼭 쥐고 엄마의 이름을 불러보아요.

저는 엄마를 바라본 채, 그 칠흑 같은 어둠 속에서, 트레버의 눈을 봐요. 트레버, 이미 벌써 마음속에서 흐릿해지기 시작한 그 얼굴. 우리가 물에서 나와 조용히 떨며 옷을 입었을 때, 헛간의 등불 아래, 그 눈들이 어떻게 타올랐던지. 최후의 순간, 딱 필요한 만큼의 물방울들 같았던 할머니의 눈도 보여요. 어떻게 그 눈들이 할머니가 움직일 수 있는 전부였던지요. 마치 자물쇠가 열리자 감옥에서 나와, 제 목에 채울 올가미를 쥔 사람에게로 돌진하는 송아지의 크게 뜬 눈동자처럼.

"난 어디에 있는 거니, 리틀독?" 엄마는 로즈예요. 엄마는 란이고요. 엄마는 트레버예요. 마치 하나의 이름이 하나의 사물 이상일 수 있고, 그 끄트머리에서 트럭 한 대가 공회전하고 있는 밤처럼 깊고 넓을 수 있는 것처럼요. 마치 엄마가 엄마의 상자에서 곧바로 걸어 나올 수 있고, 거기서 제가 엄마를 기다리고 있을 수 있는 것처럼요. 거기, 별빛 아래, 오래전 죽은 것들의 빛 속에서 우리는 마침내 서로에게서 만들어낸 것을 보아요. 그리고 그걸 좋음이라 부르죠.

4

저는 식탁을 기억해요. 엄마의 입에서 저에게 전해진 단어들로 만든 식탁을 기억해요. 저는 불타고 있던 방을 기억해요. 그 방이 불타고 있던 것은, 란 할머니가 불 이야기를 하셨기 때문이죠. 제가 그 불을 기억하는 것은 하트퍼드의 아파트에서 우리 모두 자려고 마루에 누워, 구세군에서 준 담요로 몸을 꽁꽁 싼 채 그 이야기를 들었기 때문이에요. 저는 아빠에게 켄터키 프라이드 치킨, 우리가 할아버지 치킨이라 불렀던(샌더스 대령의 얼굴이 빨간 용기마다 도배되어 있었죠) 그 치킨 쿠폰을 한 움큼 건넸던 구세군 사람을 기억해요. 그것이 성자들이 준 선물이라도 되는 듯 바삭한 고기와 기름기에 달려들었던 것도 기억해요. 저는 성자들이란 그 고통이 확연하고, 잘 알려진 유일한 사람들이라고 배웠던 것을 기억해요. 저는 엄마와 할머니야말로 성자여야 한다고 생각했던 것을 기억해요.

"기억해." 엄마는 매일 아침 함께, 코네티컷의 찬 공기 속으로 걸어 나올 때면 말씀하셨어요. "너 자신한테 관심 기울일 것 없어.

넌 이미 베트남 사람이야."

———

8월의 첫날이고, 중부 버지니아의 하늘은 하얗게 눈이 부셔요. 지금은 여름의 식물들로 빼곡하고요. 우리는 얼마 전 봄에 있었던 저의 대학 졸업을 축하하러 폴 할아버지 댁을 방문하고 있어요. 지금은 정원에 와 있고요. 저녁의 첫 빛깔들이 나무 울타리 위에 떨어지자 모든 게 호박색이라, 마치 찻잎으로 가득한 스노볼 안에 와 있는 듯해요. 엄마는 제 앞쪽에서 먼 울타리를 향해 저만치 걷고 계시고, 분홍색 셔츠의 색이 계속 드러났다 사라졌다 바뀌어요. 셔츠가 떡갈나무들 밑의 그림자를 잡았다가 놓쳐요.

———

저는 아빠를 기억하고, 다시 말해 아빠를 함께 되돌려놓고 있어요. 제가 아빠를 방 한 곳에 함께 되돌려놓는 것은 분명히 방이 있었기 때문이에요. 분명히 사각형 하나가 있었고, 그 안에서 하나의 삶이 잠시 기쁨과 함께, 혹은 기쁨 없이 벌어졌었어요. 저는 기쁨을 기억해요. 그건 갈색 종이봉투에 든 동전들의 소리였죠. 코틀랜드의 중국인 시장에서 생선 비늘을 벗기고 받아 왔던 아빠의 일당. 저는 바닥에 쏟아놓았던 동전들과, 우리가 어떻게 그 동전들의 구릿빛 약속을 들이마시며 그 차가운 조각들에 손가락을 담갔었는지를 기억해요. 우리가 얼마나 부자라고 생각했었는지. 부자가 된다는 생각이 얼마나 일종의 행복이었는지.

저는 식탁을 기억해요. 그것이 틀림없이 나무로 만들어졌을 거라는 것도요.

———

정원은 무척 울창해, 희미한 빛 속에서 보니 마치 요동치고 있는 것 같아요. 구석구석 작물들이 채우고 있는데, 토마토 덩굴은 기대어놓은 닭장용 철망을 가리기에 충분할 만큼 튼실하고, 밀싹과 케일은 아연을 씌운 카누만 한 크기의 통들에 빼곡히 모여 있어요. 지금 제가 이름을 아는 꽃들. 목련, 과꽃, 양귀비, 천수국, 아지랑이. 그 모든 꽃, 모든 색이 석양 때문에 똑같아져요.

빛이 그것이 우리라고 말해주지 않는다면 무엇이 우리일까요?

엄마의 분홍 셔츠가 제 앞에서 빛나요. 웅크린 엄마의 등이 발 사이, 땅 밑의 무언가를 살펴보느라 균형을 잡고 있어요. 엄마는 머리를 귀 뒤로 쓸어 넘기고, 잠시 멈추어 더 가까이 살펴보세요. 우리 사이로 흐른 시간은 겨우 몇 초예요.

날파리 한 떼, 존재하지 않는 이의 얼굴에 드리워진 베일 하나. 이곳에 있는 모든 것이 막 범람을 끝내고, 쉬면서, 마침내 여름이 만들어낸 거품을 사용하거나 쏟아내는 것처럼 보여요. 저는 엄마를 향해 걸어가요.

———

저는 아빠의 급료를 손에 쥔 채 엄마와 식료품점으로 걸어가던 것을 기억해요. 그때만 해도 아빠가 엄마를 때린 게 딱 두 번이었다는 것, 그것은 폭력이 마지막일 거라는 희망이 아직은 있었다는 뜻이었죠. 저는 한아름의 원더브레드와 마요네즈 병들을 기억해요. 엄마가 마요네즈를 버터로 생각하셨던 것, 사이공에서 버터와 흰 빵은 집사와 철문이 지키는 저택 안에서만 먹는 것이었다는 것. 저는 그 아파트에서 모두 함께 미소를 지으며, 마요네즈 샌드위치를 갈라진 입술을 향해 들어 올렸던 걸 기억해요. 우리가 일종의 저택에 산다고 생각했던 것도 기억하고요.

이런 게 아메리칸드림이었구나 생각했던 것도 기억해요. 창에 눈이 툭툭 부딪히는 밤이 오자, 우리는 팔다리가 뒤엉킨 채 자려고 나란히 누웠고, 거리에서 사이렌이 울리는 가운데 우리의 배는 빵과 '버터'로 가득 차 있었어요.

———

집 안에서는 폴 할아버지가 부엌에 서서 큰 그릇에 담긴 페스토를 굽어보고 계세요. 두툼하고 반짝이는 바질 잎과 마체테로 으깬

마늘 조각들, 잣, 금빛 테두리가 검게 변하도록 구운 양파들, 그리고 레몬 조각의 화사한 향. 할아버지가 몸을 기울이자 안경에 김이 서리고, 섞은 재료에다 김이 나는 파스타 면을 조심스레 부을 때는 관절염 있는 손을 조절하느라 애를 쓰세요. 나무 숟가락 두 개로 몇 번 부드럽게 뒤섞느라 나비넥타이가 이끼 같은 초록색 소스에 목욕을 했죠.

부엌 창문들이 땀을 흘리며, 정원 풍경을 텅 빈 영화 스크린으로 바꿔놓고 있어요. 이제 아이와 그의 어머니를 들어오라고 부를 때예요. 그러나 폴은 잠시 멍하니, 텅 빈 캔버스를 지켜보죠. 모든 게 시작되길 기다리며 마침내, 손에, 아무것도 안 든 한 남자.

저는 식탁을 기억하고, 그것은 다시 말해 제가 그것을 조립하고 있다는 거예요. 왜냐하면 누군가 그들의 입을 열어 말로 구조 하나를 세웠고, 저도 이제 제 손을 보거나, '식탁'을 생각하거나, '시작'을 생각할 때마다 똑같은 일을 하고 있어요. 테두리를 손가락으로 만져보던 것과, 마음속에서 창조한 볼트와 나사받이 들을 자세히 살펴보던 걸 기억해요. 밑으로 기어 들어가, 씹던 껌과 연인들의 이름이 있나 살펴봤지만, 약간의 마른 핏자국과 나무 가시들만 발견했던 것도 기억해요. 저는 이 네 개의 다리를 지닌 야수가, 아직 제 것이 아니었던 하나의 언어로 두드려 만들어졌던 것을 기억해요.

시간 때문에 분홍색으로 변한 나비 한 마리가 향모 잎에 앉아 있다 펄럭이며 날아가요. 이파리가 한 번 움찔하더니 고요해져요. 나비는 마당을 따라 풀쩍이며 날아가고, 그 날개들은 토니 모리슨의《술라》한 귀퉁이, 제가 너무 여러 번 접은 나머지 어느 겨울 아침 뉴욕의 청아한 거리 위에 떨어져 앉았던 페이지의 작은 모서리를 닮았어요. 그 페이지는 에바가 마약으로 파멸에 이른 자기 아들에게 사랑과 자비의 행위, 두 사람 모두에게 그것이 가능하길 빌지만, 그럴지는 결코 알 수 없는 행위로 휘발유를 붓고 성냥불을 켜는 부분이었어요.

눈을 가늘게 뜨고 봐요. 제왕나비는 아니에요, 그저 첫 서리에 죽을 준비가 된 미약한 흰색 떨림이죠. 그러나 저는 제왕나비들이 아주 가까이 있다는 것, 열기에 접히고, 먼지가 앉고, 구워진, 오렌지와 검정색의 날개들로 남쪽으로 날아갈 준비가 되어 있다는 것을 알아요. 한 가닥 한 가닥, 황혼이 우리의 가장자리들을 진한 빨강으로 꿰매고 있어요.

사이공에서의 어느 밤, 할머니를 묻은 지 이틀이 지난 날, 호텔 발코니를 통해 금속성의 음악 소리와 아이들의 높은 목소리가 들려왔어요. 거의 새벽 2시였죠. 엄마는 아직 제 옆의 매트리스에서 주무시고 계셨고요. 저는 일어나서 샌들을 신고 걸어 나왔어요. 호텔이 있는 곳은 골목이었어요. 벽을 따라 걸려 있는 형광등에 눈이 좀 적응되자, 음악이 들리는 곳을 향해 발길을 옮겼어요.

제 앞으로 밤이 환하게 펼쳐졌어요. 갑자기 어딜 보나 사람들이 있었어요. 만화경 같은 색상에, 의상에, 팔다리에, 반짝이는 보석과 스팽글에. 노점상들은 싱싱한 코코넛과 잘라놓은 망고, 쫄깃한 덩어리로 누른 뒤 바나나 잎으로 싸 커다란 양철통에 찐 떡을 팔고 있었어요. 귀퉁이를 자른 샌드위치 비닐에 담아주는 사탕수수 주스도 팔았는데, 남자아이 하나가 플라스틱 컵을 든 채로 빨면서 뛰어갔어요. 팔이 햇볕에 거의 까맣게 탄 남자 하나도 거리에 쪼그려 앉아 있었어요. 그는 자기 손바닥보다 클까 싶은 도마 위에서 작업을 하고 있었는데, 큰 식칼로 구운 닭을 한 번에 솜씨 좋게 반 토막 내 그 미끈한 조각들을 기다리던 아이들 한 무리에게 나누어 주었어요.

거리 양옆, 발코니에 낮게 매달아놓은 줄 조명들 사이에서, 저는 언뜻 임시 무대 한 곳을 보았어요. 그 위에는 잘 차려입은 여자들 몇몇이, 바람에 날리는 색색의 깃발 같은 팔을 흔들며 가라오케에 맞춰 노래를 부르고 있었어요. 그들의 목소리가 떨어져 나와 거리를 둥둥 떠다녔죠. 바로 옆, 하얀 플라스틱 탁자에 올려놓은 작은 텔레비전에서는 1980년대 베트남 노래가 자막으로 흘러나오고 있었어요.

너는 이미 베트남 사람이야.

저는 아직 잠이 덜 깬 채로, 좀 더 가까운 곳을 맴돌았어요. 도시는 지금이 몇 시인지 잊어버린 듯했죠. 아니, 시간 그 자체를 잊은 것 같았어요. 제가 알기로 연휴나, 축하가 필요한 특별한 기간은 아니었어요. 실제로 거리 저 너머, 주 도로가 시작되는 부근은 텅 빈 데다, 그 시간에 으레 그라야 하는 것처럼 고요했고요. 모든 소란은 한 블록에 모여 있었어요. 그곳에서 사람들이 한창 웃고 노래하고 있었죠. 아이들, 몇몇은 다섯 살쯤 되었을까 싶은 아이들이 휘청이는 어른들 사이를 뛰어다녔어요. 페이즐리무늬와 꽃무늬 잠옷을 입은 할머니들은 문간의 플라스틱 발받침에 앉아 이쑤시개를 씹으며 음악 소리에 고개를 까닥이다, 주위 아이들에게 소리 지를 때만 멈추었고요.

땅속에서, 란 할머니는 **이미 베트남 사람이에요.**

이목구비가 보일 만큼 충분히 다가가, 우직하게 튀어나온 턱선과 낮은 앞이마를 보고 나서야 저는 가수들이 여장을 했다는 것을 깨달았어요. 다양한 모양과 원색의 스팽글로 장식한 외양이 어찌나 현란하게 반짝이던지 마치 별들의 축소판을 그대로 입고 있는 것처럼 보였어요.

저는 아빠를 기억하고, 그것은 다시 말해 이 작은 단어들로 아빠에게 수갑을 채우고 있다는 거예요. 저는 아빠를 엄마에게 드리되, 손을 등 뒤로 하고, 머리를 순찰차 안으로 밀어 넣은 채로 드리고 있어요. 왜냐하면 식탁처럼, 이런 게 제가 그걸 알게 된 방식이었기 때문이죠. 한 권의 책 속에서 그 소리들을 똑똑히 발음해본 적 없는 입들이 알려준 방식.

무대 오른쪽에는 다른 모두와 등지고 있는 네 사람이 있었어요. 머리를 조아린 그들은 전혀 움직이지 않고 있어, 마치 보이지 않는 방에 둘러싸인 유일한 사람들인 것 같았죠. 앞에 놓인 긴 플라스틱 탁자 위의 무언가를 바라보고 있었는데, 고개를 너무 깊이 숙여서 목이 잘린 이들처럼 보였어요. 잠시 후, 그중 한 명인 머리가 희끗한 여인이 오른쪽에 있던 젊은 남자의 어깨에 머리를 기댔어요. 그리고 흐느끼기 시작했어요.

저는 기억해요, 아빠가 감옥에 있는 동안 보내온 편지를 받았던 것과 구겨진 봉투의 가장자리가 뜯겨 있었던 것을요. 저는 기억해요, 교도관들이 검열을 해 이곳저곳 지워진, 하얀 줄들로 뒤덮인 종이 한 장을 들고 있던 저를요. 저는 기억해요, 아빠와 저 사이에 놓인 흐릿한 막을 긁어냈던 것을. 그 말들. 식탁의 너트와 볼트들. 사람이 없는 방 안의 식탁 하나.

저는 더 가까이 다가갔고, 비로소 그때 탁자 위에 믿을 수 없을 만큼 조용히, 하얀 시트로 덮여 있는 뚜렷한 몸의 형체를 보았어요. 이제 네 명의 상주는 한껏 소리 내어 울고 있었고, 무대 위 가수의 높고 여린 가성이 그들의 고통스러운 흐느낌을 뚫고 나왔어요.

메스꺼워진 저는, 별 없는 밤하늘을 둘러보았어요. 비행기 한 대가 빨간색으로, 그다음 흰색으로 깜빡이다가 한 줄의 구름 띠 너머로 흐릿해졌어요.

저는 기억해요, 아빠의 편지를 자세히 들여다보며 여기저기 흩어진 작고 검은 점들을 보았던 것을. 건드리지 않고 남겨둔 마침표들. 침묵으로 된 방언. 저는 기억해요, 제가 사랑했던 모두가 각각 환한 페이지 위의 검은 점 하나라고 생각했던 것을. 저는 기억해요, 한 점에서 다른 점으로 각각에 이름을 하나씩 붙여가며 선을 잇자, 마침내 어딘지 철조망 울타리에 가까워 보이는 가계도가 완성되었던 것을요. 그것을 조각조각 찢었던 것도 기억해요.

나중에, 저는 이것이 사이공에서는 흔한 밤 풍경이었다는 것을 알게 되었어요. 재정이 부족한 시 검시관들은 24시간 내내 일하지 않아요. 누군가가 한밤중에 죽으면, 시신은 시의 유치시설에 갇혀 그 죽음 안에 남아 있게 되죠. 그에 대한 대응으로, 하나의 풀뿌리 운동이 공동의 애도를 위해 조직된 거예요. 갑작스러운 죽음을 알게 된 이웃들이 한 시간 안에 돈을 모아 '슬픔을 지연시키기'라 부르는 의례를 수행할 드랙 공연자들을 고용하곤 했던 거죠.

사이공에서는 음악 소리, 그리고 이렇게 밤늦게 뛰노는 아이들의 소리가 죽음의 신호예요. 정확히 말하면, 치유를 시도하는 공동체의 신호죠.

이 위안, 화려한 구경거리들을 통한 위안이 명확해지는 것은 드랙 공연자들의 격정적인 의상과 몸짓, 과하게 그린 얼굴과 목소리, 성 역할에 있어서의 금기에 대한 침범을 통해서예요. 그들이 사회의 필수적 서비스로서 유용하게 쓰이고, 돈을 받고, 힘을 부여받는 만큼, 그곳에서 '퀴어하다'는 것은 여전히 죄예요. 드랙 퀸들도,

망자들이 공개된 곳에 누워 있는 동안에 한정된, 타자화된 공연이고요. 당연하고 확실하게 여겨지는 그들의 부정함이 상주들로 하여금 그들의 존재를 필요로 하게 만드는 점이죠. 왜냐하면 슬픔은, 최악의 순간에, 비현실적이니까요. 그래서 슬픔은 초현실적인 응답을 필요로 하니까요. 퀸들은, 이런 식으로, 유니콘들인 셈이에요.

묘지에서 발을 구르고 있는 유니콘들.

———

저는 식탁을 기억해요. 화염이 어떻게 그 테두리를 핥기 시작했는지를.

저는 저의 첫 추수감사절을 기억해요. 저는 주니어네 집에 있었죠. 할머니가 가져가라며 에그롤 튀김 한 접시를 만들어주셨어요. 저는 스무 명이 넘는 사람들로 가득했던 그 집을 기억해요. 웃을 때면 식탁을 두드리던 사람들. 저는 제 접시 위에 쌓여 있던 음식을 기억해요. 으깬감자, 칠면조, 옥수수빵, 돼지곱창, 야채들, 고구마파이, 그리고 에그롤. 할머니의 에그롤을 그레이비소스에 찍으며 감탄하던 모든 사람. 저 역시 얼마나 많은 에그롤을 그레이비소스에 찍었던지요.

저는 주니어네 엄마가 나무로 만든 장치 위에 검은 플라스틱 원을 올려놓던 것을 기억해요. 그 원이 음악이 나타날 때까지 돌고 또 돌던 것. 음악이 울부짖는 여인의 소리였던 것. 어떻게 모두가 눈을 감고 마치 비밀스러운 메시지에 귀를 기울이듯 고개를 옆으로 기울였었는지. 전에도 그 음악을 엄마와 할머니한테서 들었던 적이 있다고 생각했던 것을 기억해요. 그래요. 저는 그 노래를 심지어 엄마의 배 속에서도 들었었죠. 그것은 베트남의 자장가였어요. 어떻게 모든 자장가가, 마치 고통이 다른 방법으로는 몸에서 빠져나올 수 없다는 듯이 울부짖음으로 시작되었던지요. 저는 장치를 통해 잔잔히 들려오는 우리 할머니의 목소리에 귀를 기울이며 천천히 몸을 흔들던 것을 기억해요. 주니어네 아빠가 제 어깨를 쳤던 것도요. "에타 제임스*에 대해서 좀 아니?" 저는 기억해요, 행복을.

저는 기억해요, 미국 학교에 입학한 첫해에 농장 견학을 갔던 것과 다녀온 뒤 재퍼디아 선생님이 학생들 각자에게 똑같은 흑백의 소 그림을 나눠 주었던 것을. "오늘 본 대로 색칠하는 거야"라고 말씀하셨죠. 저는 농장의 소들이 얼마나 슬픈 상태인지, 전기 울타리 뒤의 그 커다란 머리들이 얼마나 고분고분한지 보았던 것을 기억해요. 그리고 저는 여섯 살이었기 때문에, 색깔은 일종의 행복이라고 믿었던 것도 기억해요. 저는 크레용 상자에서 가장 밝은색들을 고른 다음, 저의 슬픈 소를 보라와 주황, 빨강, 적갈색, 심홍색, 중회색, 자홍색, 은색, 연녹색들로 채웠죠.

저는 재퍼디아 선생님이 소리를 지르던 걸 기억해요. 털이 무성

● 미국의 가수이자 싱어송라이터.

한 손이 제 무지개 소를 쥐어 그 손가락들로 구겼고, 그동안 제 위에서는 수염이 부르르 떨었죠. "나는 네가 '보았던' 색깔이라고 했다." 다시 그림을 그렸던 것을 기억해요. 제 소를 텅 비워둔 채 창밖을 물끄러미 내다보던 것도 기억해요. 하늘이 파랗고 무자비했었던 것. 어떻게 제가 그 자리, 또래들 틈에, 비현실적으로 앉아 있었던 것을.

그 거리에서, 고요한 모습이 왠지 산 사람들보다 생기 있어 보이는 망자 곁에 있으니, 오수와 침출물의 끊임없는 악취가 홈통을 따라 흘렀어요. 시야가 흐려지며, 그 색들이 제 눈꺼풀 밑을 채웠고요. 지나가는 사람들은 제가 그 가족의 일원이라 생각했는지 동정 어린 눈길로 고개를 끄덕였어요. 제가 얼굴을 비비고 있자 한 중년 남자가 다가와, 베트남에서 아빠나 삼촌들이 종종 힘을 불어넣어줄 때 그러듯이 제 목을 감쌌어요. "그분을 다시 뵙게 될 거다. 자, 자." 목소리는 갈라져 있고 톡 쏘는 술 냄새가 났어요. "다시 뵙게 될 거라고." 그가 제 목덜미를 툭툭 쳤어요. "울지 마. 울지 말라고."

———

이 남자. 이 백인 남자. 나무로 된 정원 문을 열고, 뒤로 금속 자물쇠를 철컹이는 이 폴 할아버지는 혈통으로 보면 제 할아버지가 아니에요. 그러나 행동은 제 할아버지죠.

그는 왜 그 많은 청년들이 징집을 피해 캐나다로 향할 때 베트남에 가는 것을 자원했을까요? 제가 알기로 할아버지가 엄마에게 얘기하신 적은 없어요. 왜냐하면 트럼펫에 대한 추상적이고도 확고한 사랑을 더듬대는 언어로 설명하실 수밖에 없었을 테니까요. 할아버지의 주장에 의하면, 그는 버지니아 시골의 산간벽지와 옥수수밭에서 어찌나 '백인 마일스 데이비스'가 되고 싶어했던지요. 어찌나 트럼펫의 두툼한 음들이, 어린 시절의 2층짜리 농가 전체에 울려 퍼졌던지요. 가족을 공포에 떨게 하며 각 방마다 분노를 쏟아놓던 아버지가 문들을 깔끔하게 떼어냈던 그 집. 폴과의 유일한 접점이라고는 금속이 전부였던 아버지. 오마하 해변을 급습하던 날* 아버지의 뇌에 박혔던 파편. 그리고 폴이 음악을 만들어내기 위해 입에 가져다 댔던 놋쇠.

저는 식탁을 기억해요. 얼마나 그 식탁을 엄마께 되돌려드리려고 했던지요. 엄마는 어찌나 저를 팔로 안고 머리를 쓰다듬으며 말씀하셨던지요. "자, 자. 괜찮아, 괜찮아." 그러나 이건 거짓말이에요.

오히려 일은 이렇게 진행되었죠. 저는 엄마께 식탁을 드렸어요. 다시 말하면 저는 엄마에게, 재퍼디아 선생님이 안 보실 때 쓰레기통에서 끄집어낸 무지개 소를 드렸어요. 엄마의 손에서 그 색들이 움직이며 얼마나 쪼글쪼글해졌던지요. 얼마나 엄마께 설명하려고

● 2차 세계대전 때의 노르망디 상륙작전.

했지만 엄마를 이해시킬 만한 언어가 없었던지요. 이해하시겠어요? 저는 미국의 한가운데에 있는 벌어진 상처였고, 엄마는 이렇게 물으며 제 안에 계셨던 거예요. **우리는 어디 있는 거니? 우린 어디 있는 거니, 아가?**

저는 한참 동안 엄마를 쳐다봤던 것을 기억해요. 왜냐하면 저는 여섯 살이었고, 제가 충분히 강렬히 쳐다보기만 하면 제 생각을 엄마의 머리에 쉽게 전송할 수 있을 거라 생각했거든요. 화가 나서 울었던 것도 기억해요. 엄마는 모르셨어요. 그저 제 셔츠 밑에 손을 넣고, 등을 긁어주셨죠. 그렇게 고요해져 잠들었던 것을 기억해요. 침실 탁자 위에서 슬로모션의 색 폭탄처럼 팽창하던 저의 구겨진 소.

폴 할아버지가 음악을 연주했던 것은, 도망치기 위해서였어요. 결국 그의 아버지가 음악 학교 지원서를 찢어버리자, 오히려 더 멀리, 모병소까지 계속 달아나, 열아홉 살에 베트남에 와 있는 자신을 발견했죠.

사람들은 어떤 일이든 일어나는 데에는 다 이유가 있다고 해요. 그러나 저는 왜 죽은 자들의 수가 항상 산 자의 수를 압도하는지 엄마께 설명할 수가 없어요.

저는 왜 몇몇 제왕나비들이, 남쪽으로 가다가 그냥 날던 걸 멈추고, 갑자기 몸 전체도 아닌, 날개가 그토록 무거워지는 것인지, 왜 그들 스스로를 이야기에서 지워버리며 떨어져 나가는 것인지 엄마께 설명할 수가 없어요.

저는 왜였는지 엄마께 설명을 못 하겠어요. 왜 사이공의 거리에서 시신이 시트 밑에 놓여 있었을 때, 제 귀에 드랙 가수의 목에서 나오는 소리가 아니라, 제 안에서 나오는 소리가 계속 들렸는지를 요. **"많이들 아주, 많이, 많이, 많이, 많이들. 내가 죽길 바라지."** 거리가 그 잘게 썰린 색깔들을 제 주위로 요동치며 빙빙 돌게 했어요.

그 소란 속에서, 저는 시신이 살짝 옮겨진 것을 알아차렸어요. 머리가 한쪽으로 떨구어지자, 시트가 함께 당겨지며 목의 뒤쪽이 드러났죠. 이미 창백했어요. 그리고 거기, 바로 귀 밑에, 손톱보다도 크지 않은 옥 귀고리가 흔들리다가, 이내 멈추었어요. **"주님 전더 이상 안 울어요, 하늘도 안 보고요. 제게 자비를 베푸소서. 내 눈에 피가, 이봐, 앞이 보이지가 않아."**

―――

저는 엄마가 제 어깨를 잡으셨던 걸 기억해요. 비가 퍼붓고 있었던 것, 아니면 눈이 오고 있었던 것, 혹은 거리가 잠겼었거나 하늘이 멍든 색이었던 것을. 그리고 엄마는 인도 위에 무릎을 꿇고 제 담청색 신발의 끈을 묶어주며 이렇게 말씀하셨죠. "기억해. 기억하라고. 너는 이미 베트남 사람이라는 걸." 너는 이미. 다 준비됐어.

이미 사라진.

저는 그 인도와, 우리가 어떻게 녹슨 카트를 밀고 뉴브리튼 애비뉴의 교회로, 수프를 나눠주는 식당으로 밀고 갔었는지를 기억해요. 저는 그 인도를 기억해요. 그것이 어떻게 피를 흘리기 시작했었는지를요. 카트 밑으로 나타났던 작은 루즈색 방울들. 우리 앞에 피로 된 길이 이어져 있었던 것. 그리고 우리 뒤쪽에도. 누군가 지난밤 총에 맞았거나 칼에 찔렸던 게 틀림없었어요. 어떻게 우린 계속해서 갔었는지. 엄마가 그러셨어요. "밑은 보지 마, 애. 밑은 보지 마." 교회는 꽤 멀리 있었어요. 첨탑이 하늘 위의 바늘 한 땀 같았죠. "밑은 보지 마. 밑은 보지 말라고."

저는 빨강을 기억해요. 빨강. 빨강. 빨강. 제 손 위에서 축축해졌던 엄마의 손. 빨강. 빨강. 빨강. 빨강. 엄마의 손은 무척 뜨거웠죠. 제 손이었던 엄마의 손. 엄마가 그러셨던 게 기억나요. "리틀독, 위를 봐라. 위를. 보이니? 나무에 새들 있는 거 보여?" 저는 2월이었던 것을 기억해요. 구름이 자욱한 하늘을 배경으로 나무들은 검고 헐벗은 모습이었어요. 그러나 엄마는 계속 말씀하셨죠. "봐! 새들이야. 아주 여러 색깔이네. 파란 새. 빨간 새. 자홍 새. 반짝이는 새." 엄마의 손가락이 뒤틀린 가지들을 가리켰어요. "노란 아기 새들이 있는 둥지 안 보이니? 초록색 엄마 새가 벌레를 먹이고 있잖아?"

저는 엄마의 눈이 어떻게 커졌는지를 기억해요. 손끝을 쳐다보고 또 쳐다보다가, 마침내 에메랄드빛의 흐릿함이 현실로 숙성되었던 것을 기억하고요. 그렇게 저는 그것들을 보았어요. 새들. 그 새들 전부를. 엄마의 입이 열렸다 닫히고 말들이 나무들을 색색으로 물들이기를 멈추지 않는 사이, 어떻게 새들이 과일처럼 잘 자라 있었던지요. 저는 피는 잊어버렸던 걸 기억해요. 절대 밑을 보지 않았던 것도 기억하고요.

그래요, 전쟁이 있었죠. 그래요, 우리는 그 진원지에서 왔고요. 그 전쟁에서 한 여인이 스스로에게 새로운 이름을 선물했어요. 란. 여인은 그 이름을 지으며 스스로가 아름답다는 것을 주장했고, 그다음 그 아름다움을 지킬 만한 가치가 있는 무언가로 만들었어요. 그로부터 딸 하나가 태어났고, 그 딸에게서 아들 하나가 태어났어요.

지금껏 저는 저 스스로에게 우리가 전쟁으로부터 태어났다고 얘기했어요. 하지만 제가 틀렸었어요, 엄마. 우리는 아름다움으로부터 태어났어요.

누구도 우리를 폭력의 열매로 오인하도록 내버려두지 마세요. 그 폭력, 그 열매를 관통했던 폭력은 열매를 망치는 데 실패했어요.

———

폴 할아버지가 제 뒤의 문 옆에서, 페스토에 곁들일 박하 잎 한 다발을 자르고 계세요. 가위가 그 줄기들을 싹둑 잘라요. 근처의 플라타너스에서는 허둥지둥 내려온 다람쥐 한 마리가 밑단에 멈추어 쿵쿵거리더니, 두 배의 속도로 다시 가지 위로 사라지고요. 제가 다가갈 때, 엄마는 바로 앞에 계세요. 제 그림자가 엄마의 굽들에 닿아요.

"리틀독." 엄마는 돌아보지 않은 채 말씀하시고, 해는 정원에서 안 보인 지 오래예요. "여기 와서 이것 좀 봐라." 엄마는 발치에 있는 땅을 가리키고, 숨죽여 외치세요. "미친 것 같지 않니?"

저는 그 방을 기억해요. 란 할머니가 딸들에 둘러싸인 채 불에 대한 노래를 불렀을 때 그 방이 어떻게 불탔었는지를요. 구석마다 피어오르며 모여들던 연기. 환한 불빛 같던 방 한가운데의 탁자. 눈을 감은 여인들과 가차 없는 말들. 벽들은 각각의 소절이 다음 소절로 이어질 때마다 번쩍이는, 이미지들의 움직이는 화면이었어요. 더 이상 거기에 없는 한 도시의 볕이 드는 교차점. 이름 없는 도시. 검은 머리 딸을 팔에 안고 탱크 옆에 서 있는 백인 남자. 포탄 구덩이에서 잠들어 있는 한 가족. 식탁 밑에 숨어 있는 한 가족. 이해하시겠어요? 제가 받은 전부는 식탁이었어요. 집 대신 식탁. 역사 대신 식탁.

"사이공에 집이 있었단다." 엄마가 제게 말씀하셨어요. "어느 날 밤, 네 아빠가 취해서 집에 오더니 부엌 식탁에서 처음으로 날 때렸어. 넌 아직 태어나지도 않았었고."

———

그러나 어쨌든 저는 그 식탁을 기억해요. 그것은 존재하고 또 존재하지 않죠. 입들로만 조립된 하나의 유산. 그리고 명사들. 그리고 재. 저는 그 식탁을 뇌에 박힌 하나의 파편으로 기억해요. 누군가는 그것을 유산탄이라 부르리라는 것. 그리고 누군가는 그것을 예술이라고 부르리라는 것도요.

엄마가 땅바닥을 가리키고 계실 때 저는 이제 옆에 와 있어요. 엄마의 발가락 바로 너머에는 한 떼의 개미들이 흙더미를 가로질러 쏟아지고 있어요. 까만 움직임의 홍수가 얼마나 빼곡한지, 결코 물질화되지 않을 어떤 사람의 그림자 같아요. 저는 개개의 개미들을 구분할 수가 없어요. 그것들의 몸은 끊이지 않고 밀려들고 서로를 스치며 연결되어 있고, 각각이 석양에 검푸른빛을 띠고 있는 다리 여섯 개짜리 글자들이에요. 닳아버린 알파벳의 프랙털들. 아니, 이것들은 제왕나비들이 아니에요. 이것들은 겨울이 오면, 머물며, 그들의 살을 씨앗으로 바꾸고 더 깊이 굴을 팔 존재들이죠. 오로지 따뜻한 봄의 비옥한 흙을 탐욕스레 뚫고 나가기 위해.

저는 불이 밝게 타는 동안 캔버스처럼 말려 올라가던 벽들을 기억해요. 천장엔 온통 검은 연기. 저는 식탁으로 기어갔던 것과 그것이 이제 검댕 한 무더기로 변했던 것, 그 안에 손가락을 찔러넣어보았던 것을 기억해요. 저의 나라로 인해 새까맣게 된 제 손톱들. 제 혀 위에서 희미해지는 저의 나라. 저는 재를 한 움큼 쥐어, 방에 앉아 있던 세 여인의 이마 위에 **살아라 살아라 살아라,** 하는 단어들을 썼던 것을 기억해요. 어떻게 그 재가 마침내 텅 빈 페이지 위의 잉크로 굳어졌었는지. 어떻게 여기 이 페이지 위에 그 재가 있는지. 어떻게 모두에게 충분할 만큼 있는지.

엄마가 몸을 세우며 바지의 먼지를 터세요. 밤이 정원의 모든 색을 비워내고요. 우리는 그림자 없이, 집을 향해 걸어요. 집 안,

우린 갓등 불빛 아래, 소매를 걷어붙이고 손을 씻어요. 서로를 너무 오래 쳐다보지 않도록 조심하며 대화를 나눠요. 그리고, 우리 사이에 아무 말도 남아 있지 않자, 식탁을 차려요.

5

저는 꿈속에서 그 소리를 들어요. 그리고 눈이 떠지자, 한 번 더 들어요. 초토화된 들판을 가로질러 급습하고 있는 낮은 울부짖음. 동물 한 마리. 그 고통이 이렇게 또렷이 들리고, 이렇게 분명한 것은 언제나 동물이죠. 저는 헛간의 시원하고 먼지 쌓인 바닥에 누워 있어요. 제 위로는 줄지어 매달린 담배들의 팔다리가 쓸쓸한 외풍 속에서 서로 스치고 있고요. 그건 8월 셋째 주라는 뜻이에요. 판자들 틈으로, 벌써 새로운 하루가 여름의 열기로 가득해요. 다시 그 소리가 들려오자 이번에는 일어서요. 그 애를 보고 나서야 저는 제가 다시 열다섯 살이 되어 있다는 것을 알아차려요. 트레버가 옆에서 자고 있어요. 옆으로 누워서 팔을 괸 채, 잔다기보다는 생각에 잠긴 것처럼요. 숨은 느리고 편안한데, 우리가 몇 시간 전에 마신 팹스트 맥주의 기미로 간간이 끊겨요. 빈 병들이 그 애 머리 위쪽 벤치에 줄지어 세워져 있어요. 몇 피트 떨어진 곳에 군용 철모가 뒤로 젖혀 있고, 담청색의 아침 햇살이 우묵한 안쪽에 모아져 있어요.

사각팬티 바람 그대로 저는 광활한 실안개 속으로 걸어 나가요. 울부짖음이 되돌아오는데, 소리가 깊고 공허한 것이, 마치 동물에게 벽 같은 게 있어 그 안에 뭔가를 숨길 수도 있을 것 같아요. 다친 게 틀림없어요. 오직 고통받는 무언가만이, 우리가 그 안으로 들어갈 수 있는 소리를 낼 수 있었죠.

평탄해진 들판을 살펴보고 있으니, 갈색으로 변색된 흙 너머로 안개가 실려 와요. 아무것도 없어요. 소리는 다음 농장에서 들려오고 있는 게 분명해요. 저는 걷기 시작하고, 습기가 올라오며 새로 난 땀으로 광대뼈가 근질거려요.

다음 들판에는, 수확까지 일주일이 남은 두툼하고 짙은 녹색의 마지막 담배들이 사방에 올라와 있어요. 왠지 평소보다 큰 게, 끄트머리가 제 머리 바로 위에 있어요. 2주 뒤 우리가 셰비를 완전히 박살 내게 될 지점에 떡갈나무 한 그루도 있고요. 귀뚜라미들은 아직 정신 나가게 울어댈 필요는 없지만, 이제 제가 더 깊이 들어가자 묵직한 공기에 톱니를 내기 시작해요. 배가 부풀 때마다 멈추며, 더 크게, 더 가까이에서.

지난밤 서까래 밑에서, 우리는 방금 사용해 얼얼하게 힘이 빠진 입술로 숨을 몰아쉬며 누워 있었어요. 우리 사이로 어둠이 고요해지자 저는 트레버에게, 란 할머니가 한 주 전에 물어보셨던 걸 물어보았죠.

"혹시 디스커버리 채널에 나오는 버펄로들에 대해 생각해본 적 있어? 내 말은, 어떻게 절벽이 있는데도 계속 달리느냐는 거지."

그 애가 저를 돌아보았고, 콧수염이 제 팔에 스쳤어요. "버펄로들?"

"응, 어쩌다 그렇게 계속 달리게 되었을까? 심지어 앞에 있는 애들이 추락한 뒤에도 말이야. 그중 한 마리가 멈춰서 방향을 틀어야 정상 아니야?"

일하느라 볕에 그을린 그 애의 손이, 배 위에 얹혀 있으니 놀랍도록 색이 진했어요. "그래. 자연 프로그램에서 봤어. 벽돌 더미들처럼 그냥 굴러떨어지더라. 곧장." 그 애는 넌더리 난다는 듯 혀를 찼지만 꾸벅꾸벅 졸고 있는 목소리였어요. "바보들."

우리는 조용히, 계속해서 버펄로들이 떨어지도록, 수백 마리가 우리 머릿속에서 소리 없이 절벽으로 걸어 내려가도록 내버려두었어요. 건너편 들판 어딘가, 진입로에 픽업트럭 한 대가 도착했어요. 타이어 밑의 자갈 소리. 일직선의 빛 한 줄기가 휙 돌며 헛간에 닿더니 우리 코 위의 먼지와 감고 있는 그 애의 눈을 비추었어요. 제가 알던 눈은 그때, 더 이상 회색이 아니었죠. 그러나 트레버였어요. 문이 쿵 닫히며 누군가가 집에 왔고, 그 낮은 목소리들이 들릴 것도 같았는데, 좀 더 커질 때면 "어땠어?" 혹은 "배고파요?"처럼 한 번의 리듬이 실린 질문이었어요. 분명하고 필수적인, 그러나 추가로, 돌봄이 느껴지는 질문. 무언가 철길에 늘어선 전화 부스 위의 아담한 지붕들 같은 목소리, 딱 전화기가 젖지 않을 만큼의 넓이라는 것만 빼면, 집 지붕에 쓰이는 것과 똑같은 널판으로 만들어진 지붕들. 그리고 아마 그것이 제가 원했던 전부일 거예요. 누군가 물어봐주고, 그것이 저 자신만 한 지붕처럼 저를 덮어주는 것.

"그건 개들에게 달린 게 아냐." 트레버가 중얼거렸어요.

"뭐가 아니라고?"

"빌어먹을 버펄로들." 그 애는 자기 허리띠의 금속 버클을 튕겼어요. "어디로 갈지는 개들한테 달린 게 아니라고. 자연에 달린 거지. 자연이 개들에게 점프하라고 하면 그냥 계속 가서 점프하는 거야. 개들은 거기에 대해 선택지가 없어. 그냥 자연의 법칙인 거야."

"법칙." 저는 숨을 내쉬며 되뇌었어요. "그냥 사랑하는 사람들을 따라가듯이, 가족이 앞으로 가니까 그 애들도 같이 따라간다?"

"그래, 그런 거지." 그 애가 졸음에 겨워 대답했어요. "가족처럼. 좆된 가족인 거지."

저는 바로 그때 그 애를 향해 어떤 부드러움이 갑자기 밀려드는 것을 느꼈는데, 그때만 해도 제 안에 그런 느낌이 아주 드물던 때라 제가 그 느낌에 의해 뒤바뀌고 있는 기분이었어요. 트레버가 제게서 다시 떨어질 때까지.

"야." 그 애가 반쯤 졸며 물었어요. "나를 만나기 전에 넌 뭐였지?"

"내 생각엔, 허우적대고 있었던 것 같아."

잠시 침묵.

"그럼 지금은 뭔데?" 그 애가 잦아드는 목소리로 속삭였어요.

저는 잠깐 생각했고요. "물."

"꺼져." 그 애가 주먹으로 제 팔을 쳤어요. "그럼 자라, 리틀독." 그러더니 조용해졌어요.

그리고 그 애의 속눈썹들. 어쩌면 그것들이 생각하는 소리를 들으실 수 있을지도 몰라요.

———

무엇이 저로 하여금 상처 입은 것의 목소리를 따라가게 했었는지는 모르겠지만, 저는 마치 제가 아직 소유해본 적이 없는 질문에 대한 답을 약속받은 듯 이끌렸어요. 사람들은 우리가 무언가를 절실히 원하면, 그로부터 결국 하나의 신을 만들어낸대요. 하지만 엄마, 만일 제가 늘 원했던 전부가 저의 삶이었다면요?

저는 다시 아름다움에 대해, 어떻게 무언가가 우리가 그것들을 아름답게 여겨왔다는 이유로 사냥되는지에 대해 생각하고 있어요. 만일 우리 행성의 역사에 비해 개개의 삶이 그토록 짧다면, 다들 말하듯이 눈 깜짝할 사이라면, 매혹적이라는 것은 우리가 태어난 날부터 죽는 날까지라고 해도, 겨우 잠깐 매혹적인 거예요. 바로 지금처럼 해가 떠오르고 있는 것. 느릅나무 뒤로 낮게. 그런데 저는 일몰과 일출의 차이를 모르겠어요. 붉어지고 있는 그 세계는 저한테 똑같아 보여요. 그렇게 저는 동과 서의 감각을 잃어버리죠. 오늘 아침의 색깔은 이미 떠나가고 있는 무언가의 바랜 색조를 띠고 있어요. 저는 트레버와 함께 공구 창고의 지붕에 앉아 해가 가라앉는 걸 지켜보던 그 시간을 생각해요. 저는 그 효과, 어떻게 몇 분 안 되는 그 압축된 시간 동안 석양이 우리 자신을 비롯해 모든 것이 보여지는 방식을 변화시키는지에는 그리 놀라지 않았어요. 그러나 본다는 것이 언제까지나 제 것이라는 점에 대해서는 놀랐죠. 왜냐하면 석양 역시, 생존처럼, 자신이 사라지기 직전에만 존재하니까요. 매혹적이려면, 우리는 우선 보여야 하는데, 보인다는 것은 사냥당하는 걸 허용한다는 것이죠.

———

저는 무언가가 우는 소리를 다시 듣고, 이제 그것이 암송아지라는 걸 확신해요. 목장주들은 종종 밤에 송아지들을 내다 파는데, 엄마 소들이 아기들 때문에 비명을 지르며 깰까 봐 마구간에서 잠든 사이 트럭에 실어 보내는 거래요. 어떤 소들은 너무 세게 울부짖다 목구멍이 부어 막히는 바람에, 안에 풍선을 넣고 불어 목 근육들을 확장해주어야 했대요.

저는 가까이 다가가요. 담배 줄기들이 높이 서 있어요. 송아지가 다시 울부짖자 그 소리에 줄기의 틈이 벌어지며 잎이 떨려요. 동물이 있는 조그만 공터로 다가서요. 가벼운 서리가 식물의 끄트머리마다 파래요. 송아지의 커다란 허파가 공기를 들이쉬려고 움직이는 소리가 들리는데, 바람처럼 부드러우면서도 또렷해요. 저는 빼곡히 들어찬 식물들을 헤치고 앞으로 걸어 나가요.

"엄마? 그 얘기 또 해주세요."

"너무 피곤해, 아가. 내일 해줄게. 다시 자자."

"안 자고 있었는데요."

10시가 지났고 엄마는 네일숍에서 방금 돌아왔어요. 머리 둘레에 수건을 감고 있고 피부는 샤워를 해서 아직 따뜻해요.

"어서요, 정말 빨리 하면 되죠. 원숭이 얘기요."

엄마는 담요 밑으로 들어가며 한숨을 쉬세요. "알았어. 그럼 담배 좀 줘봐."

저는 침대 옆 탁자의 담뱃갑에서 한 개비를 꺼내 와 엄마의 입술에 끼우고 불을 붙여드려요. 엄마가 연기를 한 번, 두 번 내뿜으세요. 담배를 받아 든 저는 엄마를 지켜보고요.

"그래, 어디 보자. 아주 옛날에 원숭이 왕이 살았는데, 그 왕은—"

"아니, 엄마. 진짜 얘기요. 빨리요. 진짜 있던 이야기로 해주세요."

저는 다시 엄마의 입에 담배를 물리고 뻐끔거리시게 해요.

"알았어." 엄마의 눈이 방 안을 둘러봐요. "아주 옛날, 더 가까이로 서둘러 가보자, 이런 걸 듣고 싶어 할까, 아닐까? 아주 옛날, 오래된 나라에, 원숭이의 뇌를 먹는 사람들이 있었단다."

"엄마가 원숭이해에 태어났잖아요. 그러니까 엄마가 원숭이네요."

"그래, 그럴지도." 엄마는 먼 곳을 응시하며 속삭이세요. "내가 원숭이지."

담배가 제 손가락 사이에서 조용히 타들어가요.

작물들 사이로 걸어 들어가자 따뜻한 흙에서 안개가 피어올라요. 하늘이 넓게 펼쳐지며 담배들이 줄어들고, 신의 지문보다도 크지 않은 원이 드러나요.

그러나 이곳에는 아무것도 없어요. 송아지도, 소리도 없고, 그저 이제 멀찍이서 들리는 마지막 귀뚜라미 소리들만. 담배밭은 아침 공기 속에서 고요해요. 저는 저를 현실로 되돌려줄 그 소리를 기다리며 서 있고요.

아무것도 없어요.

암송아지, 농장, 소년, 박살 난 자동차, 전쟁. 그 모든 걸 제가 꿈속에서 지어냈던 걸까요, 겨우 제 피부에 그걸 뒤섞은 채로 깨어나려고?

엄마, 저는 엄마가 이 편지를 여태껏 잘 따라오셨는지 모르겠어요. 아니면 최소한 보시긴 했는지도 모르겠고요. 엄마는 언제나 저에게, 읽기에는 너무 늦었다고 말씀하셨죠. 간이 안 좋아서, 뼈가 만신창이가 되어서, 모든 걸 마치고 나면 이제 그저 쉬고 싶다고 하셨어요. 그 읽기가 바로 엄마가 잃어버리신 것들로 저에게 가능하게 해주신 하나의 특권이에요. 저는 엄마가 윤회를 믿으신다는 것을 알아요. 저 역시 믿는지는 모르겠지만, 그것이 진짜이기를 바라고요. 왜냐하면, 그렇다면 아마 엄마는 다음 생에 이곳으로 다시 오실 테니까요. 엄마는 아마 여자아이로 태어나 이름은 또다시 로즈일 것이고, 전쟁이 건드리지 않은 나라에서 잠들기 전 동화책을 읽어줄 부모와 책으로 둘러싸인 방을 갖게 되실 거예요.

아마도 그때, 그 삶과 어느 미래에 이 책을 발견하고, 우리에게 무슨 일이 일어났던 것인지 알게 되시겠죠. 그리고 엄마는 기억해내실 거예요. 아마도.

아무 이유 없이, 저는 공터를 지나 다시 담배밭의 빳빳한 그늘 속으로 달리기 시작해요. 흐릿해진 발이 밑에서 작은 바람으로 변하고, 저는 앞을 향해 달려 나가요. 이미 제가 아는 사람들, 트레버도, 할머니도 아직 죽지 않았고, 친구들의 혈관 근처에 상처나 메스암페타민, 헤로인 같은 건 보이지 않는데도. 비록 그 농장이 아직은 호화로운 콘도 부지로 팔리지 않았고, 헛간 역시 아직은 분해되어 수공예 가구용 목재로 재활용되거나 브루클린의 트렌디한 카페 벽들을 장식하지 않았는데도, 저는 달려요.

저는 그 모든 것을 앞지르겠다고, 변화하려는 제 의지가 삶에 대한 두려움보다 강하다고 생각하며 달려요. 가슴팍이 젖고, 잎들에 긁히고, 하루가 그 끄트머리에서 다 타버려도 아주 빠르게 밀어붙여, 마침내 제 몸을 뚫고 나와 저 뒤에 남겨두고 온 느낌이에요. 그러나 제가 그 헐떡이는 소년, 나아지려고 노력했지만 결국 실패한 그 소년을 마침내 용서하려고 주위를 둘러보자, 거기엔 아무도 없어요. 오로지 들판 끄트머리에 바람 없이 무성한 느릅나무들만. 그래서 저는, 아무 이유 없이 계속 가요. 저는 어딘가, 아마 노스다코타나 몬태나에 있을 버펄로들과 절벽을 향해 질주하며 슬로모션으로 물결칠 그 어깨들, 좁은 벼랑에서 정체될 그 갈색의 몸뚱이들을 생각해요. 기름진 까만 눈에, 뿔을 이룬 벨벳 같은 뼈를 먼지로 뒤덮은 채 그들은 달려요, 무모하게, 다 함께. 가지뿔 달린 거대한 말코손바닥사슴이 되어 젖은 코로 요란스레 울고, 뒤이어 빛 속에 혀를 축 늘어뜨린 개가 되어 끝을 향해 달리다, 마지막으로 짧은꼬리원숭이 한 무리로 변할 때까지. 그 머리 위 왕관들이 절개되며 뇌가 비워지고, 공중으로 떠오르자, 팔다리의 털이 깃털처럼 듬성듬성하고 부드러워져요. 그리고 그중 선두가 절벽을 벗어나 허공으로, 그 밑에 아무것도 없는 영원으로 걸음을 떼자 순간, 모두가 제왕나비의 붉은 황톳빛 불꽃으로 점화되며 수천 마리의 제왕나비들이 벼랑 끝 너머로 쏟아져요. 하얀 공중으로 퍼져나가요. 마치 물에 뿌려진 피처럼. 저는 마치, 저의 절벽이 이 이야기에 쓰인 적 없는 것처럼, 제가 제 이름 안에 들어 있는 그 단어들보다 무겁지 않은 것처럼 들판을 질주해나가요. 그리고 하나의 단어처럼, 이 세상에서 아무런 무게도 지니고 있지 않은데도, 여전히 저 자신의 삶을 실어 날라요. 그리고 이제 그것을 제 앞으로 던져요. 제가 두고 온 것이 정확히 제가 달려가고 있는 저 앞의 그것이 될 때까지. 마치 제가 한 가족의 일원인 듯이.

"왜 그때 사람들이 엄마를 잡지 않았어요?" 저는 말보로를 다시 엄마 입에 물려드려요.

엄마는 그 지점에서 잠시 제 손을 잡고, 숨을 내쉰 뒤, 손가락 사이에 담배를 끼워두세요. "오, 리틀독" 하고 한숨을 쉬시면서요. "리틀독, 리틀독."

원숭이, 말코손바닥사슴, 소, 개, 나비, 그리고 버펄로. 동물들의 망가진 삶으로 하여금 인간의 이야기를 하게 하려면 어떻게 해야 할까요. 우리의 삶이 그 자체로 동물들의 이야기일 때.

"왜 사람들이 엄마를 잡지 않았냐고? 글쎄…… 내가 아주 빨랐기 때문이지. 아가, 어떤 원숭이들은 어찌나 빠른지 차라리 유령 같단다, 알겠니? 걔들은 그냥 '폽' 하고—" 엄마는 작은 폭발을 흉내 내며 손바닥을 펼치세요. "그렇게 사라져버린단다." 엄마는 고개를 움직이지 않은 채, 한 명의 엄마가 무언가를 바라보는 방식으로, 저를 쳐다보세요. 너무나 오랫동안.

그리고 아무 이유 없이, 웃기 시작하세요.

'노래 부르다(sing)'의 과거형은
'노래 부르었다(singed)'가 아니다.

—호아 응우옌

감사의 말

14쪽, "자유는 [……] 사냥꾼과 사냥감 사이의 거리에 불과하다"
는 베이다오의 시 〈공범들〉(시집 《8월의 몽상가》)에 나오는 것이다.

54쪽, "두 개의 언어는 서로를 상쇄시키고 제3의 언어를 부른다"
는 롤랑 바르트가 쓴 《롤랑 바르트》에서 의역한 것이다.

253쪽, "과도한 기쁨은, 맹세하건대, 우리가 그걸 유지하려
고 절박해할 때 상실되어버린다"는 2016년 맥스 리트보 역시
Divedapper.com와의 인터뷰에서 얘기했듯, 기쁨과 일시성에 대한
선불교의 이론에 영향을 받은 것이다.

———

나와 내 작품을 이 세상에서 가능케 해준 몇몇 사람들에게 특
별한 순서 없이 감사드리고 싶다.

나는 톰 캘러핸의 거장다운 저널리즘에 빚졌다. 《ESPN 더 매거

진》과《골프 다이제스트》에 실린 그의 심층 기사들은 타이거 우즈라는 인물과 골프, 미국 문화에 남긴 잊을 수 없는 유산에 대한 이해를 넓혀주고, 풍부하게 해주고, 영향을 주었다. 일레인 스캐리와 그의 책《아름다움과 정의로움에 대하여》가 지닌 지적이고 에너지 넘치고 빛을 발하는 주제의 혼합에 감사드린다.

언제나 그 길을 진실하게 본 (그리고 지킨) 나의 스승들에게 감사드린다: 로니 나토브와 게리 드루카(브루클린 칼리지), 젠 버빈(포에츠 하우스), 새런 올즈(NYU), 그리고 내 고교 시절의 시 선생님 티머시 샌더슨(하트퍼드 카운티).

벤 러너가 없었다면 작가로서의 내 생각과 존재의 많은 부분은 실현되지 않았을지 모른다. 항상 나에게, 규칙이란 그저 경향이지 진실이 아니라는 것, 장르 경계들은 우리의 상상력이 부족할 때만 현실이 된다는 걸 일깨워준 데 대해 감사드린다. 나는 브루클린 칼리지 영문학과에서의 커다란 친절뿐 아니라, 내가 2009년 겨울 지낼 곳을 잃었을 때 긴급 자금을 승인해준 데 대해 빚을 졌다.

유세프 코뮤냐카, 내게 어떻게 행을 끊는지 그리고 그 잔혹하고 검은 관절들을 통해 세상을 더 선명하게 보는 방법을 보여준 데 대해 감사드린다. 2008년 가을의 어느 비 오던 밤, 웨스트 빌리지 극장에서 우연히 옆자리에 앉게 되어 계속 온갖 것에 대해, 아무 의미도 없는 말을 재잘거리던 내 팬질을 견뎌준 데 대해서도. 영화는 기억나지 않지만 당신의 웃음은 결코 잊지 못할 것이다. 나의 스승이 되어준 데 대해 감사드린다.

이 책을 쓰는 동안, 반복적으로 의지했던 다음의 예술가들과 음악가들에게 깊게 인사를 전한다: 제임스 볼드윈, 롤랑 바르트, 찰스 브래들리, 띠 부이, 앤 카슨, 테레사 학경 차, 알렉산더 치, 거스 대퍼튼, 마일스 데이비스, 나탈리 디아스, 조앤 디디온, 마르그리트 뒤라스, 퍼퓸 지니어스, 틱낫한, 휘트니 휴스턴, 김혜순, 에타 제임스, 맥신 홍 킹스턴, 킹 크룰, 료토 마치다, MGMT, 구묘진, 미츠키, 비엣 타인 응우옌, 프랭크 오션, 제니 오필, 프랭크 오하라, 렉스 오렌지 카운티, 리처드 사이켄, 니나 시몬, 수프얀 스티븐스, 그리고 C. D. 라이트.

내 앞에 있었던 모든 아시아계 미국 작가에게, 감사합니다.

원고 상태였던 책을 읽고 자애로우면서도 손전등 같은 조언과 성찰을 준 피터 비엔코스키, 로라 크레스트, 벤 러너(다시 한번), 샐리 웬 마오, 타냐 올슨에게 감사한다.

당신들의 우정, 그리고 이 예술과 분위기를 나와 공유해준 데 대해 감사드린다: 마호가니 브라운, 시반 버틀러-로솔츠, 에두아르도 C. 코럴, 쉬라 에를리흐만, 피터 기치, 티파니 호앙, 마리 레스페랑스, 로마(aka 크리스토퍼 소토), 로런스 민-부이 데이비스, 에인절 나피스, 윤지현.

더그 아규에게, 그 활기찬 개방성과 용기로 내가 우리의 진실에 더 용기를 지닐 수 있도록 도와준 데 대해, 그리고 당신이 알고 있는 것보다 더 여러모로, 이 책이 가능하도록 도와준 데 대해.

나의 최고의, 두려움 없는 에이전트, 프랜시스 코디(캡틴 코디!)

의 열정적인 눈과 지치지 않는 신뢰, 그리고 인내, 먼저 무엇보다 나를 예술가로 존중해준 데 대해 감사드린다. 모든 것이 시작되기 전, 나를 발견하고 믿어준 데 대해.

나의 편집자인 앤 고도프에게 깊은 감사를 전한다. 이 작은 책에 대한 당신의 순수한 열정과, 이 책을 완벽하게, 총체적으로, 뼛속 깊은 관심으로 이해해준 데 대해. 모든 점에 있어 저자의 비전 뒤에 서준 데 대해. 그리고 펭귄프레스의 최고의 팀에게: 맷 보이드, 케이시 데니스, 브라이언 에틀링, 줄리아나 키얀, 쉬나 파텔, 그리고 소나 보겔.

나는 시비텔라 라니에리 재단의 다나 프리스콧과 디에고 멘카로니에게도 빚을 졌다. 움브리아 지방의 천둥 번개로 정전이 된 그곳에서 이 책을 손으로 쓰기 시작했다. 또한 레슬리 윌리엄슨과 솔톤스톨 예술재단에도 감사드린다. 그곳에서 이 책을 탈고했다. 란난 재단과 화이팅 재단, 매사추세츠-애머스트 대학에서도 관대한 지원을 제공했다.

고마워, 피터, 항상, 피터를 위해.

엄마, cảm ơn(고마워요).

2019년, 오션 브엉

연약하고도 담대한 동시대의 목소리

이 책은 작가 오션 브엉이 2019년에 발표한 첫 소설이다. 이미 시집《총상 입은 밤하늘》(2016)로 T. S. 엘리엇상, 휘팅상 등을 받은 촉망받는 시인이 차기작으로 '소설'을 내놓아 화제가 되기도 했다.

이 자전적인 소설은 베트남계 미국인이자 성소수자인 작가, '리틀독'의 3대에 걸친 가족사와 가슴 아픈 성장기를 담고 있다. 그러나 파란만장한 역사는 시간 순으로 서술되지 않는다. 과거의 장면들은 불현듯 다가왔다 사라지고, 또 다른 기억과 섞이며 이어진다. 게다가 실제의 기억과 부모에게 전해들어 상상이 덧붙여진 기억들까지 뒤섞여 있다.

이런 파편적인 형식은 가족에게 일어났던 사건들뿐 아니라 리틀독의 복잡한 심리상태를 효과적으로 드러낸다. 우리는 이미 베트남 전쟁이 초래한 비극을 간접적으로, 과거의 역사로 알고 있다. 그러나 이 작품은 그 비극을 현재형으로 겪고 있는 이의 영혼이 어떤 상태인지를 섬세한 감각들로 전해준다. 전쟁과 탄생, 사랑과 폭력, 희생과 생존이 공존하는 리틀독의 복잡한 가족사는 이 파편화된 기억 속에서 선명하게 모습을 드러내고, 다시 흩어진다.

가장 독특한 것은 '부치지 못하는 편지'라는 형식이다. 엄마는 영어를 읽지 못하고, 아들은 영어로 문학을 공부하고 글을 쓰고 있다. 그렇게 생겨난 언어의 장벽은 역설적으로 오랫동안 덮어두었던 이야기를 꺼낼 수 있는 조건이 된다. 리틀독이 이토록 세세히 이야기할 수 있는 것은 이것이 엄마가 읽지 않을 편지이기 때문이다. 결국 독백일 수밖에 없는 이 편지에서 몇 대에 걸쳐 대물림된 트라우마, 그것이 글쓰기에 미치는 심리적 문제, 함께 겪고도 말로 드러내놓고 나누지 못했던 이야기들이 펼쳐진다.

작가는 비극적인 가정사에 동식물의 생태, 글쓰기의 본질, 할머니와 엄마가 보여주었던 소소한 아름다움들을 포개며 새로운 삶의 서사를 탐구한다. 그렇게 늘 당하고 견딜 수밖에 없었던 약자의 불안하고 연약한 목소리는 담대한 작업을 시도한다. 아름다운 것과 끔찍한 것 모두를 직시하며 이 출구 없는 삶의 서사를 다시 배열하는 것 말이다. 그의 문학적 상상력으로 인해 줄지어 벼랑으로 추락하던 버펄로들의 서사는 천천히, 연약하면서도 강인한 제왕나비들의 서사로 바뀐다.

오션 브엉의 시를 함께 읽는다면 이 작품을 더 입체적으로 읽을 수 있을 거라 생각한다.

우선 소설의 제목인 '지상에서 우리는 잠시 매혹적이다(On Earth

We're Briefly Gorgeous)'는 첫 시집 《총상 입은 밤하늘》에 수록된 시의 제목이기도 하다. 타버린 집과 화염 같은 불의 이미지, 문장부호와 몸의 비교 등 소설 속 은유들이 이 시집에도 담겨 있다. 또 '엄마에게 영어를 가르치는 에피소드'나 아빠가 감옥에서 보내온 '마침표만 남은 편지'가 실험적인 형식의 시로 표현되어 있어 비교해 읽는 묘미가 있다.

2019년 암으로 세상을 떠난 어머니에 대한 애도를 담은 시집 《시간은 어머니》(2022)에도 많은 연결점이 있다. '전직 네일숍 노동자의 아마존 구매 내역' 같은 시의 경우, 날짜와 물품 목록만이 건조하게 나열되어 있다. 그러나 엄마 '로즈'의 삶을 아는 독자에게는 그 목록에 담긴 고되고 안쓰러웠던 삶과 작가의 슬픔이 큰 울림으로 다가온다.

오션 브엉은 시와 소설 작업의 차이에 대해 묻는 인터뷰에서 "첫 시집을 묶는 시점에 (시인들은) 이미 수백 편의 시를 시작해 완성해본 상태이고, 그것은 다른 모든 글쓰기에도 도움이 되는 건축용 블록처럼 작용한다."*고 말했다.

이 소설이 복잡한 구성으로 이루어져 있음에도, 안정된 자기만의 은유들을 연결해 나아가는 것은 이미 시에서 다듬어진 세계관의 힘인 것 같다. 시를 읽고 나면, 이 소설이 마치 조각조각의 산문을 시어로 활용해 구성한 거대한 산문시처럼 느껴지기도 한다.

● 《애틀랜틱》, 2019. 6. 4.

작가 스스로 작품이 생명을 얻는 '두 번째 기회'라고 표현한 낭독 영상들이나 《뉴요커》 홈페이지에 게재된 '시 낭송 음원'들도 찾아보기를 추천한다. 소설에 흐르는 소박하면서도 강렬한 감정 표현, 섬세하면서도 날것에 가까운 과감함을 작가의 목소리로 느낄 수 있다.

오션 브엉은 이 작품을 발표한 뒤 더 많은 지지와 명성을 얻게 되었고, 2019년에는 탁월한 창의성과 독창성을 지닌 미국 시민에게 수여되는 맥아더 펠로십을 받기도 했다. 또 미국 내의 이민자와 소수자 문제, 가자 지구의 학살에 대해서도 꾸준히 목소리를 내고 있다.

그토록 고통받은 가족에서 어떻게 이런 에너지를 지닌 작가가 나온 것일까. 오랫동안 나는 궁금했다. 답은 작품 속에 있었다. 거실의 벽을 이야기의 배경으로 뒤바꾸던 할머니, 앙상한 겨울 가지에 기어이 색색의 새들을 창조해냈던 엄마야말로 고통에 가려졌던 훌륭한 이야기꾼들이었던 것이다. 그리고 오션 브엉은 제왕나비의 다음 세대처럼 더 튼튼한 날개를 갖고 돌아온 셈이다.

이번에 새옷을 입게 된 작품을 다시 매만지니 처음 작품을 옮기던 6년 전이 떠올랐다. 낯선 은유들을 제대로 이해했나 싶어 데뷔 시집을 사전처럼 뒤적였던 일, 함축된 표현들이 난해하게 비칠까 출간 즈음까지 무수히 다듬던 시간들이 생각난다.

다행히 작품의 아름다움은 그런 걱정들을 넘어섰다. 여러 독자들이 사랑해준 덕분에 이 번역서도 브엉의 표현대로 '두 번째 기회'를 갖게 된 것 같다. 최근작《기쁨의 황제》가 소개된 직후라 더욱 뿌듯한 마음이다.

마감 때마다 나의 조바심을 견뎌주는 가족들과 처음 옮길 때 친절한 조언을 아끼지 않았던 마시 탠터 교수에게 다시 한번 감사를 전한다.

2025년, 김목인

지상에서 우리는 잠시 매혹적이다

초판 1쇄   2025년 12월 30일

지은이   오션 브엉
옮긴이   김목인

발행인   문태진
본부장   서금선
책임편집   이준환   **편집 3팀** 허문선

기획편집팀   한성수 임은선 임선아 최지인 송은하 김광연 송현경 이은지 김수현 이예림 원지연
마케팅팀   김동준 이재성 박병국 문무현 김은지 이지현 전지혜 조용환 김화정 천윤정
저작권팀   정선주
디자인팀   김현철 강재준
경영지원팀   노강희 윤현성 정헌준 조샘 이지연 조희연 김기현
강연팀   장진항 조은빛 신유리 김수연 송해인

펴낸곳   ㈜인플루엔셜
출판신고   2012년 5월 18일 제300-2012-1043호
주소   (06619) 서울특별시 서초구 서초대로 398 그레이츠 강남 11층
전화   02)720-1034(기획편집) 02)720-1024(마케팅) 02)720-1042(강연섭외)
팩스   02)720-1043
전자우편   books@influential.co.kr
홈페이지   www.influential.co.kr

한국어판 출판권 ⓒ ㈜인플루엔셜, 2025

ISBN 979-11-6834-346-7 (03840)

- 이 책은 저작권법에 따라 보호받는 저작물이므로 무단 전재와 무단 복제를 금하며, 이 책 내용의 전부 또는 일부를 이용하려면 반드시 저작권자와 ㈜인플루엔셜의 서면 동의를 받아야 합니다.
- 잘못된 책은 구입처에서 바꿔 드립니다.
- 책값은 뒤표지에 있습니다.
- ㈜인플루엔셜은 세상에 영향력 있는 지혜를 전달하고자 합니다. 참신한 아이디어와 원고가 있으신 분은 연락처와 함께 letter@influential.co.kr로 보내주세요. 지혜를 더하는 일에 함께하겠습니다.